용사형에처함

9004부대

처함

KB016601

CONTENTS

용사형이란 가장 무거운 형벌의 이름이다.

적어도 연합 행정실은 그렇게 규정하고 있다.

최악의 벌로 부르기도 한다.

용사들은 죽는 것도 허용되지 않고 마왕현상과 최전선에서 계속 싸워야 한다.

이 벌에 형기는 따로 없다.

백 년을 계속 싸운다 해도 해방되지 않는다.

마왕을 완전히 근절했을 때의 특별사면만이 규정되어 있을 뿐이다.

―그리고 모든 마왕의 근절은 꿈같은 이야기이다.

"난처하게 됐어."

도터 루즈러스는 심각한 얼굴로 말했다.

"진짜라고. 모든 게 끝장일지 몰라."

또 시작인가. 나는 생각했다.

애초에 도터는 사흘에 한 번꼴로 위기에 빠진다. 즉 흔한 일이라는 이야기다.

다 본인의 손버릇이 나쁜 탓이다.

얼마나 나쁘냐 하면 '국가에 대한 심각한 반역'이라는 죄목으로 용사형에 처해졌을 정도다. 성기사단에 의해 체포, 투옥될 때까지 1천 건을 넘는 절도 사건을 일으켰다고 한다. 역사상 유례를 찾아보기 힘든 좀도둑이라 해야 할까.

도터 루즈러스는 정말 뭐든지 훔친다. 왕족 소유의 드래곤을 훔쳤다는 이야기를 들었을 때는 폭소가 터졌지만, 그 드래곤한테 왼팔을 먹혔다는 이야기를 듣고서 곧바로 정색을 했다. 제정신이 아니다.

하지만 용사란 이런 녀석들뿐이다.

"저기 말야, 자이로, 난 이제 어떻게 해야 되지…?"

"그 이야기 말인데."

나는 접근해 온 도터의 얼굴을 뒤로 밀쳐내고 입을 닥치게 하기로 했다.

"내일 하면 안 될까? 너는 눈치 못 챈 것 같지만 우리들은 지금 죽을 만큼 바쁘다고."

죽을 만큼, 이라는 것은 비유같은 게 아니다.

형벌 :: 크분지 삼림 철수 지원 1

이미 이곳은 전쟁터였다. 현재 인류에 남겨진 유일한 국가인 연합왕국의 북단. 피부를 에는 차가운 바람이 몰아치는 눈 덮인 숲속.

크분지 삼림이라 불리는, 곧 인류가 잃어버리게 될 영역이다. 여러가지 사정에 의해 나와 도터는 그곳에서 숨을 죽인 채 아침부터 대기하고 있었다. 슬슬 날이 저물고 있기에 금방이라도 죽을 만큼 추운 밤이 시작될 것 같다.

마왕현상을 상대하는 '결사의 작전'도 눈앞에 두고 있다.

그런 판국에 정찰에서 돌아온 도터가 난처하게 됐다고 발언한 것이었다. 머리가 아프니 일단 닥치고 있으라 하고 싶다.

"도터, 지금 무슨 일을 앞두고 있는지 알고 있지?"

"뭐… 대충은."

"말해봐."

"마왕과의 싸움."

도터는 창백한 얼굴로 중얼거리더니 품속에서 작은 병을 꺼냈다. 동방의 섬에서 빚어진 상당히 비싸 보이는 술. 콩으로 빚은 술이다.

"그래. …그보다 너, 그거."

나는 도터가 들고 있는 술병을 가리켰다.

"또 훔친 거야? 버클 개척공사의 주류창고라도 갔다 온 건가?"

"헤헤… 부럽지? 높으신 분의 텐트에서 슬쩍해왔어."

도터는 흐뭇한 표정으로 그 고급품을 입으로 가져갔다. 이 녀석은 다른 사람의 물건을 훔쳐놓고도 미안한 기색이 조금도 없다.

"가장 비싸 보이는 놈을 가져왔어. 그렇게 허술하게 방치해놓은 녀석이 잘못이라고."

"아무리 생각해도 훔친 놈이 잘못이야. 고급 술맛따윈 모르는 주

제에.”

나는 도터의 손에서 술병을 빼앗아서 한 모금 들이켰다. 목이 타는 듯한 감각. 기운을 북돋기 위함이지 맛을 보고 싶다든지 취하고 싶은 것은 아니다.

“강한 술이로군.”

“그 정도는 마시지 않으면 못 해 먹을 상황이잖아. 지금부터 마왕의 군단과 싸워야 하니까⋯. 저기 말야, 상대는 엄청난 대군인 거지?”

“마왕현상치고는 상당히 큰 규모라더군. 영향을 받은 페어리가 5천이나 된다고 하니 장난 아니지.”

사전에 들은 정보로는 그러했다.

어쩌면 약간 줄어들었을지도 모른다. 우리 연합왕국의 위대하고 고귀하기 짝이 없는 성기사님들의 노력 여하에 따라선. 물론 희망적인 관측에 지나지 않으며, 적이 1, 2천 마리 줄어들었다 해도 사실 별 의미는 없다.

왜냐하면⋯.

“그 페어리들의 진군을 우리 둘의 힘만으로 막아야 하니 말야.”

나는 도터에게 술병을 내밀었다.

“응⋯.”

도터는 창백한 얼굴로 고개를 숙였다.

“알고 있어. 우리들은 용사니까 어쩔 수 없겠지.”

다시 말해 그렇게 된 거다.

우리들은 용사라는 형벌을 받은 죄인이라 명령을 거역할 수 없다. 목덜미에 새겨진 문신이 그 증거다. ‘성인(聖印)’이라 불리는 특별한 각인의 일종.

이 형벌을 받은 사람은 죽는 것도 허락되지 않는다.

심장이 멈추든 머리가 날아가든 부활해서 다시 전선에서 싸우게 된다.

죽어도 다시 부활시켜준다고 하면 좋은 것처럼 들릴지도 모르지만 당연히 문제도 있다. 부활할 때마다 기억이라든지 인간성이라든지 그런 것들이 조금씩 사라져 간다. 개중에는 자아를 완전히 상실해서 움직이는 시체처럼 된 녀석도 있다.

우리들에게 선택의 여지는 없다. 임무를 수행하는 것 외에는 할 수 있는 게 없다. 이번에 우리들에게 주어진 임무는 말로만 들으면 상당히 단순한 것이었다.

단적으로 말해 '철수 지원'.

패배한 성기사단이 이 숲에서 탈출할 수 있도록 지원하는 것. 몰려오는 적…, 마왕현상이 만들어낸 페어리들의 '군세'는 약 5천. 엄호나 지원 부대는 존재하지 않는다. 징벌용사 9004부대만으로 임무를 완수해야 한다.

그리고 징벌용사 9004부대에서 움직일 수 있는 것은 여기 있는 나와 도터…, 그리고 별 도움도 안 되는 '지휘관'뿐인 실정이다. 다른 인원은 날아가버린 팔과 목을 복구중이거나 다른 임무에 종사하고 있는 탓에 아무것도 기대할 수 없다.

임무 달성 조건은 성기사단 과반수의 탈출. 이 조건을 충족하지 못하거나 숲에서 도망치면 목에 있는 성인이 우리들을 고통스럽게 죽이도록 되어있다.

솔직히 말도 안 되는 작전이다. 이딴 작전을 생각해낸 녀석을 때려죽이고 싶다.

하지만 이것도 그나마 좀 나아진 편이다. 처음엔 좀더 무모한 임무가 계획되어 있었다. 이 마왕현상의 핵인 마왕의 격파라든지.

이에 관해선 우리 '지휘관'이 교섭한 결과이다. 부대의 지휘는 요만큼도 못 하는 무능한 겁쟁이지만 사기꾼 정치범 출신답게 사람을 속이는 능력만은 탁월했다.

"뭐, 어떻게든 될 거야… 안 그래?"

도터는 나를 살피듯 보고나서 다시 술을 들이켰다.

"이번에는 폭력 담당인 자이로도 있고, 우리들은 용사니 말야. 최악의 경우 다진 고기가 되더라도 어차피 다시 부활할…."

"뭘 모르는군."

나는 도터에게 현실을 알려줄 필요를 느꼈다.

"부활이 얼마나 잘 될지는 시체의 상황에 따라 달라져. 시체 훼손이 심하거나 애초에 회수를 못 하거나 하면 안 좋은 후유증이 남는다고."

눈속에 파묻힌 우리들의 시체를 성기사단이 나중에 회수해 갈 가능성은 없다. 이 숲은 곧 마왕현상에 의해 오염될 예정이기 때문이다.

그렇게 되면 소생 기술을 쓴다 해도 기억과 자아에 심각한 영향이 생긴다. 그에 대한 자세한 사정은 나도 소문으로밖에 못 들었지만 징벌용사에게 쓰고 있는 소생 기술은 지옥에서 죽은 자의 혼을 끄집어내 육체에 불어넣는 방식이라 그렇다고 한다.

본인의 육체가 무사히 남아있을수록 소생의 정밀도는 올라가지만, 재료만 있다면 다른 사람의 것이라도 상관없다. 하지만 다른 사람의 피와 살을 긁어모아 되살리는 난폭한 방법을 쓰면 그만큼 결함의 발생률도 높아진다고 한다. 결과적으로 망자와 다를 바 없이 걸어다니는 시체처럼 된 용사도 있다.

그 말을 들은 도터는 진심으로 놀란 듯한 표정을 지었다.

"뭐? 정말?"

"거짓말을 할 이유가 없잖아."

"몰랐어. 자이로는 사정을 잘 알고 있네."

나는 대답하지 않았다. 어쩌면 이런 정보는 일반인에게 공개되지 않는 것일지도 모른다. 아니면 도터가 이미 몇 번 죽은 영향으로 잊어버렸거나.

"그러니까 잘 처신할 필요가 있는 거야. 네 이야기나 듣고 있을 틈은 없다고."

"아니, 하지만."

"애초에 듣고 싶지도 않고 말이지."

"들어줘! 정말 큰일일지도 모르니까. 이거 어떻게 생각해?"

도터가 주변 땅을 가리켰다.

굳이 보려고 하지 않던 커다란 물체가 그곳에 있었다.

"…그게 뭔데?"

관짝이라는 게 첫 감상이다.

길쭉한 상자로, 왜소한 사람 한 명이 안에 들어갈 수 있는 크기다. 표면에는 왠지 복잡한 장식이 되어 있어서, 정말로 관이라면 상당히 높은 신분의 사람이 들어가 있지 않을까.

나는 도터가 제정신인지 다시 한 번 의심했다.

"도터, …어째서 관짝같은 걸 훔쳐온 거지?"

"나도 모르겠어…. 왠지 호화로운 관이 있고 훔칠 수 있을 것 같아서 나도 모르게 그만."

나는 아무런 대답도 하지 않았다. 도터의 도벽에 대해 이제 와서 뭐라고 할 생각은 없다. 이 녀석의 충격적인 도벽은 아마 죽어도 낫지 않을 것이다. 이 녀석은 진짜 뭐든 훔치고, 무의미한 것일수록 훔치고 싶어한다.

이때 마음에 걸린 것은 다른 것이었다.

"저기 말야, 도터, 이 관짝 말인데."

나는 뚜껑에 손을 얹어보았다.

"혹시… 누가 안에 들어있지 않아?"

"그런 것 같아."

도터는 예상했던 대로의 대답을 나에게 했다. 제정신이 아니다.

"운반할 때 겁나게 무겁다고는 생각했지만, 아까 확인해보니까…."

"그런 건 훔치기 전에 확인했어야지! 어째서 시체를 훔쳐오는 거야? 정말 이해가 안 되네."

"그런 걸 내가 알 리가 없잖아! 나도 모르게 훔친 건데!"

"어째서 네가 나한테 화를 내는 분위기로 흘러가는 거지? 페어리한테 죽기 전에 나한테 한 번 죽어볼래?"

도터가 난처하게 됐다고 한 말의 의미가 이해되기 시작했다.

이렇게나 호화로운 관짝에 들어있으니 분명 그 시체는 왕족이거나 거물 귀족일 것이다. 성기사단에 종군하다 죽은 고귀하기 짝이 없는 분이 이 관 안에 들어가 있는 것이리라.

들키면 난리가 날 만한 도난 사건이다. 이렇게 된 이상, 내가 할 수 있는 조언은 하나뿐이다.

"지금 당장 돌려주고 와, 얼간아."

말하면서 나는 시체를 확인하기 위해 뚜껑을 열고 말았다.

왜 열었는지는 나도 잘 모르겠다.

어쩌면 악취미한 호기심이었을지 모른다. 왕족이나 귀족이라면 내가 알고 있는 상대일 가능성이 있고, 그중에는 때려죽이고 싶은 사람이 목록으로 작성할 수 있을 만큼 많다. 그중 한 사람 아닐까 하는 비논리적이지만 음험한 기대를 품은 것 같다는 생각이 든다.

그래도 본질적으로는 별 생각 없이 열어본 것이었다. 내가 그런 부주의한 녀석이었을 뿐이다.

"이런 젠장."

나는 곧바로 후회했다.

사람이 들어있긴 했다. ―소녀다.

그것도 조금 무서울 정도의 미소녀. 성기사단의 흰색 군복. 매끈한 금발과 북방 출신을 연상시키는 눈처럼 흰 피부. 조각같은 얼굴 형상…

하지만 무엇보다 내 눈길을 사로잡은 것은 왼쪽 뺨에서 목에 걸쳐 새겨진 '각인'이었다. 아마 이 문양은 심장 부근까지 뻗어있을 것이다. 나는 그게 뭔지 알고 있었다.

성인(聖印)이라 불리는 것으로, 우리들의 목에 있는 것과 비슷하지만 결정적으로 다른 각인이다.

"정말 큰 문제가 맞는 것 같군."

"그렇지? 이건 왕족이 맞는 거지?"

"아니, 애초에 인간이 아냐."

머리 한구석이 얼얼한 듯한 착각에 사로잡힌다.

"《여신》이야. 이 꼬마는."

"뭐, 뭐라고?!"

"《여신》이라고."

인류의 희망 중 하나. 태고의 지혜에 의해 창조된 결전 생명체.

뭔가 과장된 설명 같지만 나는 그게 적절한 표현이라는 것을 알고 있다. 《여신》은 인류가 마왕에 대항할 수 있는 최강의 전력임에 틀림 없다.

성기사단은 이 《여신》을 호위하고 병기로 운용하기 위한 조직이다.

현존하는 《여신》의 숫자는 이 세상에 불과 12명뿐. ─아니, 지금은 11명으로 줄었던가? 그중 하나를 훔쳐왔으니 이 도터라는 녀석은 터무니 없다. 이런 형세가 아니었다면 세계사에 남을 대도가 되었을 것이다.

"지금 당장 돌려놓고 와. 전례가 없을 만큼 위험한 물건이니까. 《여신》 정도는 너도 알고 있겠지?"

"응? 아니, 뭐, 멀리서 본 적은 있지만…, 정말 맞는 거야?"

도터는 이해가 되지 않는다는 얼굴을 했다.

그렇군. 일반인에게는 《여신》이 어떤 모습을 하고 있는지 전해지고 있지 않은 건가?

"이렇게 여자 아이같은 모습을 하고 있는 게 맞아? 저기 말야, 내가 본 《여신》은 엄청 큰 고래라든지 쇳덩어리같은 모습을 하고 있었는데…."

"설명하기 좀 어렵지만, 뭐 그런 녀석도 있긴 해."

《여신》은 고대에 만들어진, 지금도 해명되지 않은 초병기이다.

개중에는 인간이 이해할 수 없는 형태를 하고 있는 것도 있고, 그렇지 않은 것도 있다. 그리고 편의상 《여신》으로 불리고 있지만 반드시 여성체여야 하는 것도 아니다. 내가 알기로는 그렇다는 이야기지만.

"도터, 잘 들어. 이 녀석은."

성가시지만 조금 설명해주기로 했다. 하지만 그전에 내 귀는 해질녘의 어둠을 깨뜨리는 격렬한 소리를 포착했다.

뿔피리와 큰북 소리.

이것은 틀림없이 아군의, 인류측 군대가 내는 소음이다. 마왕현상은 보통 그런 도구를 쓰지 않으니까.

"뭐야, 벌써 온 건가?"

반사적으로 나는 양손을 쥐었다가 폈다.

손바닥, 손목, 팔꿈치, 그리고 어깨에까지 피부에는 빼곡하게 성인이 새겨져 있다. 싸움을 위한 성인이다. 초다목적 벨크종 기동뇌격인군(起動雷擊印群)이라는 더럽게 긴 이름으로 불리고 있다. 이것만은 용사형에 처해진 후에도 박탈되지 않았다.

현재 내가 가진 유일한 '소유물'인 셈이다.

"페어리들의 무리겠지. 보여? 도터."

"응."

도터는 눈을 크게 뜨고 해질녘의 어둠 저편을 살펴보았다. 도둑업으로 단련된 이 녀석의 눈은 특별하다. 상당히 밤눈이 밝은 것이다.

"…있어. 이미 움직이고 있네."

"그럼 우리들이 나설 차례로군."

"자, 잠깐만. 마음의 준비가 아직…."

"그럴 여유가 있는지 목에 있는 성인에 물어봐. 일단은 아군과 합류하도록 하자."

여기서 아군은 방금 뿔피리와 큰북 소리를 낸 녀석들을 말한다.

그리 멀지는 않다고 나는 추측하고 있었다. 소리의 규모로 판단컨데 2천을 넘는다는 성기사 본대는 아닐 것이다. 아마 척후부대나 별동대같은 거겠지.

"기, 기다려! 날 두고 가지 마!"

"서둘러. 《여신》도 잊지 말고 챙겨오고. 네가 훔친 거니까 끝까지 책임을 져!"

"뭐…? 저기, 정말로? 이거 굉장히 무거운데 지금 들고 가는 건 조금 그렇지 않…."

도터는 반론하려 했지만 내가 노려보자 잠자코 《여신》이 든 관짝을 짊어지고 따라왔다.

그후로는 말없이 빠른 걸음으로 이동한다. 숲에는 적의 기척이 충만해 있었다. 호통소리와 금속이 부딪히는 소리. 뿔피리와 큰북 소리가 서서히 끊겨 간다. 안 좋은 예감이 든다. 서둘러야겠다. ─ 그리 멀지는 않을 것이다. 분명.

트인 비탈이 나와서 그대로 미끄러져 내려가려고 했을 때였다.

"기다려봐! 자이로, 이걸 좀 보라고!"

갑자기 도터가 내 팔을 붙잡았다. 앞으로 고꾸라질 뻔했기에 도터를 호통치듯 노려보았지만, 그 얼굴이 진지하다는 것을 알았다. 녀석은 망원 렌즈를 내게 내밀고 있었다.

"이미 늦었어. 확인해 봐."

"뭔데 그래?"

나는 그 자리에 엎드려 망원 렌즈를 들여다보았다. 어둠 저편의 나무 틈새. 도터처럼 어둠을 꿰뚫어볼 수 있는 것은 아니지만 땅바닥에 떨어진 횃불을 통해 가까스로 보이는 게 있었다.

그걸 보고 늦었다는 의미가 무엇인지 깨달았다.

'페어리 놈들이 오지게도 날뛰었군.'

별동대로 보이는 대략 2백 명 정도의 병사들.

그들 모두 시체가 되었거나 그렇게 되기 직전에 있는 상황이었다.

무기를 들고 싸우려 한 흔적은 있었지만 시체가 된 병사의 손에 쥐어진 검은 부러져 있었고, 지금은 거대한 개구리같은 괴물이 그것을 씹어깨고 있었다. 내가 본 것은 마침 그 녀석이 팔까지 뜯어 먹으려 하고 있는 모습이었다.

이런 부류의 페어리는 '푸어'라 불리고 있다. 개구리가 마왕현상의 영향을 받고 괴물로 변한 존재. 성인 남자 정도의 신장이 있고 기동력도 뛰어나다.

"기." "기이." "기기이."

그때 어둠 속에서 녀석들의 기이한 울음소리가 울려퍼졌다. 사납게 눈빛이 번뜩인다.

성기사단의 별동대는 이 페어리들에게 완전히 유린당한 상태였다. 혼란에 빠져 소리치는 병사의 다리를 물고 휘두르는 녀석이 있는가 하면, 방패를 들고 몸을 지키려는 병사를 쓰러뜨리고 얼굴을 물어뜯는 녀석도 있다.

이미 반격다운 반격은 불가능한 상태였다. 피와 살점과 진흙이 그들의 발밑에서 튀고 있었다.

"이, 이제 틀렸어, 자이로."

도터는 완전히 창백해진 얼굴로 말했다.

"도망치자! 어딘가에 숨어서 지나가길 기다리는 게 좋겠어! 녀석들이 벌써 이런 곳까지 오다니."

"확실히 녀석들의 진군 속도는 빠른 것 같군."

성기사단의 별동대가 눈 깜짝할 사이에 괴멸당했다. 기습을 경계하고 있었을 텐데도 이렇게나 쉽게. 그것은 녀석들이 우수한 기동력을 가진 대군이라는 것을 의미하고 있었다.

"하지만 아직 모두가 죽은 것은 아니니까 구하러 가야 돼."

"뭐?!"

도터는 눈을 크게 뜨고 나를 쳐다보았다. 터무니 없는 바보를 보는 듯한 눈이다.

"무리야, 절대로."

"아직 버티고 있는 녀석들도 있어."

20명도 채 되지 않지만 원진을 이룬 채 푸어와 맞서 싸우려는 녀석들이 있었다.

"녀석들을 구해서 합류하는 편이 더 이득이잖아."

"전혀 이득이 아니야!"

"잘 들어, 얼간아. 이 임무는 성기사단 과반수의 탈출이야. 그러니까 한 명이라도 더 구하는 게 성공 확률을 높일 수 있어. 그리고."

"그리고?"

"슬슬 폭력을 휘두르고 싶은 기분이고 말이지."

나는 웃어 보였다. 이유는 이 정도면 충분할 것이다.

"싸우자. 녀석들을 구하는 거야."

"…싸, 운다."

갑자기 들려온 목소리에 나는 전율했다. 도터의 목소리가 아니다.

더듬거리고 있지만 얇은 동판을 두드리는 듯한 맑은 목소리였다.

거기서 깨달았다. 관짝 뚜껑이 열려 있다. 그 안에서 《여신》이 상체를 일으키고 있었다. 게다가 눈이 뜨여 있고… 그 눈동자가 불꽃색으로 빛나며 꿰뚫을 것처럼 나를 보고 있다.

"싸운다. 구, 한다. …흐음."

《여신》은 신음하듯 중얼거리고 느릿느릿 일어섰다.

"좋은 말, 입니다. 당신이, 저의, 기사인 것 같군요."

그녀는 한 마디 한 마디 끊어서 발음했다.

황금색 머리카락이 불꽃을 튀기며 바람에 나부낀다. 불꽃색 눈동자가 내 머리부터 발끝까지 노려보듯 살핀다. 그리고 약간 눈살을 찌푸리나 싶더니 몇 초 후에 고개를 끄덕였다.

"좋아요."

발음이 서서히 원활해진다.

"합격점을 드리죠."

"뭐라고?"

"싸움이 시작되잖아요. 다른 사람을 구하기 위한 싸움이. 《여신》으로서 당신에게 승리를 약속해 드리겠습니다. 그러니까…."

《여신》은 금발을 쓸어올렸다. 강한 불똥이 튄다.

"적을 섬멸한 후에는 저를 칭찬하고 머리를 쓰다듬어 주시기를."

《여신》. 그녀들은 여러가지 형태가 존재하고 각각 개성도 있다.

어떠한 《여신》이든 공통되는 항목이 딱 하나 있었다. 싸움에 관한 높은 자긍심과 강한 승인욕구이다. 나는 그것을 잘 알고 있었다. 《여신》을 운용해본 적이 있었기 때문이다.

"…도터."

나는 옆에 있는 왜소한 남자의 목에 팔을 감고 꽉 조였다.

"이번만은 네 말대로 된 것 같아. 모든 게 끝장일지 모르겠어."

"구웨에엑…. 뭐? 뭐야? 역시?"

"그래."

이것도 원인은 다 도터에게 있다. 나는 팔에 힘을 주었다.

"이 녀석은 진짜 《여신》이야. 그것도… 아마 미기동 상태였던 열세 번째 《여신》."

인류와 마왕현상은 먼 옛날부터 주기적으로 싸움을 되풀이하고 있다고 한다.

그 역사를 더듬어 올라가면 태고적에 있었던 최초의 싸움으로부터 지금까지 네 번째 싸움이 된다. '제4차 마왕 토벌'로 불리고 있다.

이 제4차 마왕 토벌에서 최초의 존재가 발견된 것은 20여년 전.

서방의 먼 개척지 산속이었다고 한다.

마왕현상 1호. 호칭은 '술고래'.

그것은 개척촌 사람들이 엄청나게 큰뱀을 보았다는 소문이 발단이었다. 그 큰뱀의 출현을 계기로 말도 안 되는 일들이 시작되었다. 사람들이 습격당한 것만으로 끝나지 않았다.

숲속에 있는 나무들은 뒤틀렸고, 작은 동물들과 곤충들은 괴물처럼 변했으며, 땅은 썩기 시작했다. 뱀에게 물렸던 사람은 죽은 후 다시 일어나 산기슭 집락을 습격했다.

그런 보고를 받고도 처음에는 괴담이나 촌뜨기들의 허풍 정도로만 생각했다. 버클 개척공사가 발행하는 신문에서도 그 정도로밖에 취급되지 않았다. 마을 몇 개가 괴멸되었다는 이야기는 과장된 것으로 인식되었다.

제3차 마왕 토벌로부터 최소한 4백년 이상 지난 터라 많은 사람들은 그것을 사실이라 생각하지 않았다.

음유시인과 이야기꾼의 옛날 이야기 속에서만 존재하는 것으로 생각했다.

그래서 첫 대응이 크게 늦었다.

엄청난 피해가 난 후에야 성기사단이 출동했고, 초토인으로 산을 통째로 날려버릴 수밖에 없었다. 하지만 그 이야기도 지방에서 일어난 일이 과장되어 전해진 것에 불과하다고 웃어넘기는 사람이 있었다.

그것들 모두가 사실이라는 것을 알게 되었을 무렵에는 이미 늦은 상태였다. 각지에서 마왕현상의 출현이 잇따르며 눈 깜짝할 사이에 피해범위가 확대되었다.

그렇게 인류는 거주 지역의 절반을 잃고 지금에 이른다.

◆

나는 날 듯이 뛰고 있는 그림자를 어둠 너머로 살피고 있었다.

푸어로 분류되는 페어리들은 이런 특징적인 이동방법을 쓴다. 성격은 매우 용맹스럽다.

애당초 페어리들에 공통되는 특징 중 하나가 다른 생명체를 무차별적으로 공격하는 흉포함이다.

이유는 잘 모른다. 신전 학사들에 따르면 생물들이 꾸고 있는 악몽같은 것이라 그렇다고 한다. 전혀 이해가 안 되는 설명이지만 확실히 녀석들의 겉모습이나 생태가 악몽같은 무언가이긴 하다.

고로 최대한 빨리 제거해야 한다.

지금 습격을 받고 있는 생존자들이 전멸하기 전에.

'그래. 《여신》에 대한 건 잊어버려. 신경 쓰지 마.'

지금 할 일에만 집중해야 한다. 다시 말해 전투.

"도터!"

허리띠에서 나이프를 뽑아 오른손으로 움켜쥐자 손바닥의 성인이 열기를 띠기 시작했다. 힘이 칼날에 흘러든다.

"적들이 가장 밀집해 있는 곳은 어디지? 그곳을 공격해서 주의를 끌 거야."

"별로 내키지 않는데…."

도터는 조금 겁먹은 듯한 얼굴을 했지만 개의치 않기로 한다.

전법은 정해져 있다. 어차피 철수를 지원할 예정이니 최대한 날뛰어서 적의 주의를 끄는 거다.

"열 시 방향에서 손가락 하나 정도 아홉 시 쪽."

도터가 망원 렌즈를 들여다보고 신음하듯 말했다.

"거리는 37보 정도려나? 가장 밀집해 있는 곳은."

도터는 그럭저럭 밤눈이 밝지만 이런 일은 그저 시력으로만 할 수 있는 일이 아니다.

이상하리만큼 날카로운 감을 가지고 있다고 해야 할까. 생물에만 한정되는 것 같지만 겁이 많은 만큼 다른 존재의 기척에 무서울 정도로 민감하기에, 믿기지 않는 정밀도로 대상물과의 거리를 잴 수 있다.

"…흠, 그렇군요."

모처럼 잊어가던 참이었는데 목소리가 들렸다. 《여신》의 목소리다.

"저 빈약한 분도 눈은 좋은 것 같네요."

그녀는 도터를 상대로 정확하지만 무례한 지적을 했다. 그리고 내 앞으로 온다.

"자, 나의 기사, 지금부터 싸우는 거죠? 어떤 전술로 싸울 건가요?"

"저기, 자이로, 이 아이는…."

"아, 그게…."

도터가 곤혹스런 눈으로 쳐다봤기에 나는 대답하기 곤란해졌다. 난처하게 됐다. 상대는 《여신》이기에 표현에 주의를 기울여야 한다.

"저 정도 녀석들은 말이지… 뭐랄까…."

부주의하게 《여신》의 힘을 쓰면 안 된다는 것을 나는 경험상 잘 알고 있었다.

"《여신》님의 위대한…, 위대한 힘을 빌리는 것은 황송한 일이니까, 여기서, 저기, 지켜보고 있도록 해."

"어머, 겸허하시군요."

《여신》은 명백히 기쁜 듯한 얼굴을 했다.

"사양할 것 없어요. 자, 지금 당장 저에게 의지하시길. 위대한 모습을 보여드리겠습니다."

"그게 아니라, 이건 사양하는 게 아니고…."

나는 좀더 명확하게 거절할 수 있는 말을 찾으려 했지만 상황은 그것을 용납하지 않았다.

"자이로, 큰일이야."

도터가 이번엔 겁먹은 목소리로 내 이름을 불렀다.

"우리 낌새를 눈치챈 녀석이 있어!"

"제기랄."

욕설을 내뱉는다. 이렇게 된 이상 할 수 밖에 없군.

"어떻게 하지? 자이로."

"문제 없어."

나는 나이프를 힘껏 투척했다.

그것은 화살처럼 똑바로 날아갔다. 쉬익. 공기를 가르는 소리. ―그리고 착탄. 여기서는 착탄이라는 말이 어울린다.

한순간 어둠 저편에서 섬광이 터졌다.

뒤를 이어 파열음.

막대한 열량이 방출되며 나무, 땅, 돌, 그리고 푸어들의 몸을 마구잡이로 날려버린다. 여기까지 풍압이 느껴질 정도다. 그나마 위력은 어느 정도 조절했다.

전력으로 사용하면 작은 집 정도는 일격에 날려버릴 수 있지만, 방금 것은 기껏해야 마차를 가루로 만드는 정도였다.

이는 나이프가 아니라 내 손바닥에 있는 성인에 비결이 있다. 예전 직장에서 쓰던 장사 도구다. 용사형에 처해졌을 때 대부분의 성인은 기능을 봉인당했지만 단 두 개만은 남겨졌다. 그중 하나가 이것이다.

이 각인의 제품명은 '자테 핀데'.

고대 왕국의 언어로 '커다란 사탕'이라는 의미를 가진…, 열과 빛의 성인. 마왕현상을 상대하기 위한 무장 중 하나로, 현 시점에서는 최신예라고 할 수 있을 것이다. 물체에 성인의 힘을 침투시켜 파괴병기로 바꾸는 능력을 가지고 있다.

성대한 투척식 폭죽같은 거라 보면 된다.

"이것으로 적의 주의는 끌었어. 아직까지는 예정대로야."

나는 냉정한 척 말했다. 허둥대는 모습을 보이면 도터가 도망칠 것 같았기 때문이다.

"저, 정말 예정대로인 거 맞아?"

"내가 예정대로라고 하면 예정대로인 거야."

폭격을 맞은 푸어들이 혼란에 빠진 게 보였다. 갑작스런 습격에 어느 쪽이 더 위협적인지 판별하지 못한 채 원진을 짜고 있는 병사들보다 이쪽을 경계하고 있다.

그런 녀석들을 노려보며 나는 이미 달려나가고 있었다. 비탈을 미끄러져 내려간다.

"도터, 어쨌거나 마구잡이로 쏘고나서 달려. 늦지 않게!《여신》 님도 나를 따라오고!"

내 말에 도터는 짧은 지팡이를 허리춤에서 뽑아 눈 높이로 치켜들었다.

"토할 것 같아…."

투덜대면서도 도터는 지팡이를 쥔 손에 힘을 불어넣었다. 지팡이에는 성인이 새겨져 있다.

이런 종류의 지팡이를 뇌장(雷杖)이라고 한다.

각인의 제품명은 '히르케'. 버클 개발공사가 개발한 한 세대 전의 낡은 제품으로, 성인의 힘으로 번갯불을 쏘는 무기이다. 회피와 방어가 힘든 원거리 무기라는 선전문구로 판매되었지만, 조준에 있어서 숙련도가 필요한 탓에 유효성은 석궁보다 조금 나은 수준이다.

도터가 딱히 이 무기를 잘 다루는 것은 아니다.

눈이 좋고 기척에 민감하지만 정작 성인을 제어하는 센스가 결여되어 있기 때문이다. 그래도 상황에 따라서는 쓸모가 있다. 터무니 없는 숫자로 덤벼드는 페어리들을 상대할 때라든지.

"—아! 맞았다."

도터가 기쁜 듯 말했다.

뇌장 끝부분에서 발사된 번갯불이 금속에 금이 가는 듯한 소리와 함께 푸어 한 마리의 머리를 날려버리고 주위에 살점을 흩뿌렸다. 그러자 좀더 많은 주목이 이쪽에 쏠린다.

"자이로, 맞았어!"

"이렇게나 숫자가 많은데 못 맞추는 게 이상하잖아. 아무튼 그대로 엄호하고 있어! 나를 맞추면 나중에 날려버릴 테니까 조심하고!"

나는 나무들 사이를 스치듯 내달렸다.

그리고 푸어 일당의 한복판에 파고들었다.

"비켜!"

소리를 내뱉으며 피와 살과 진흙의 영역으로 뛰어든다. 성인을 기동한 후 나이프를 날려 두 마리 정도를 한꺼번에 날려버렸다. 그러자 자기소개를 한 것보다 효과적으로 이목을 끌었다. 그리고 다시 눈부신 섬광, 폭파, 귀에 거슬리는 괴물들의 비명…. 그리고 도터의 푸념.

"저기, 미안한데, 자이로가 맞지 않도록 하는 건 굉장히 신경이 많이 쓰이고 어려운 일이라고…."

잘도 그런 불평을 할 수 있군. 맞출 수 있으면 맞춰보라지. 애초에 도터에게 그럴 만한 실력은 없다.

"됐으니까 쏘기나 해. 쉬지 말고 계속 쏴!"

나의 지시가 들렸는지 다시 몇 발의 번갯불이 쏘아졌다.

나도 달리면서 나이프를 던진다. 그런 식으로 계속 분쇄해나가자 모두 해치울 때까지 그렇게 많은 시간은 걸리지 않았다. 나는 불에 그을린 괴물들의 파편을 걷어차고 살아남은 병사들에게 말했다.

"이봐! 아직 살아있지?"

간신히 원진을 형성한 채 응전하고 있던 그들의 숫자는 조금 더 줄어있었다. 남은 건 열 명 정도인가?

"당신은⋯."

그중 한 사람⋯, 아직 젊은, 소년처럼도 보이는 병사가 나를 보았다. 아니, 정확히는 내 목덜미에 있는 성인을 본 모양이다.

"⋯징벌용사? 어째서 이런 곳에⋯!"

살았다는 안도감과 구하러 온 상대가 징벌용사라는 것에 완전히 혼란에 빠진 것 같다.

하지만 상대하고 있을 틈은 없다. 나는 남아있는 나이프의 숫자를 세어봤다. 적의 1진은 막았지만 금방 다음 무리가 찾아올 것이다. 모두를 상대하는 것은 절대 무리다. 이 상황을 타개하려면 도 망치는 게 최선이지만⋯,

"⋯우리들에 대해선 신경 쓰지 마."

소년같은 병사가 분한 듯한 얼굴로 말했다. 부상을 당해 의식을 잃은 전우를 부축하고 있지만, 본인도 지쳐 있는지 창을 지팡이 대신 쓰고 있는 형국이다.

"징벌용사의 도움을 받는 것은 불명예스러운 일이니까⋯!"

"어? 뭐라고?"

도터는 곤혹스런 표정으로 나를 보았다.

"저기, 지금 우리들은 감사를 받아야 할 입장 같은데, 아닌가?"

도터만큼은 아니어도 납득이 안 되기는 했다.

모처럼 구해줬는데 상관하지 말라 하고 있다. 그 말대로 신경쓰지 않고 도망치는 것은 간단한 일이다. 이 녀석들을 미끼삼아 적을 돌파하면 된다. 하지만.

"—알고 있어요. 나의 기사."

어느 틈엔가 《여신》이 내 곁에 와 있었다.

호흡은 좀 거칠지만 우리들을 잘 쫓아온 듯하다. 그 상태로 그녀는 이마를 덮고 있는 한 줄기 금발을 우아하게 쓸어올렸다.

"저들을 버리고 도망치는 일은 있을 수 없죠? 여기서는 저한테 맡기세요. 저런 지저분한 페어리따윈 일망타진해 보이겠습니다."

"아니, 아니, 그건, 저기…."

나는 무언가 거절할 이유를 찾으려 했다. 《여신》의 힘을 쓰는 것은 매우 위험한 일이다. 지금이라면 아직 늦지 않았다. 몰래 성기사단에 반납할 수 있다. 하지만 힘을 써버리면 돌이킬 수 없게 된다.

어설픈 구실이라도 좋으니 무언가 이유를 찾아내야….

"자, 잠깐만!"

필사적으로 생각하고 있자니 병사 한 명이 당황해서 소리쳤다. 그 눈이 《여신》을 향해 있다.

"어떻게 된 거지? 그 금발과 눈동자는 설마."

들켰군. 역시나 눈치챈 모양이다.

"왜 너희들이 그분을 데리고 있는 거야! 무슨 짓을 한 거지?"

"그, 그만둬. 지금은 같은 편끼리 싸우고 있을 때가 아니라고! 그보다 자이로!"

큰 소리로 도터가 끼어들었다. 아마 자신의 죄를 추궁당할까봐 선수를 친 것이리라.

"적들이 또 올 거야. 우리들의 존재를 눈치챘거든. 어떻게든 해야 돼!"

"그래."

도터의 어설픈 사격만으로는 견제가 힘들다. 구출한 병사들은 부상을 입었거나 녹초가 된 상태라 전력에 보탬이 될 것 같지 않다. 남아있는 나이프 숫자가 걱정이지만 결국 내가 할 수 밖에 없는 셈이다.

"《여신》님, 어찌됐건 지금은 아직 괜찮아. 우리들의 힘만으로 어떻게…."

나는 《여신》을 제지하면서 나이프를 하나 더 뽑으려 했다.

그때 다른 문제가 또 찾아왔다.

『―자이로 군! 도터!』

귓가에서 비명이 들렸다.

고막이 얼얼할 만큼 날카로운 목소리. 이런 목소리를 내는 녀석이 누군지 나와 도터는 잘 알고 있다. 그래서 무심코 귀를 손으로 막았지만 그런 건 아무짝에도 소용이 없었다.

목덜미에 새겨진 용사의 성인이 목소리를 전달하고 있기 때문이다. 원거리 통화 기능. 우리들은 이 끔찍한 통신 장치에서 도망칠 수 없다.

『큰일 났습니다. 잘 들으세요! 큰일이 벌어졌으니까요. 굉장히 큰일입니다.』

그렇게 말한 것은 명목상 우리들의 '지휘관'.

사기꾼 정치범에 근성도 없고 무능한 녀석으로, 베네팀 레오풀이라는 이름을 가지고 있다. 가끔 연락이 왔나 싶으면 도터와 마찬가지로 '골치 아픈 문제'를 보고해온다. 주로 상층부의 거지 같은 명령이나 상황의 악화 같은 것들.

『이번에는 정말 끝장일지도 모를 만큼 큰일이에요. 자이로 군, 지금 여유가 있나요?』

"없어!"

나는 내뱉으면서 나이프를 움켜쥐었다. 성인의 힘을 나이프에 불어넣고 나서 팔을 휘둘러 투척한다. 폭음. 푸어들의 말랑말랑한 몸이 터져나간다. 일단 이것으로 우리들을 발견한 선봉은 해치웠다. 시간을 조금 번 셈이다.

"방금 소리 들었지? 이래도 여유가 있다고 생각해?"

『없는 것 같다는 생각이 드는군요. 하지만 이걸 말 안 하면 나중에 화낼 거잖아요.』

"화내겠지. 지금 말해도 화내겠지만! 대체 뭔데?"

『성기사단이 움직였습니다.』

"그거 잘 됐군! 드디어 철수를 개시한 건가? 그 정도 보고라면……."

『아뇨, 마왕현상을 향해 이동하고 있습니다.』

한순간 자신의 귀가 믿기지 않아서 되묻는다.

"방금 뭐라고 했어?"

『숲에서 태세를 바로잡고 있던 성기사단분들이 마왕현상을 상대로 대열을 짜고 있습니다. 뭐냐, 마왕현상의 진군을 거기서 막는다고 하더군요."

"…어째서?"

『그런 걸 제가 알 수 있을 리 없잖아요.』

그렇게 말하고나서 베네팀은 칠칠맞게 웃었다.

『곧 쌍방이 격돌할 것 같네요. …어째서일까요?』

알게 뭐야… 라고 말하고 싶었다.

성기사단에게 작전이 전해지지 않은 건가? 아니면 전해졌지만 그것을 무시하고 있는 건가?

내가 아는 성기사단은 최소한 군사면에서는 전문가였다. 이런 때는 용사부대를 미끼로 냉큼 이탈을 시작하는 게 정석이다.

"이봐!"

나는 이제 서 있을 힘도 없어 보이는 병사들에게 소리쳤다.

"너희들의 지휘관은 무슨 생각을 하고 있는 거지? 원래부터 이럴 계획이었어?"

"…그래."

목소리를 내는 게 고작이라는 듯 가장 어린 병사가 대답했다.

"애초에 우리들은 징벌용사에 의한 철수 지원따윈 신용하지 않았거든. 그리고 키비아 단장은…, 우리 성기사단은 명예를 중시해. 그래서 한 방 먹일 생각으로…."

"바보들 아냐?"

나는 녀석들을 모조리 걷어차주고 싶은 기분이었다. 하지만 그럴 시간이 없다. 아무튼 내가 생각하고 있던 계획은 지금 이 순간 소리를 내며 붕괴했다.

성기사단의 철수를 지원하라는 명령이 살아있는 한, 녀석들이 숲 속에 버티고 있으면 곤란하다. 마왕현상 무리와 정면으로 부딪히는 건 더 말이 안 되고. 이대로 가면 우리들은 무참하게 죽을 테고 성기사단도 전멸에 가까운 피해를 입을 것이다.

왜냐하면 녀석들이 비장의 무기로 쓸 예정이었던 《여신》은 이곳에 있으니까.

'거지같은 상황이로군.'

이렇게 된 이상 우리들이 할 수 있는 일은 하나뿐이다. 성기사단이 철수하지 않는다고 하면 남아있는 타개책은….

"자이로."

도터는 울 것 같은 얼굴을 하고 있었다.

"어떡하지?"

나는 말없이 도터와 그뒤에 있는 열 명 정도의 병사들을 살폈다. 그들은 다치고 피폐해 있다. 절망적인 표정으로, 하지만 어딘지 매달리는 듯한 얼굴로 우리들을 보고 있었다.

맘에 안 드는 녀석들이다. 만난 지 얼마 안 되는 타인이기도 하다.

이런 곳에 오지 말 걸 그랬다. 나는 생각했다.

"…《여신》 님."

"네네."

내가 시선을 돌리자 《여신》은 만면의 미소로 대답했다.

"역시 제 힘이 필요한 거죠? 나의 기사. 반격의 시간인가요?"

"음. …어…, 맞아. 그래, 반격할 거야."

나와 베네팀이 나누는 대화는 그녀에게 들리지 않기에 아직 그녀는 오해를 하고 있다. 우리들이, 내가 누구인지 모른다. 다시 말해 나는 그녀를 속이는 셈이다. 그래도.

"《여신》 님의 힘을 빌리고 싶어."

나는 분명히 말했다.

"작전을 바꿀게, 도터. 마왕을 해치우는 것으로."

"뭐?! 저기, 진심이야? 적이 5천 마리는 된다고. 이길 수 있겠어?"

"무례한 분이군요. 당연하잖아요. 제가 힘을 빌려주는데."

《여신》은 우아하게 일례했다.

"그럼 나의 기사, 계약의 대가를 제공하시길."

"…알았어."

나는 나이프를 뽑아 오른팔에 상처를 냈다. 예리한 통증과 함께 피가 흘러나온다.

이것이 《여신》과 계약하는 방법이다. 계약자는 자신의 몸 일부를 제공하는 게 계약의 증표였다. 그후 맹세의 말을 나누면 어느 한쪽이 죽을 때까지 계약이 지속된다.

이 계약을 거쳐야 여신은 비로소 인간을 위해 힘을 발휘할 수 있다.

"부탁이야. 우리들을 도와줘."

"그럼 당신은 저의 기사답게 자신이 위대한 존재임을 증명할 것을 맹세하나요?"

"맹세해."

나는 망설임 없이 말했다.

아니, 거짓말이다. 조금 망설이긴 했지만 그것은 말을 하고나서였다. 말해버렸다고 생각했다.

"좋아요."

그래도 《여신》은 기쁜 듯 팔에 난 상처에 입술을 가져갔다.

"기꺼이 받아들이겠습니다."

인형처럼 가지런한 용모때문에 그 입술도 딱딱한 유리와 같은 감촉일지 모른다고 생각했지만, 그럴 리 없었다. 야들야들하고 부드러운 입술이 상처 부위에 닿는다.

머릿속에서 불이 켜지는 것을 느꼈다. 오랫동안 쓰지 않았던…, 혹은 잊고 있었던 자신의 일부를 되찾은 것 같은 감각. 《여신》이 미소짓는 게 보였다. 그 온몸이 한층 더 눈부시게 빛나고 있다.

'저질러버렸군.'

눈을 감으니 어둠 속에서 불똥이 튀었다. 마음 속에서 무언가의 문이 열리는 듯한 감각. 그것은 '접속'이 완료된 증거였다. 여기까지 오면 이제 돌이킬 수 없다는 것을 나는 잘 알고 있다.

이것이 돌아올 수 없는 첫 발짝이었을 것이다.

그렇게 나는 인생을 다시 시궁창에 처박았다.

《여신》은 병기다.

살아있는 병기.

역사서에 따르면 그녀들은 일찍이 제1차 마왕토벌 때 대문명이라 불리는 시대에 강림했다고 한다. 그로부터 수천 년의 시간을 넘어 마왕현상이 출현하면 깨어났고 역할이 끝나면 다시 관속에서 잠이 들었다. 무슨 이유인지 자기 전의 기억은 거의 소실되어 버리는 듯하지만 세계와 인류의 수호자라는 것만은 변함 없다.

그녀들이 가진 기능은 마왕현상에 대항하는 '무언가'를 어딘가에서 불러내는 것에 있다. 신전 학사에 따르면 《여신》은 일종의 '문'이라고 한다.

그 성질은 개개의 《여신》에 따라 다르다. 인간을 소환하는 《여신》이 있는가 하면 번개와 폭풍같은 자연현상을 소환하는 《여신》도 있다. 미래의 광경을 불러내서 예지하는 《여신》도 있다고 한다.

이러한 《여신》의 운용에 있어 취급설명서나 순서는 필요 없다. 그 《여신》이 무엇을 부를 수 있는지 무엇을 할 수 있는지 하는 기능에 대해서는 계약을 나눈 성기사라면 이해할 수 있다.

그래서 나도 곧바로 이해할 수 있었다.

"테오리타?"

내 피를 홀짝인 금발의 소녀는 그런 이름의 《여신》이었다.

"예, 나의 기사."

테오리타는 불똥을 튀기며 머리카락을 쓸어올렸다.

"자이로."

그녀 또한 내 이름을 이해했다.

"어떠한 축복을 원하시나요?"

그렇게 물은 테오리타의 불꽃같은 눈동자 속에서 나는 강철의 광채를 보았다.

검이다. 무한한 숫자의 강철 칼날…. 명검, 마검, 보검, 성검. 그것들이 허공 저편에서 호출되기를 기다리고 있다.

"자, 기도하세요."

검의 《여신》 테오리타.

그것만 이해하면 충분했다. 그녀가 무엇을 부를 수 있는지 분명히 알았다.

"울타리."

나는 짧게 말했다.

취해야 할 전술. 서로가 할 수 있는 일. 의지라고도 할 수 없는 단순한 감각. 말하자면 이미지같은 것으로, 나는 테오리타와 그것을 공유한다. 이 감각도 알고 있다. 이게 가능하기에 《여신》은 인류가 가진 비장의 무기였다.

그저 강력한 존재를 소환하는 것만으로는 부족하다. 그것을 군사에 능한 사람이 공유하고 운용할 수 있기에 비장의 카드가 된다.

"어떻게 그런…!"

성기사단의 일원…, 소년같은 병사가 나를 나무랐다. 아니 탄식했다. 절망적인 표정을 하고 있었다. 체력만 있다면 내 멱살을 잡았을지도 모른다.

"어떻게 그런…! 멋대로 《여신》 님과 계약을 맺다니, 당신은."

"닥치고 있어. 이 방법밖에 없잖아."

나는 죽어도 부활하지만 이 녀석들은 그렇지 않다. 병사들은 한 명도 남김 없이 피폐해 있고 싸울 능력이 남아있지 않다. 애초에 지금은 내 행동의 옳고 그름을 음미하고 있을 때가 아니다.

"자이로! 다, 다, 다음! 다음 공격이 왔어!"

"알고 있어."

도터가 뇌장을 치켜들고 소리쳤다.

그 말대로 이미 푸어들은 눈앞까지 쇄도해 있었다. 거무튀튀하고 말랑말랑한 개구리의 몸이 물결치며 진흙의 해일처럼 몰려들고 있다.

"왠지 아까 녀석들보다 흉포해진 것 같지 않아? 어떡하지? 이러다 죽을지도!"

"죽을 리 없잖아! 얼간아."

나는 당연하다는 듯 소리치고 밀려드는 푸어들을 가리켰다.

"테오리타! 화끈하게 한 번 해봐. 여기서 튕겨내는 거야!"

"여기서 튕겨낸다. 좋은 말이군요."

테오리타는 기쁜 듯 미소짓고 허공을 어루만지듯 한손을 움직였다.

"저의 기사에 어울리는 말입니다. 기꺼이 축복해드리죠."

쨍. 공기가 쪼개지는 듯한 맑은 소리.

그 순간 하늘에서 백은의 비가 쏟아졌다…. 수백 자루의 검.

어둠속에서 스스로 빛을 내는 듯한 칼날의 무리. 그것들이 시야를 가득 메우자 눈에 아로새겨질 만큼 눈부셨다.

한순간에 이렇게 많은 숫자의 강철이 쏟아지면 피할 수 없다. 그것은 용서도 자비도 없이 푸어들의 몸을 일제히 꿰뚫었다. 강렬한 절단음과 귀에 거슬리는 비명이 합창처럼 연쇄된다. 쏟아진 검은 그대로 땅바닥에 꽂혀 우리들과 푸어들 사이를 격리하는 경계선처럼 변했다.

내가 주문한 대로다. 검의 무리가 방어용 울타리가 된다. 푸어의 숫자도 절반 이하로 줄었다.

"우왓, 냄새…!"

도터는 얼굴을 찡그리며 코를 막았다. 푸어들의 탁한 체액이 땅바닥에 흘러넘치며 엄청난 악취가 피어올랐기 때문이다.

"《여신》이란 이런 존재였어? 굉장히 강하잖아…!"

"그래. 그보다 우리도 놀고 있을 때가 아니야. 도터, 쏴!"

호통치면서 나는 검의 울타리가 있는 곳까지 달렸다.

"다가오지 마. 철저히 박살내버리겠어."

땅에 꽂힌 검 한 자루를 오른손으로 뽑아든다…. 창이나 검을 던지는 기술은 예전 직장에서 철저히 배웠다.

물체에 성인의 힘을 침투시켜 투척하는 전투기술이다. 나에 한정해서 말하면 20발짝이나 30발짝 정도의 거리에서 명중시키지 못할 리 없다. 허리를 비틀고 하체와 상체를 연동시켜 힘껏 투척한다.

내가 던진 검은 푸어들 무리 한복판에서 섬광을 내며 폭발했다. 주위에 있는 몇 마리들도 폭발에 말려들어 함께 날아가버린다.

피와 진흙과 푸어들의 살점이 뒤섞여 주위는 더 큰 참상으로 변했다.

"우웩…. 아까과는 다른 의미로 토할 것 같아."

도터도 뇌장으로 사격을 개시했다. 허접하기 짝이 없는 사격이라 견제도 제대로 안 되지만 그럼에도 반격을 당하지 않는 것은 검의 울타리가 차폐물이 되고 있기 때문이다. 뛰어넘으려던 녀석은 내가 한손으로 베어버렸다.

이렇게 되자 도망치기 시작하는 녀석도 있었다. 이쪽 전력에 큰 변화가 생긴 것을 녀석들도 이해한 모양이다.

"이, 이제 괜찮은 거야? 이것으로 일단 안심인 거지?"

"그렇긴 하지만, 사격 실력 좀 키워줘. 후반부엔 하나도 안 맞았다고."

"헤헤. 저기…, 솔직히 누군가를 상처입히는 게 싫어서 말야."

"무슨 헛소리를 하는 거야? 너, 무장 강도도 했다며. 그때 사람도 죽이지 않았어?"

"그때는 나름 노력했거든. 칭찬해줘…."

노력으로 둘러댈 문제는 아니지만 도터의 정신에 대해 언급하는 것은 왠지 바보같아서 관두었다.

푸어들이 도망치고 있다. 일단 이번 국면은 넘겼다고 봐도 될 것이다. 도터는 땅바닥에 철퍼덕 주저앉아 거친 숨을 몰아쉬었다. 기본적으로 겁쟁이인 것이다.

"─어땠습니까? 나의 기사."

《여신》 테오리타는 내 눈앞에서 가슴을 활짝 펴고 말했다. 새삼스럽지만 역시 키가 작다. 내 가슴 높이밖에 안 된다.

"저의 축복에 감격했나요? 페어리들을 모두 해치우고 당신을 지켜낸 이 위대한 힘…. 원하는 만큼 칭찬하고 숭배하는 것을 허락하겠습니다."

엄청나게 거만한 말투지만 겉모습은 완전히 어린애이다. 그 눈동자가 불꽃색으로 빛나고 있다. 무언가를 기대하듯 이쪽으로 머리를 내민다.

"자이로. 허락한다고 했어요."

그녀가 무슨 말을 하고 싶은 건지 알았다. 그 이미지가 전해져 온다.

"머리를 쓰다듬고 얼마나 제가 위대한지를 말로 표현하세요."

요컨대 그녀는 이렇게 말하고 있는 것이다. 머리를 쓰다듬으며 잘했다 칭찬하라고.

'하지만 그렇게 하는 것은….'

나는 망설였다. 너무 악취미다.

그녀들은 사람들에게 칭찬받는 것에 최대의 가치를 둔다. 우리 인간은 그것을 알고 이용하고 있다. 그래도 그녀들은 누군가의 칭찬을 필요로 하고 있는 것이다. 그게 없으면 살 수 없을 만큼.

하지만 이제 와서 내가 그런 일을 해도 되는 걸까? 굉장한 위선 같은 것 아닐까?

『아, 자이로 군과 도터, 아직 살아있나요?』

내가 손을 뻗으려고 했을 때 귓전에서 다시 불쾌한 목소리가 들렸다.

우리들의 '지휘관', 베네팀이었다.

"어째서 조금 의외인 듯한 말투인 거지?"

"그래, 완전히 남의 일인 것처럼 보고 있잖아! 베네팀도 가끔은 전선에 나오라고."

드물게도 나와 도터의 의견이 일치했다. 베네팀은 조금 움찔한 듯했다.

『그, 그렇군요. 두 사람이 고생하는 것도 이해가 안 되는 건 아니니까 생각해볼게요.』

"얼렁뚱땅 넘어가려고 하지 마."

"나도 그게 거짓말이라는 건 알겠어…."

『하하하. 뭐, 그 이야기는 나중에 하기로 하죠.』

결국 웃음으로 얼버무리고 억지로 화제를 전환했다. 못 말리는 녀석이다.

『아까 했던 이야기 말인데요, 두 사람 모두 지금부터 어떻게 할 겁니까? 성기사단을 구하러 가지 않으면…, 전멸하면 큰일이잖아요.』

정말로 어떻게 이렇게까지 남의 일처럼 말할 수 있는 건지 모르겠군. 이 말에는 도터도 발끈했다.

"무슨 소리야? 우리들은 지금 당장 도망칠 생각이라고. 성기사단이 멋대로 싸우든 말든 알 바 아니야."

『그렇겠죠. 하지만 잊고 계신 것 같은데, 성기사단 과반수가 죽으면 두 사람 모두 죽습니다. 부활한 후에 불에 또 지져질지 모르고요. 아마 굉장히 아플 것 같은데.』

"우우."

도터는 머리를 감싸쥐고 나를 보았다.

"어떡하지? 자이로."

"무슨 한심한 표정을 하고 있는 겁니까! 고민할 게 뭐가 있나요?"

중간중간 도터가 한 말을 듣고 이야기의 흐름을 간파했는지 테오리타는 비난하듯 녀석을 노려보았다. 그 눈앞에 손가락을 척 내민다.

"도망칠 필요 없어요. 당장 구하러 가면 된다고요. 그렇죠? 나의 기사."

"무슨 말을 하고 싶은지 알았으니까 두 사람 모두 잠시 닥치고 있어줄래?"

이런 식으로 두 사람이 일방적으로 떠들어대면 생각을 정리할 틈도 없어진다. 크게 숨을 들이마신 후 일단 베네팀을 움직이는 것부터 생각한다.

"베네팀, 어떻게 교섭해볼 수 없어? 그게 네가 가진 유일한 존재 가치잖아."

『알겠습니다. 일단 해보죠. 조금만 시간을 주세요.』

"이봐, 처음부터 거짓말하지 마. 뭐야? 그 고분고분한 대답은!"

나는 곧바로 베네팀의 거짓말을 간파했다.

숨을 쉬듯 거짓말을 하는 녀석이다. 나는 베네팀의 생각을 알고 있다. 녀석이 처한 상황도 알고 있다. 베네팀의 직책은 '지휘관'이고 삼림 밖에서 지휘를 하고 있다. 그것도 왕국 형무관 감시 하에서.

다시 말해 이 녀석은 임기응변으로 전황을 판단해서 극악인들로 넘쳐나는 징벌용사 부대를 조종할 수 있는 유일한 존재라는 것을 왕국 형무관들에게 보여줄 필요가 있고, 그것에 계속 성공하고 있다.

'어딘지 믿음직스럽지 않고 평소에는 별 쓸모가 없지만 무슨 까닭인지 범죄자들이 잘 따르는 능력자.'

사기꾼답게 그런 인상을 연출하는데 능한 것이다. 왕족을 속여

왕성을 서커스단에 팔아치우려다 붙잡힌 것도 이해가 된다.

실제로는 믿음직스럽지 못할 뿐더러 딱히 우리들이 잘 따르는 것도 아니다. 평소든 비상시든 주둥이 외엔 쓸모가 없는 것이다. 방금 '알겠습니다. 해보죠'라고 한 것도 단순한 연출 이외에 아무것도 아니다. 정말 적당히 둘러대고 있을 뿐이다.

고귀하고 고귀하신 성기사단분들이 시덥잖은 명예를 위해 요격이라는 폭거에 나선 이상 베네팀은 우리들이 곧 죽을 것으로 생각하고 있다.

『맡겨만 주세요, 자이로 군. 저는 이래봬도 여러분의 지휘관이니까 가끔은 좋은 모습도 보여야죠.』

"어차피 이쪽 목소리가 형무관에게는 안 들릴 걸 아니까 적당히 둘러대고 있는 거잖아."

『그럼 죄송합니다만 그렇게 아시고.』

"너 이 자식, 까불지 마. 나중에 두고 보…, 아, 아니 잠깐만."

그때 나는 베네팀이 간신히 도움이 될 만한 일을 떠올렸다.

"성기사단은? 어디까지 요격하러 나갔지?"

『음….』

조금 긴 침묵이 흘렀다.

아마 이제와서 조사해보고 있거나 형무관에게라도 확인하고 있는 것이리라. 그 정도는 파악하고나서 연락하라 말하고 싶다.

『그곳에서 좀더 북쪽, 파셀 강가의…, 음…, 제2도하 지점에 진을 치고 있는 것 같군요. 조금 머네요.』

"전혀 안 멀어."

나는 기가 막혔다. 이 녀석은 우리들의 현재 위치조차 제대로 파악하고 있지 않았다. 그래도 방금 조금이나마 도움이 되긴 했다. 그렇게 멀지 않은 곳에 있다는 것도 행운이다.

지금 나에게 다른 선택지가 있을까?

정면으로 싸워봤자 무리일 것 같으니 성기사단 구출은 포기하고 목이라도 매달아 죽어버린다든지, 용사니까 그런 일도 가능하다. 부활할 때 불이익을 좀 받겠지만 운만 좋으면 무사히 넘어갈 수도 있다.

'—무리로군.'

다만 나에게는 나쁜 버릇이랄까 스스로도 어떻게 해볼 수 없는 부분이 있다. 체념의 한숨을 쉬고나서 등 뒤로 눈길을 돌려보니 완전히 녹초가 되어 이제 말할 기력조차 없어 보이는 병사들이 있다.

"너희들은 어떻게 할래?"

"…우리들은 키비아 단장과 함께 싸우다 죽기로 했어."

가장 어린 병사 한 명이 비틀거리며 일어섰다.

"합류, 해야 돼."

"그만둬. 가봤자 발목만 잡게 되니까. 부상을 입은 너희들을 지키면서 싸워야 돼."

나는 일부러 강한 어조로 말했다. 미움을 받는 것에는 익숙하다.

"이대로 남쪽으로 빠져나가도록 해."

별동대를 습격한 페어리들은 물리쳤다. 이제는 나 자신이 미끼가 되어 기사단 본대와의 합류를 노린다.

"숲 남단에는 우리들을 감독하는 부대가 있으니까 도착하면 베네팀이라는 녀석을 한 방 때려주도록 해. 나는 지금부터 너희들의 지휘관에게 불평을 하러 갈 테니까."

"…믿기지 않는군."

불평을 하러 간다는 게 무슨 말인지 이 젊은 병사는 이해한 듯했다.

"정말로 우리들의 철수를 지원할 생각이야?"

"《여신》과 계약해버렸으니 말야."

병사들은 내 말에 어떻게 반응해야 할지 몰라 혼란에 빠진 듯했다.

그도 그렇다. 자신들을 구해주긴 했지만 상대는 징벌용사이고, 게다가 《여신》과 멋대로 계약까지 했다. 영문을 알 수 없을 만도 하다.

'또 이런 일을 하게 될 줄이야.'

나는 크게 숨을 들이마시고 도터를 돌아보았다.

"예정대로 간다. 작전 속행이야."

"자이로…."

도터는 굉장히 불안한 듯한 얼굴을 했다.

"다시 한 번 묻는데 정말 마왕을 해치우러 갈 거야? 제정신인 거 맞아?"

"제정신이야. 일단 성기사단과 합류해서 녀석들의 궤멸을 막는 것 외엔 방법이 없기도 하고."

"어머나!"

제일 먼저 반응한 것은 테오리타였다. 그녀는 손뼉을 치며 기뻐했다.

"역시 저의 기사로군요! 진작 그렇게 나왔어야죠. ─정말 행운이에요. 당신이야말로 저의 신봉자에 어울립니다."

"나는 반대야."

도터는 의욕이 없다는 듯 손을 들었다.

"아무리 《여신》 님의 힘이 있다고 해도 마왕을 해치우는 것은 다른 차원의 이야기라고. 자이로, 너야말로 멋대로 싸움을 시작한 성기사단 따위를 위해 죽는 것은 싫지 않아? —그럴 것이 너는…."

"그래서야."

도터가 무슨 말을 하고 싶은 건지 안다.

나는 과거에 성기사단이었다. 그곳에서 추방되어 이렇게 된 것이다. 그래서 성기사단이랄까…, 그들의 배후에 있는 귀족 얼간이들이 정말 싫다. 그중에는 나를 함정에 빠뜨려 이런 꼴로 만든 녀석들도 있으니 언젠가 때려잡을 생각이다.

다만,

"나도 녀석들은 안 좋아해. 하지만 그걸 이유로 죽게 놔뒀다가 뒷담화를 까이면 열받잖아."

"자의식과잉이라 생각해. 뒷담화따윈 하라고 내버려두면 되잖아."

"나는 못 참아."

나보다 허접한 녀석들에게 옹졸한 녀석으로 매도당하는 것은 견딜 수 없다.

결국 이 나쁜 버릇 탓일 것이다. 자각은 조금 있다. 요컨데 나는 얕잡혀 보이는 게 싫은 것이다. —그래서 여기서 이런 벌을 받고 있다.

"가자."

나는 도터를 걷어차고 땅에 박혀있는 검 한 자루를 뽑았다.

예리한 칼날. 은색으로 빛나는 그것에는 탁한 부분이 하나도 없다. 과연 《여신》이 소환한 검이었다.

"성기사단이 궤멸하면 우리들도 끝장이니까."

우리들이 도착했을 때 이미 전투의 막은 오른 상태였다.

차가운 밤바람을 타고 많은 사람들의 호통소리와 함성, 그리고 천둥이 치는 듯한 소리가 들려온다.

"아아… 벌써 싸우고 있네. 이미 늦은 거 아냐?"

도터가 우울한 듯 말했다.

성기사단을 구출함에 있어서 이 녀석은 전혀 내키지 않는 듯하다. 파셀 강변에 세워진 진지에는 불이 피워져 있고 연기가 밤하늘로 솟구치고 있다.

불이 비추고 있는 것은 낯익은 흰색 갑주였다. 성기사들이다. 강을 건너오는 페어리들을 뇌장이나 창으로 요격하고 있다. 사격의 호령에 뇌장이 섬광을 내뿜으며 페어리들의 몸을 날려버린다.

가끔 굉음을 울리고 있는 것은 보병용 뇌장보다 위력이 강한 설치형 대형 지팡이일 것이다. 아마 버클사가 개발한 박격인군일 것이다.

그것은 지팡이라기보다 파성추에 가깝다. 조립해서 쓰는 물건으로, '포'라 불리고 있었다. 성인이 새겨진 실체탄을 날리는 종류의 병기다. 연사가 불가능하고 성인이 가진 축광량의 한계때문에 탄수도 한정되어 있지만 페어리들을 한꺼번에 날려버리는 위력은 있다. 내 성인, 커다란 사탕이라 불리는 '자테 핀데'보다 출력과 사정이 위다.

요컨데 그들은 아직 잘 버티고 있다고 할 수 있었

다.

방위선은 페어리들을 접근하지 못하게 하고 있다. 사기는 상당히 높고 지휘관으로 보이는 사람의 호령 하에 일제히 번갯불이 쏘아지는 게 보였다. 뚫릴 듯한 곳의 보강도 정확하다.

'아는 얼굴은 당연히 없겠지.'

그리고 나부끼고 있는 파란색 깃발에도 모르는 문장이 수놓아져 있었다.

기울지 않은 대천칭 문장. 성기사단은 후원자인 귀족의 위광을 내보이기 위해 부대에 따라 내거는 문장이 다르다. 일찍이 제12대까지 존재했던 성기사단이 각각 어떤 문장을 내걸고 있었는지 정도는 나도 알고 있다.

그 어느 것에도 해당되지 않는 걸 보면 역시 이 부대는 새로 창설된 부대다. 내가 모르는 귀족의 지원을 받고 있다.《여신》테오리타는 13번째의 새로운《여신》인 것이다.

이번에는 정말 위험한 짓을 해버린 것 같은 생각이 든다. 하지만 그것도 다 도터가 잘못한 일이라는 것은 말할 것도 없다.

"자이로, 이제 된 거 아냐?"

그때 녀석은 느긋하게 말했다.

"우리들 없이도 성기사단은 버틸 것 같잖아. 상당히 건투하고 있어."

"무슨 소리를 하는 겁니까? 당신에게는 긍지라는 게 없나요?"

테오리타는 도터를 엄중하게 질책했다.

"궁지에 빠진 사람들을 구하는 것은 최대의 명예입니다. 우리들의 종자니까 기쁘게 따라오세요! 그리고 승리의 영광을 나누는 게 좋겠죠!"

"승리의 영광보다 맛있는 음식같은 것을 나누고 싶네…. 돈이라든지…."

"그게 무슨…. 어이가 없군요! 나의 기사, 이 종자에게 제대로 된 교육을 하고 있는 겁니까?"

지금까지의 행군으로 도터는 숨을 헐떡이고 있지만《여신》테오리타는 아무렇지도 않은 표정이다. 이 정도 운동량으로 지친 내색을 하는 건 있을 수 없다는 듯 우아하게 처신하고 있다.

단지 허세일 뿐이다. 가냘픈 소녀와 같은 겉모습에선 상상할 수 없을 만큼 튼튼하지만《여신》도 피로는 축적된다. 하지만 나는 그것을 지적할 만큼 바보가 아니다.

"종자는 엄선해야 한다고 생각해요. 그에게는 의욕도 근성도 없네요."

아무래도 테오리타는 도터를 '종자'로 인식하고 있는 듯하다.《여신》에게는 흔한 일이라 나로선 어떤 대답도 할 수 없다.

그저 도하 지점의 공방에 의식을 집중할 뿐이다.

도터의 말대로 성기사단은 상상 이상으로 선전하고는 있다. 하지만 언제까지고 버틸 수 있는 것은 아니다. 방금도 돌출된 페어리에 의해 병사 몇 명이 물려서 비명을 지르고 있었다. 서로의 공방은 치열했고 흐르는 피때문에 도하 지점의 수면이 검붉었다.

"얼른 가자. 공방이 시작되고나서 그럭저럭 시간이 흘렀어."

나는 이미 걸음소리를 죽이며 걷기 시작했다.

"페어리들은 다른 방면에서도 우회하고 있을 거야."

이것은 당연한 전법이다. 페어리들은 기본적으로 바보라서 동물적인 행동밖에 취하지 않지만 녀석들을 지배하는 마왕은 다르다. 분명한 지성이 있고 전술적으로 움직인다.

'만약 내가 마왕편이라면….'

도하 지점을 선점당해 정면 돌파로는 손해가 너무 큰 경우, 상류나 하류의 도하 지점으로의 우회를 생각해야 한다. 보통은 별동대를 조직해서 그쪽으로 보내거나 한다.

그리고 성기사단에 그것을 막을 별동대 전력은 이미 없다.

아까 우리들이 조우한 궤멸 직전의 부대가 그것이었을 것이다. 그쪽으로 우회하는 것은 우리들의 개입에 의해 실패했지만 병력으로 압도하고 있는 이상, 다른 도하 지점에도 보냈을 터이다.

결론을 말하면 서둘러 합류해서 결정적인 타개책을 취할 필요가 있다.

"그럼 도터….."

이름을 불렀을 때 깨달았다.

설마 싶었다. 이런 흐름에서 그런 짓을 하다니 제정신인가?

"테오리타, 그 녀석은?"

"음? 어머…?"

테오리타도 놀란 듯 주위를 둘러보았다.

모습이 없다. 터무니 없는 녀석이다. 이런 타이밍에 도망치다니…. 아니, 당연한가. 그나저나 정말 도망치는 속도가 빠르군. 감탄밖에 안 나온다.

그리고 무엇보다 땅바닥에는 천조각이 한 장 떨어져 있다.

묵으로 글자가 쓰여 있다. ―『별동대로서 성기사단으로부터 돈이 되는 것을 훔쳐오겠습니다』. 어이없음을 뛰어넘고 있다. 나중에 발견하면 죽이자. 우리 징벌용사가 전혀 신용할 수 없는 쓰레기들이라는 설을 제일 먼저 증명해버렸다.

"그 종자분은 어디로 갔죠?"

"…급한 용건을 떠올렸나 보지. 어차피 별 도움도 안 되니까 상관없지만…. 그보다 테오리타, 지금부터 네 힘이 필요해."

"예."

그녀는 눈을 불꽃색으로 빛냈다. 기쁜 듯이.

"역시 가장 의지가 되는 건 바로 나로군요. 기적의 힘이 필요한 거죠? 감사하세요."

"…감사해도 좋지만 할 수 있겠어?"

굳이 이렇게 물은 것에는 이유가 있다.

《여신》도 지친다는 거다. 운동하면 한계가 오고, 소환의 기적을 행사할 때도 체력을 소모한다. 무한하게 부를 수 있는 것은 아니다. 아까 그만큼의 검을 소환했던 것이다. ―그에 상응하는 피로가 축적되어 있을 터였다.

"무례하군요. 나의 기사 자이로."

그녀는 못마땅한 듯 입을 뾰족거렸다. 그런 표정은 완전히 어린아이다.

"저는 검의 《여신》 테오리타. 사람에게 기적을 가져오는 수호자입니다. 원한다면 드리죠. 그게 바로 제가 존재하는 의미입니다."

'웃기지 마.'

그렇게 말하고 싶다. 나는 《여신》의 이런 부분이 싫다.

진심으로 우리 인간을 위해 목숨을 모두 소비할 생각으로 있다. 그렇게 목숨을 거는 것은 그저 인간에게 칭찬을 받기 위해서이다.

나는 그런 녀석을 보고 싶지 않다.

"그러니까 나의 기사. 얼마든지 나에게 의존하세요."

테오리타는 자랑스럽게 말했다. 그 태도를 칭찬받고 싶다는 걸 알 수 있었다. 사양하겠어. 나는 생각했다. 그럴 수는 없다.

"《여신》에게도 한계가 있다는 것은 알고 있어."

나는 내뱉듯 말했다.

"죽을 때까지 싸우려고 하지 마. 그런 걸로 나는 칭찬 안 해."

"뭐라고요?"

테오리타가 놀란 듯 말했을 때 그때가 찾아왔다.

강인한 도하 공격. 강변에 있는 성기사단의 방위력을 마침내 페어리들의 물량이 일시적으로 웃돌았다. 뇌장의 사격에 겁먹지 않고 돌진해온 페어리에 의해 방책이 파괴되었다. 어떤 수단을 쓰든 일단 저것부터 막아야 한다.

"테오리타, 검을 부탁할게. 뒤에서 따라와."

"…예. 나의 기사. 방금 이야기, 당신에게 하고 싶은 말이 있긴 합니다만."

내가 달려나가자 테오리타는 우아하게 머리카락을 쓸어올렸다.

"승리하고나서 하도록 하죠."

불똥이 튄다. 허공이 일그러지며 검이 소환되기 시작했다. 무수한 검이 어딘가의 저편에서 나타난다.

이번엔 하늘에서 쏟아지는 것에 그치지 않고 땅에서도 돋아났다. 그중 한 자루 검의 손잡이에 발끝을 올리고 그걸 발판삼아 나는 기세좋게 도약했다.

하늘을 나는 듯한 높은 도약.

키 세 배 이상은 여유롭게 뛸 수 있다. 이것이 나에게 허락된 또 하나의 성인이었다.

이쪽 제품명은 '사카라'라고 한다. 비상인 사카라. 고대 왕국의 언어로 잠자리의 일종을 의미한다고 한다. 기능은 기본적인 신체능력의 강화… 를 도약력에 압축해서 효과를 내고 있다. 물리법칙의 영향을 완화해서 아주 짧은 시간이지만 비행에 가까운 도약을 가능하게 한다.

공중전.

이것이 나에게 탑재된 베르크종 뇌격인군의 주된 설계사상이다. 상공에서의 화력투사. 비행하는 페어리에 대한 대처. 그리고 마왕 현상 그 자체, 본체에 대한 기동공격.

난점은 이런 변칙적인 백병전에는 상응하는 훈련이 필요하다는 것. 공중기동을 하면서 고속으로, 그리고 정확한 공격을 실시해야 한다. 나는 그 전문가였다. 아마 연합왕국에서 몇 안 되는 전문가.

그래서 할 수 있다. 하늘을 날면서 테오리타가 불러낸 검을 붙잡는다. 내리치는 움직임으로 이번엔 '자테 핀데'… 폭파의 성인을 침투시켜 던진다.

목표물은 강기슭 여울에서 꿈틀대는 푸어들. 내 실력으로 못 맞출 리 없다. 폭파는 무리 중심에서 일어났다. 푸어들의 살점이 터지며 열과 빛이 번뜩인다. 수면이 터지며 물보라가 일었다. 페어리들의 무리가 금세 혼란에 빠진 것을 알 수 있다. 나는 그 한복판에 착지해서 다시 다른 검을 붙잡고 휘둘렀다.

내가 검을 쓰는 경우 목적은 참격이 아니다. '자테 핀데'의 성인에 의한 폭격을 쓴다.

'숫자가 많군. 일단 숫자를 줄인다.'

대각선으로 일섬. 칼날이 닿은 부분이 터지며 찢겨나간다.

하늘에서 쏟아지는 무수한 검도 놈들을 살려두지 않는다. 정면으로 덤벼들려던 푸어는 꼬챙이가 되어 땅바닥에 고정되었다. 곧바로 회피를 시도한 녀석은 같은 편과 부딪혀서 휘청이거나 쓰러졌다.

나는 물을 튀기며 그곳으로 돌진했다. 검을 내리쳐서 날려버린다.

"테오리타!"

나는 다음 검을 요구했다. 페어리들의 반격이 온다. 단순한 돌진이다…. 후방에 있는 테오리타를 노리려는 움직임. 불러낸 검을 공중에서 손에 쥔다. 곧바로 투척해서 폭파. 비명, 수증기.

'다음.'

몸을 돌리고 다음 적을 노린다. 다음 사냥감을 포착해서 유린하고 지나친다. 내가 지나간 곳에는 물보라와 피와 살점이 뒤섞인다.

'다음.'

중요한 것은 움직임을 멈추지 않는 것. 그게 비결이다.

"―뭘 멍청히 있는 거야! 이 녀석들."

나는 푸어들에게 호통쳤다. 그만한 여유가 생겼다는 말이다. 호흡을 한 번.

"이것으로 끝이라면 낙승이로군!"

등을 보인 한 마리를 베어버리고나니 어느샌가 주위에 적은 없었다. 물러간 것이다. 이것으로 성기사단의 방위선을 뚫을 뻔했던 페어리의 무리는 완전히 멈추었다. 꽤 요란한 난입이었다고 생각한다. 그 무렵에는 성기사단 녀석들도 나의 존재를 간파한 상태였다.

나와 《여신》 테오리타에게.

당연히 녀석들도 엄청나게 곤혹스러워하고 있었다. 나는 물과 피와 육편으로 온몸이 질펀하게 젖어있다.

'이럴 때 말을 걸어야 할 상대는….'

나는 성기사단 속에서 한층 더 하얗게 연마된 갑옷을 걸친 사람을 보았다. 영리해 보이는 말을 타고 있고 기수를 거느린 인물. 아마 이 녀석이 지휘관일 것이다.

"—누구지?"

지휘관으로 보이는 사람은 엄청 경계심이 드러나는 목소리로 물었다. 아무래도 여자인 듯하다. 투구의 얼굴보호대를 들어올리자 분명히 알 수 있었다. 검은 머리와 날카로운 눈초리. 옛날이라면 모를까 요즘은 여자 군인도 드물지 않다. 성인으로 신체능력을 보완할 수 있기 때문이다.

군사적인 영역에 한해서 말하면 성인의 발전에 의해 남녀의 차이는 감소하고 있다.

"웬놈이냐! 소속과 이름을 밝혀라!"

여자 지휘관이 거듭 물었다.

상대를 꿰뚫는 듯한 눈이다. 그 예리한 눈이 방황하다 내 등 뒤에 있는 테오리타에 멈추자 한층 더 혼란이 깊어졌다.

"그, …그쪽에 계신 것은 우리들의 《여신》이잖아! 왜 깨어나 있는 거지?"

그렇게 소리치고 싶어지는 기분은 이해한다. 내가 그쪽 입장이라면 영문을 몰랐을 것이다. 다만 그런 것을 설명하고 있을 때가 아니고 설명한다고 해도 상황이 변하는 것도 아니다.

지금은 모두의 목숨이 달려 있다.

"신경 쓰지 마."

나는 한 마디로 일축하고 다시 다른 검을 땅에서 뽑았다.

"뭔지 모를 상황일 거라 생각하지만 그것은 전부 도터 탓이야. 녀석은 역사에 이름을 남길 만한 수준의 좀도둑이거든."

"잠깐만. 아니, 정말로 잠깐만. 뭐야? 도터? 의, 의미를 모르겠어."

여자 지휘관은 내 발언을 멈추려 했다.

"설명해! 너는 누구고 뭐가 어떻게 되고 있는지. 왜 《여신》이⋯."

"지금은 설명이나 하고 있을 때가 아니야."

나는 강기슭 너머를 검끝으로 가리켰다. 한층 더 거뭇거뭇해진 밤의 어둠이 그곳에 웅크리고 있는 듯한 느낌이 든다.

"마왕이 다가오고 있어."

"그것은 알고 있어! 하지만⋯."

"나는 용사고, 지금부터 마왕을 해치울 예정이야."

이 발언에 여자 지휘관은 침묵했다. 본격적으로 상황의 혼란스러움이 허용량을 초월했는지 모른다.

"그런 일을 맡았어. 지금부터 시작하니까 죽고 싶지 않으면 도우라고."

─세상에는 원만한 화술이라는 게 있다고 한다. 최근 나도 공부하기 시작했지만 전혀 늘지 않고 있다.

이것 때문에 나는 언제나 불이익을 당하는 것 같다는 생각이 든다.

여성 지휘관은 키비아라는 이름인 듯했다.

본인이 이름을 밝힌 것은 아니다. 주위에 있는 녀석이 그렇게 부르고 있다. 성이겠지만 들은 적이 없다. 굳이 말하면 구북부왕국에 있을 법한 성이다. 갓 만들어진 귀족은 아닐지 모른다.

아무튼 지금은 상황을 수습해야 했다.

먼눈으로 본 응전 규모로 짐작컨데 2천을 넘었을 성기사단의 숫자는 이미 1천 정도까지 줄어들어 있었다.

"후퇴해. 여기서 버티는 것은 무리야."

그게 나의 첫 번째 주장이었다.

"그쪽이 보낸 별동대는 거의 궤멸했어. 생존자는 후퇴시켰지만 곧바로 다음 공격이 오겠지. 그전에 동쪽으로 빠져나갈 수밖에 없어."

감사받아도 좋은 정보였지만 키비아는 매우 불쾌한 듯한 얼굴을 했다. 불결한 해충을 봤을 때와 같은 혐오감이 느껴졌다. 나는 개의치 않고 말을 이었다.

"곧 대형의 페어리도 나올 거야. 트롤이나 버게스트."

어디까지나 분류의 편의상 부르는 호칭이다.

포유류를 베이스로 한 페어로리, 2족 보행이라면 트롤, 4족 보행이라면 버게스트. 둘 다 덩치가 크고 피부가 장갑화되어 두껍다. 이 부근 강의 심도라면 도하 중에도 그리 약체화되지 않는다. 움직임이 느리기에 아직 전선에 도착하지 않았을 뿐이다.

그리고 그런 이상, 도하 중에 노리는 이점은 별로 없다. 방위선을 뒤로 물려서 도하 후의 적에 화력을 집중시키는 편이 좋다. 오히려 상대에게 강을 등지게 한다. 강으로 분단해서 배수의 진을 강요한다.

어째서 이게 효과적인 '분단책'이 되는가 하면 내가 있기 때문이다.

"이쪽으로 유인해서 조금만 더 버텨. 그러면 마왕현상의 본체를 칠 수 있어. 그쪽도 최전선에 나올 테니 말야."

군이 단정적으로 말했다.

어떻게 그것을 아느냐면 성기사단의 별동대를 궤멸시켰던 페어리들의 속도이다. 그 정도 대군을 그 진군속도로 우회시키는 건 마왕현상의 본체가 지시하지 않으면 불가능하다. 그렇다고 하면 그만큼 전진해 있을 터였다.

"마왕은 내가 해치울 거야."

공중을 이동해서 마왕을 암살한다는 의미이다.

지금 이 페어리 집단을 와해시키려면 그 방법밖에 없다. 그때까지 성기사단이 끈질기게 버티는 싸움을 할 필요가 있다. 마왕 주위의 페어리를 최대한 유인해서 숫자를 줄여주었으면 했다.

"너희들은 내가 뛰어들었을 때의 엄호를 해주도록 해."

나는 진지하게 부탁했다. 허나….

"네가 왜 지휘관처럼 지시를 하는 거지?"

내 의견은 굉장히 불쾌한 인상과 함께 받아들여진 듯했다. 키비아의 얼굴을 보지 않아도 목소리만으로 알 수 있을 정도였다.

"우리들의 방침은 변하지 않아. 녀석들의 도하를 저지한다."

키비아는 어이가 없을 만큼 진지한 얼굴로 말했다.

"사수해야 돼. 이 강의 동쪽은 북방 귀족 연합의 영토야. 아직 인류의 땅이기도 해. 녀석들이 짓밟게 놔둘 순 없지."

"바보냐."

나는 자신의 목소리가 커지는 것을 억누를 수 없었다.

"철수 명령이 떨어지지 않았어? 우리들은 그것을 지원하라는 명령을 들었다고."

"갈투일이 보낸 사자는 최종적인 판단을 지휘관에게 맡긴다고 했어."

갈투일이라는 것은 원래 연합왕국에서 군사적인 부분을 총괄하는 청사의 이름이었다. 지금은 갈투일 요새로 불린다. 사실상의 사령부라 할 수 있었다.

"그런 이상, 명예를 위해서는 목숨을 아끼지 않아. 우리들은 이미 죽음을 각오하고 있어."

"너무도 바보같군."

그런 감상밖에 나오지 않았다.

우리들이 받은 명령과 명백히 모순되고 있다. 이유는 정치적인 것이리라. 갈투일 요새…, 군부도 여러 귀족의 출자로 성립되고 있다. 가령 북방 귀족 연합. 그런 녀석들의 의도가 뒤섞인 결과로 이런 말도 안 되는 지시가 떨어진 것일지도 모른다.

혹은 단순히 우리 징벌용사 부대따원 아무래도 좋다고 생각해서 적당한 명령을 내린 것일 수도 있다.

"너희들의 명예따원 알 바 아냐. 누군가가 살고 있는 땅을 지키는 거라면 모를까 이곳은 개척지조차 아니잖아. 따라야 하는 부하와 우리들은 어쩌라고."

"…명예야말로 중요한 문제야. 우리들은 북부에서 어쩔 수 없이 퇴각한데다 이곳에서도 철수를 명받았어. …더 이상은 견딜 수 없다고. 이곳이 우리들의 묘지가 되어도 상관 없으니 끝까지 싸워보이겠어…!"

위화감이 있었다.

키비아의 이런 강경한 태도는 뭐지? 무언가 캥기는 구석이 있어서 그 속죄를 하기 위해 무리한 싸움을 하려고 하는 것처럼 보인다. 다른 병사들도 비슷한, 진절머리가 날 만큼 비장한 표정을 하고 있었다. 어째서지?

"내 부하는 다들 내 방침에 동의했어. 그리고 너희 용사들의 말로 따윈 알 바 아냐."

짜증을 내며 내뱉듯 키비아는 말했다.

"죽을 가치조차 없는 죄인놈들! 애초에 그《여신》님은 어떻게 된 거지?"

키비아는 창끝을 나와 등 뒤에 있는 테오리타에게 겨누었다.

"왜 깨어나서 너와 계약을 맺은 거냐? 이미 그것부터 이상한 일 아냐? 영문을 모르겠군. 아니, 정말 모르겠어! 우리들은《여신》님만 무사하다면 뭐든 좋다고 생각하고 있었어! 우리들이 전멸하더라도 이 전장에서 반드시 무사히 돌려보내려고 했었다고!"

"그것에 관해선 할 말이 없군. 제기랄! 훔친 녀석이 있었어!"

"후, 훔친?"

키비아가 눈을 깜빡거렸다.

"훔쳤다고? 우리들의 경비를 어떻게 뚫고? 아니, 그보다 어째서

지? …어째서 그런 짓을? 네놈들은 인류의 적이냐? 무슨 생각을 하고 있어?"

"시끄럿. 전부 내가 알고 싶을 정도니까!"

점점 부아가 치밀어 올랐다. 어째서 내가 이런 일로 질책받아야 하는 건가. 지금 그럴 판국이 아니잖아.

"지금 사과해서 의미가 있다면 사과하겠어! 하지만 말야…."

확실히 이것에 관해서는 전면적으로 우리들이… 도터가 잘못했다. 하지만 그런 거나 추궁하고 있을 상황은 절대 아니다.

"이러쿵저러쿵 하고 있을 때가 아니잖아. 내 제안보다 나은 작전이 있다면 그거라도 좋아. 사수하는 것 이외에 말야!"

"뭐야? 그 말투는. 왜 우리들이 용사의 지시로 움직일 필요가 있지?"

"―어중이떠중이는 닥치세요."

불현듯 테오리타가 끼어들었다.

차가운 강철과 같은 목소리였다.

"그."

키비아는 불쌍할 만큼 당황했다.

"그, 그건, 저를 두고 하는… 말입니까?"

"그래요. 또 누가 있죠? 말해두지만 내 기사의 지휘에 말대답은 필요없습니다."

테오리타는 왜소한 체구지만 온몸에서 뿜어나오는 무언가의 존재감이 키비아를 압도하고 있는 듯 보였다. 그것은 불똥을 튀기는 그녀의 금발 탓일지도 모른다.

"신속히 병사들을 모아 마왕과 대치하세요. 시간을 낭비하는 건

용납 못 합니다."

"…아니, 기다려주십시오. 《여신》 님. 지금 상황은 무언가 잘못되었습니다! 그 남자가 당신의 기사가 된 것은 완전한 사고이고, 본래라면…."

"《여신》에게 사고따윈 있을 수 없어요. 제가 기사로 인정한 이상, 이것은 운명."

똑 부러지는 듯한 말투였다.

테오리타에게는 말 그대로 《여신》다운 말투도 갖춰져 있는 듯하다. 아니면 이쪽이 본래의 태도인 걸까?

"당신은 조금 단호함이 부족하군요. 나의 기사 자이로."

테오리타는 자랑스럽게 나를 돌아보았다.

"이자들에게 행동으로 보여드릴까요? 지휘권을 쥐어야 할 것은 여기 나를 받드는 기사라는 것을!"

흥, 코웃음 쳤다. 명백히 기대하고 있다는 걸 알 수 있다. 등 뒤의 공간이 일그러져 보였다. 진심으로 힘을 보여주려 하고 있었다.

"그러면 당신도 저를 칭찬해줄 게 분명해요. …그렇죠?"

"자, 잠깐만. 방금 묘한 이름이…. 자이로라고 했나?"

키비아는 내 이름에 무언가가 걸린 듯했다.

이건 좋지 않다. 왕국 내에서 내 이름은 상당히 유명하다. 특히 성기사단에 소속되어 있을 만한 상대라면 확실히 알고 있을 것이다.

"그… 자이로 폴바츠인가! 용사 중에서도 최악이잖아. 뭘 생각하고 있어?! 이 '여신 살해'의 대죄인…."

키비아의 말은 도중에 지워졌다.

격렬한 소음. 무수한 금속을 힘으로 찢어버리는 듯한, 그런 소리가 울려퍼지고 있었다. 어둠 너머 강 건너편에서다.

"늦었군."

나는 혀를 찼다. 쓸데없는 문답에 시간을 너무 들였다. 강 건너편에서 술렁이는 나무들 너머로 그것이 모습을 드러내고 있었다.

먼저 돌진해 오는 것은 대형 페어리들.

코끼리 정도나 되는 4족 보행의 늑대…. 저것은 버게스트. 2족 보행하는 검은 인영은 트롤로, 팔이 이상하리만치 큰 원숭이같은 녀석이다. 털복숭이의 몸으로 강에 뛰어들어 돌진해온다.

그리고 그 녀석들의 등 뒤에는 집채만 한 크기의 거대 바퀴벌레 같은 생물이 있었다.

여러 개의 다리를 서투르게 움직여서 천천히 기듯 전진하는 곤충. 끼익끼익 금속을 문지르는 듯한 울음소리를 내고 있다. 그 소리가 미묘하게 오르락내리락하자 페어리들의 무리 일부가 좌우로 전개하기 시작했다. 아무래도 그 울음소리로 이 군대에게 명령 같은 것을 내리고 있는 듯하다.

보고로 들은 대로였다. 저 바보처럼 큰 벌레가 바로 이 마왕현상의 근원. 일반적으로 이것을 마왕이라 부른다.

47호 '오드 고기'.

녀석들은 마왕현상의 촉매가 되어 주위를 '오염'시키면서 이동한다. 생태계가 일그러지고 가끔은 인간도 그에 말려든다. 성인에 의한 수호가 없다면 상대하는 것도 불가능하다. 그리고 녀석들은 개체마다 특별한 힘을 가진다.

이 '오드 고기'의 경우는….

"사격 정지! 마왕을 노리지 마라!"

키비아가 깃발을 휘둘렀지만 조금 늦었다.

이미 몇 발의 뇌장과 포가 불을 뿜고 있었다. 조준은 그럭저럭 정확. 그것이 좋지 않았다. '오드 고기'는 몇 개의 다리를 치켜들고 그 사격들을 요격했다.

쏘아진 번갯불과 포탄은 '오드 고기'의 다리에 튕기면 반사되어 돌아온다.

반사된 공격은 도하하는 페어리를 공격하고 있던 부대를 덮쳤다. 강기슭의 울타리가 불타고 사람도 튕겨날아간다.

'오드 고기'에는 흠집 하나 나지 않았다.

원리는 알 수 없지만 녀석은 성인에 의한 공격을 튕겨낸다. 적어도 성기사단이 가져온 원거리 무기는 전혀 효과가 없었던 것 같다. 게다가 전술적으로 반사하기에 제대로 된 싸움이 되지 않는다.

반사가 너무도 공격적이고 정확한 탓에, 무언가의 역장 같은 것으로 성인이 발생시키는 힘을 막고 반사시키고 있다는 견해도 있다.

이리 된 이상, 큰 질량 무기를 이용해서 물리력으로 공격하는 수밖에 없지만 저 거구에 접근해서 유효한 공격을 할 수 있는 무기는 별로 없다. 파성추나 투석기 같은 병기가 필요했다. 그런 구식 장비는 현재 제1왕도에서 준비중이라고 들었다.

요컨데 이 마왕 '오드 고기'는 스스로가 견고한 요새가 되어 진격하는 마왕이다. 성기사단이 큰 타격을 입고 여기까지 철수하게 된 것도 당연하다 할 수 있었다.

"무리인가…!"

키비아는 얼굴을 일그러뜨렸다.

"아직 건너편에 있을 때 초토인을 시도한다! 공병대, 준비해!"

"그만둬. 모 아니면 도 식의 공격은 하는 게 아냐. 안 통하면 전멸이라고."

초토인이라는 것은 말 그대로 주위 일대를 모두 날려버리기 위한 성인이다. 성인의 운반자인 몇 명과 그 땅을 희생시킬 각오로 쓰는 것이기에, 최소한 확실히 통용되는 국면에서 써야 한다. 저 성인 공격을 튕겨내는 껍질을 어떻게 하고나서이다.

그래도 키비아의 의도는 이해가 된다. 녀석의 전략 목표… 강 너머에 있는 이쪽 땅에는 한 발짝도 들여보내지 않겠다…, 최소한 각오를 보이기 위해 어떤 수단이든 쓰겠다는 것이리라.

그런 각오에는 함께 할 수 없다. 나는 내심 진절머리가 났다. 이 세상에는 목숨을 내던져 무언가를 하려는 녀석이 너무 많다.

"키비아, 네 부대로 나를 엄호해. 잔챙이들을 공격해서 마왕의 시선을 분산시키는 거야. 바로 지금."

"뭐, 뭐라고?"

내 발언에 키비아는 분노를 넘어 기가 막혔던 모양이다. 뒤집히는 목소리를 내며 눈을 휘둥글게 떴다.

"왜 네놈이 나한테 명령을 하는 거지? 징벌용사가 그런…."

"살아남기 위해서인 게 당연하잖아."

나는 단정적으로 말하고 테오리타의 어깨에 손을 얹었다.

"나는 죽을 생각이 없고, 너희들이 죽는 것을 보는 것도 사양이야. 목숨을 버려서 무언가를 하려고 하지 마."

이것은 키비아뿐 아니라 테오리타에게도 하는 말이다.

"마왕을 암살하고 올게. 성공해서 살아 돌아오게 된다면… 음."

나는 약속을 하기로 했다.

"어떤 불평이나 벌도 달게 받을 테고, 얼마든지 칭찬해줄게."

키비아는 이미 살의에 가까운 눈으로 나를 노려보고 있었고, 테오리타는 놀란 듯이… 혹은 진귀한 것을 보는 듯 나를 보았다. 이런 시선은 받고 있기 힘들다.

그래서 대답을 듣기 전에 테오리타를 안아들고 도약했다. 해줄 말은 하나뿐.

"간다."

강 건너편에는 어둠이 꿈틀대고 있다. 그 한복판으로 돌진하듯 도약한다.

내가 생각해도 이치에 안 맞는 짓을 하고 있다고 생각한다.

다만 부아가 치밀어서 견딜 수 없다. 아마 나의 멋대로 된 분노다. 뭐가 명예를 위해서라는 거냐.

'바보 아냐?'

나는 속으로 욕설을 내뱉었다.

그게 얼마나 무의미한 짓인지 알게 해주마. 녀석들을 아연실색하게 해주마. 가장 아연실색하게 할 수 있는 일이 무엇인가 하면 당연히 나같은 뭔지 모를 녀석이 마왕을 해치우는 것이리라.

'해치워 주마.'

나는 강을 뛰어넘었다.

하늘은 차갑다. ―바람이 강하게 느껴진다. 밑에는 페어리들의 무리. 뒤에는 성기사. 땅에는 적들뿐이라는 표현도 가능하다. 아군은 한 명. 내가 안고 있는 작은 《여신》 테오리타. 충분하잖아.

"꽉 잡아. 떨어지지 말라고."

"걱정할 것 없습니다. 불손하군요. 오히려 저는 당신들 인간을 걱정하는 쪽이라고요."

과연 《여신》 테오리타는 기가 세다. 그렇게 말하면서도 내 목에 매달린다.

"그럼 자이로, 제 역할을 수행할 때인 거죠?"

"아니, 아직이야."

나는 즉답했다.

테오리타에게 지나치게 의존하면 안 된다. 《여신》의 기능에는 한계가 있다. 소환할 수 있는 대상의 한도라는 게 존재한다. 그것을 초월하면 실이 끊어진 것처럼 《여신》은 기능부전에 빠진다.

최악의 경우는 죽어서 다시는 돌아오지 않는다.

"자이로, 저를 얕보지 마세요. 아직 이 정도는…."

테오리타는 그렇게 주장하지만 신용할 수 있는 것은 아니다.

《여신》들은 허세를 부리는 경향이 있다. 사람에게 의존받지 않으면 죽어버리기라도 하는 듯 아무튼 약한 모습을 보이려고 하지 않는다.

'역시 마음에 안 들어.'

나는 《여신》의 피로도를 측정하는 방법을 알고 있었다.

눈동자의 광채. 머리카락에서 튀는 불똥. 그것이 강해질수록 무리를 하고 있다는 증거이다. 지금 그녀를 안고 있음에도 머리카락의 불똥이 멈추지 않았다. 깨어난 지 얼마 안 되어서인 건지, 아니면 테오리타의 《여신》으로서의 체력의 한계가 그 정도인 건지 판별은 할 수 없다.

"전술은 기사에게 맡기는 게《여신》이라는 존재잖아."

나는 강한 어조로 말했다. 자연스럽게 그리 되었다.

"최고의 타이밍을 위해 온존하도록 해. 잔챙이는 내가 해치울 테니까."

나는 일부러 별일 아니라는 듯 말했다. 그렇다. 이 정도는 식은죽 먹기다.

밑에는 페어리들로 가득하다. ─그중에는 공중을 도약하는 페어리, 나의 존재를 발견한 녀석도 있다. 숫자가 너무 많다. 보통이라면 이길 수 없다. 보통이라면 그렇다는 이야기고 나는 여유있게 이길 수 있다고 생각하기로 한다.

'기동전투의 요점. 첫 번째 착지점을 확보하는 것.'

나는 벨트에서 나이프를 뽑아들고 착지점을 응시했다.

몇 마리의 페어리가 포효하듯 소리치며 나에 대한 경계를 촉진한다. 저것은 '버게스트'. 코끼리처럼 거대한 늑대들. 다만 자연의 늑대보다 모피가 훨씬 두껍고, 각질화되어 가시처럼 변해있는 부분도 있다.

'딱 좋은 상대로군.'

벨크종 뇌격인군의 가상의 적 중 하나는 말 그대로 저런 지상의 대형 표적이다.

반격도 허용하지 않고 저런 녀석을 일방적으로 파괴한다. 이 작업에는 위력과 정밀도가 요구된다. 그래서 나는 나이프를 세게 움켜쥐고 성인을 충분히 침투시킨 후 투척하는 것으로 그것을 해방했다.

시간차 기폭.

물론 내가 그 타이밍을 틀릴 리가 없다. 완벽. 버게스트 한 마리에 칼날이 박히더니 빛과 굉음이 터진다. 살조각이 터져나가며 그 충격은 주위 페어리들을 말려들게 했다.

"제법 훌륭하군요. 그럼 자이로, 다음은 제가….."

"아직이야."

'기동전투, 요점 두 번째…..'

몸에 밴 전투법을 떠올린다.

'움직임을 멈추지 않고 상대의 사각으로 돌아간다.'

착지와 동시에 나는 앞으로 도약했다. 이번엔 낮게. 발끝이 땅에 끌릴 만큼 낮은 고도. 그런만큼 거리도 길어진다.

그리고 땅을 기듯 도약하면 트롤과 버게스트의 발밑을 통과할 수 있다. 지나치면서 나이프를 박아넣는다. 녀석들이 그 덩치로 목을 돌리는 것보다 폭파가 더 빠르다.

살이 터진다.

"자이로, 다음이야말로 제 역할 아닌가요?"

'아직이야.'

나는 다시 크게 도약했다. 나이프를 투척. ─몰려든 소형 페어리들을 날려버린 후 나무를 걷어차서 다시 머리 위를 뛰어넘는다.

'아직 움직임을 멈추지 마…….. 멈추면 포위된다. 기합을 넣는 거야.'

폭파, 섬광, 도약.

금세 마왕과의 거리가 좁혀진다. 폭발한 땅과 진흙, 페어리들의 시체로 포장된 경로가 만들어진다. 마왕현상 '오드 고기'는 가까이서 보니 더욱 거대했다. 무언가 정체 모를 힘이 그 비상식적인 거구를 유지하고 있다.

녀석은 바보같이 큰 복안으로 나를 보았다.

"이게 마왕."

테오리타의 긴장감이 전해져온다. 그 몸이 경직되는 걸 알 수 있었다.

그리고 테오리타는 내가 그것을 깨달은 것을 알았다.

"두려워하고 있는 건 아니라고요!"

테오리타는 화난 듯 빠른 어조로 말했다.

"마왕을 해치우는 것이야말로 《여신》의 소망. 고양되고 있을 뿐입니다. 그러니까 지금이야말로 제 역할을…."

"아직이야. 조금만 더 참아."

"아직인가요? 아까부터 몇 번이나 기다리게 하지 않았나요?"

"거의 다 왔으니까 나를 믿어."

접근자를 눈치챈 '오드 고기'는 무수히 많아 보이는 다리 몇 개를 뻗어왔다. 그것으로 파리 잡듯 나를 때려잡으려 한다.

분명 그렇게 할 거라 생각했기에 이쪽은 이미 회피동작에 들어간 상태였다.

'한 번이라면 아마… 잘 할 수 있을 거야.'

나무를 걷어차고 도약.

낫같은 앞발의 일격을 피한다. '오드 고기'의 머리 위를 뛰어넘으면서 얼마 안 남은 나이프를 투척한다.

노린 곳은 다리의 뿌리 부분… 갑각의 연결부분이었다. 공중기동을 하면서 정밀한 투척. 바늘구멍을 통과하는 수준의 곡예 같은 기술이지만 이게 가능하기에 나는 성기사 단장을 맡고 있었다.

"어떠냐."

무심코 소리쳤다.

내가 던진 나이프의 칼날은 정확히 '오드 고기'의 갑각 틈새에 박혔다.

섬광과 폭음. 결과적으로 성과는 있었다. 성인에 의한 폭파는 갑각의 이음새에 결정적인 피해를 입혔다. 다리를 휘두른 기세 그대로 찢겨날아가 체액이 튄다.

한 박자 늦게 쇠를 찢는 듯한 '오드 고기'의 비명이 울려퍼졌다.

"하나 잘린 정도로 엄살은."

이것으로 증명할 수 있었다. 이 녀석이 단단한 것은 껍질뿐이다. 틈새를 노리면 파괴는 가능. ―다만 이 증명의 대가는 공짜가 아니다.

'오드 고기'의 비명에 호응하여 페어리들이 움직였다.

명백히 나를 붙잡으려 하는 움직임이다. 착지점에서 붙잡으려 한다. 푸어들이 개구리의 신체능력으로 뛰어오른다. 이건 좀 성가시다…. 나이프 숫자에도 한계가 있고, '오드 고기'도 다음부터는 경계할 것이다. 두 번째는 쉽게 통하지 않는다.

보통이라면 여기서 후퇴해야 한다.

하지만 보통으로 싸우면 이길 수 없다는 것을 알고 있고, 이쪽에는《여신》도 있다. 보통이 아닌 수법을 써야 한다.

"자이로, 포위되었습니다. 제 차례는 아직인가요? 이제 그만 되지 않았나요?"

"그래…."

나는 착지하면서 붙잡으려 한 푸어 한 마리에게 나이프를 박아넣었다. 칼날이 살속에 깊숙히 박히며 상대를 파열시킨다.

"지금이야, 테오리타."

나는 다시 나무에 뛰어올라 마왕에게 향했다. 그리고 명백한 적 개심을 가지고 이쪽으로 쇄도해오는 페어리들을.

"마왕까지의 길을 열어줘. 성대하게 부탁해."

"…예!"

흥, 코웃음 치며 테오리타의 눈동자가 타올랐다.

"눈 크게 뜨고 보도록 해요!"

허공에서 대량의 검이 생겼다.

이번엔 한 자루 한 자루가 크다. 의식에서밖에 쓰지 않을 듯한, 비실용적이라고도 할 수 있는 대검이었다. 버게스트든 트롤이든 관계없이 찔러죽일 수 있을 것 같은 두꺼운 도신. 은색으로 빛나는 칼날은 유성우처럼 쏟아졌다. 페어리들을 꿰뚫으며 마왕까지의 길을 만들어낸다.

"한 번만 더."

나는 즉각 도약했다. 테오리타는 세게 안고 이미지를 전한다.

"…특별한 검을 부탁할게. 할 수 있지?"

"불손하군요."

테오리타의 온몸에서 불똥이 튀고 있었다. ─안고 있는 내가 통증을 느낄 정도다.

"저는 《여신》이라고요, 나의 기사. 그저 경건하게 기도하시길."

마왕과의 거리가 눈 깜짝할 사이에 좁혀진다.

녀석은 여러 개의 다리를 잽싸게 움직였다. 그 복안이 이번엔 명확히 나를 노리고 있었다. 다리가 몇 개씩 휘둘러지며 공중에서 이쪽을 포착하려 한다.

'이것도 역시 한 번만이라면.'

첫 번째 공격에서 나이프의 장치를 보였다. 무엇이 위협적인지 녀석은 알고 있다. 공격력은 있지만 치명적인 것과는 거리가 머니까 이것으로 저지할 수 있을 거라 생각하고 있을 터이다.

실제로 나 혼자였다면 그랬다.

"받으세요."

테오리타가 말한 순간 다시 허공에 검이 생겨나는 것을 보았다.

지금까지보다 훨씬 긴 검… 그것은 마치 '창'과 같았다. 더 이상 검이라고 부를 수 없을지도 모른다. 나는 그것을 붙잡고 어깨가 빠질 듯한 충격을 느끼면서 성인을 침투시켰다.

그리고 걷어찬다.

전력으로 걷어찼다.

비상인 사카라에 의해 막대한 운동 에너지가 부여되어 거대한 검이 날아간다. 공성용 노에 필적할 만한 질량과 속도를 가진 일격이었다.

'왕도에는 파성추와 투석기가 준비되어 있어.'

그런 원시적인 병기가 '오드 고기'에게 통용된다는 것을 군부는 알고 있는 게 분명하다. 갈투일 요새 녀석들은 정치질을 하는 안 좋은 버릇이 있지만 결코 무능하지는 않다. 특히 자신의 목숨이 걸려 있을 경우에는.

그렇다고 하면 이 공격은 통할 터이다. 통하지 않는다면 더 방법이 없다.

결과는 바로 알 수 있었다.

내가 걷어찬 창같은 검은 '오드 고기'의 다리를 몇 개 날려버렸다. 칼날이 박히나 싶더니 다리를 부러뜨리고 절단한다. 그대로 칼날은 '오드 고기'의 동체에 박혔다. 파괴적인 힘. 껍질이 부서진 것을 알 수 있었다.

그와 동시에 섬광이 일었다.

공기가 파괴될 듯한 굉음이 뒤따랐다. 마왕의 체내에서 '자테 핀데'가 기동한 것이다. 꿰뚫은 껍질을 안쪽에서 날려버리고 살점이 터지며 점성이 있는 끈끈한 체액이 사방으로 튄다.

나는 나의…, 나와 테오리타가 일으킨 파괴의 성과를 보았다.

'성공이야.'

그렇게 생각되었다. '오드 고기'의 동체에는 깊이 패인 듯한 상처 자국이 생겨나 있었다. 그곳에서 체액이 계속 흘러나오고 있다.

"좋아, 테오리타. 이것으로…."

말하려고 한 그 순간이었다.

콰직 하는 습한 소리가 들렸다.

'오드 고기' 쪽에서. 파괴된 동체가 꿈틀대고 있었다. 그곳에서 무언가가 돋아나고 있다. 터무니 없는 속도로 뻗어왔다. ―새로운 팔? 혹은 해파리 같은 촉수인가? 두 세 개 정도다.

어느 쪽이든 상관없지만 이때 뇌리에 떠오른 것은 하나뿐이다.

"그건 반칙이잖아."

거의 발작적으로 해버린 일이었다. 테오리타를 껴안은 채 '오드 고기'에게서 등을 돌렸다. 아무리 생각해도 바보같은 짓이었다.

테오리타에게 하지 말라고 한 일을 내가 하고 있다. 목숨을 버리는 듯한 짓을 했다.

그후엔 뭐… 충격.

아마 간단히 튕겨날아갔을 것이다. 시야가 깜빡이고 순간적으로 암전되더니 무언가와 부딪혔다는 것을 알았다. 다행히도 커다란 나무였다. 트롤이나 바게스트가 아니다.

하지만 이래선 무리일지 모르겠다고 느꼈다.

방금 공격으로 마왕을 해치우지 못한 것이다. 같은 수법은 통하지 않을 것이고 녀석은 체액을 콸콸 흘리면서도 서서히 그 상처 부위가 아물어가고 있다.

"자이로!"

테오리타가 소리쳤다.

그나저나 아프다. 밤하늘이 보였다.

그리고 극심한 통증으로 소리치는 마왕. —꼴 좋다. 마왕의 명령이 일시적으로 끊기며 부모를 잃은 병아리처럼 혼란에 빠져 우왕좌왕하는 페어리들. 흥분해서 서로를 죽이기 시작한 녀석도 있다.

"…나의 기사! 이쪽을 보세요!"

이름을 불렸다. 테오리타…, 눈부실 만큼 눈동자가 빛나고 있다. 불꽃색인가?

그리고 하나 더.

'…뭐야? 이게.'

환각이길 바랐다. 그만큼 그것은 너무도 이상하고 우스꽝스러웠으며 보고 싶지 않은 것이었다.

"…아… 자이로?"

그 녀석은 나를 난처한 듯 들여다보고 있었다.

사상 최악의 좀도둑, 도터 루즈러스. 녀석의 지저분한 얼굴을 지금 여기서 보게 될 줄이야.

"이런 곳에서 뭐하는 거야?"

너한테만은 듣고 싶지 않은 말이라고 생각했다.

게다가 녀석은 아이가 한 명 들어갈 것 같은 커다란 나무통을 짊어지고 있었다.

그곳에 쓰여 있는 글자를 보고 나는 경악했다. —'버클사' '취급주의' '리누리츠 제7호병장' —그리고 '초토인'.

"도터."

나는 웃고 말았다. 웃으면서 몸을 일으킨다.

온몸이 아팠지만 그런 것을 신경쓰고 있을 때가 아니다. 도터의 멱살을 잡고 도망치지 않도록 억누른다.

"또 훔쳐온 거냐?"

"이건 오해야. 숨어 있는 내 눈앞에 마침 놓여 있길래…."

"잘했어. 나중에 죽이는 건 봐줄게."

그후에 일어난 일은 딱히 이야기할 꺼리도 되지 않는다. 초토인은 말하자면 성인을 새긴 목편의 집합체이다. 그 나무통 자체가 목편을 조합한 병기인 것이다.

이런 것을 훔쳐서 당당하게 가지고 다닌 도터는 도를 초월한 바보다. 나무통을 구성하는 '안전장치' 목편을 몇 개 뽑아서 기동한다. 뽑은 수량으로 위력과 폭파반경을 조절할 수 있다. 내가 아는 제품과 같은 모델이라 다행이었다.

이미 껍질이 파괴된 마왕 상대로는 최저한의 폭파로 충분했다. 이 일대를 황무지로 만들 필요는 없다.

나는 나무통을 힘껏 걷어참과 동시에 도약했다. 덤으로 도터까지 운반한 것은 최소한의 서비스였다. 착지와 동시에 녀석을 때려눕힌 것은 말할 것도 없다.

땅을 도려내며 숲 일각에서 터진 폭발음을 우리들은 가까운 곳에서 들었다.

이리하여 우리들은 마왕 '오드 고기'를 격파하고 성기사단의 철수 지원을 완수했다.

─진짜 이야기해야 할 것은 그후의 일들이다.

성대한 폭발이 끝나자 한순간의 정적이 흘렀다.

그후 곧바로 소음.

페어리들이 미쳐 날뛰고 있었다. 마왕이 죽었기 때문이다.

—통솔자를 잃고 더 이상 무리를 유지할 수 없는 붕괴에 빠져들고 있었다. 마왕현상의 핵을 잃으면 페어리는 이렇게 된다.

'처음은 아니지.'

나도 마왕을 해치운 적은 몇 번 있다.

허나 이렇게까지 바보 같은 결말은 처음이다.

'나도 반성하는 편이 좋겠군.'

자신도 이 《여신》과 성기사단을 뭐라 할 입장이 아니었다. 고지식한 바보들과 동류였다.

'도터를 보라고.'

좀더 아연실색할 방법으로 녀석은 마왕을 토벌하는 방법을 보여주었다.

웃음이 터질 것 같았다.

그 도터는 지금 흰자위를 드러낸 채 기절해 있다. 내가 두들겨패서 코를 부러뜨린 후 땅바닥에 내팽개쳤기 때문이다.

'엄청 피곤하군.'

나는 그 자리에 주저앉아 심호흡을 되풀이했다. 그런 나를 내려다보는 녀석이 있다. 그 녀석은 밤의 어둠 속에서도 빛나고 있었다. 불똥을 튀기며 불타는 눈으로 으스대고 있었다.

"나의 기사."

《여신》테오리타는 말했다.

가슴을 편 채 만면의 미소를 띠고 있지만 어딘지 불안해 보이는 목소리였다.

"마왕을 토벌했습니다. 저의 이 위대한 은총, …설마 불복하시는 건 아니겠죠?"

"그럴 리 없잖아."

돌려줄 말도 없다.

"그럼 나의 기사."

가볍게 헛기침을 하고 테오리타는 내 앞에 정좌했다. 몸가짐을 바로 한 느낌이다. 지금부터 사뭇 중대한 의식을 행하기라도 하는 듯.

"언제든 상관없어요."

그녀는 손으로 금색 머리카락을 쓸었다.

"이제 그만 저를 칭찬할 시간 아닌가요?"

"그래, 알았어."

"어서요. 주저할 필요는 없잖아요. 자, 어서. 준비는 되었다고 요."

"알았다니까…."

죽을 만큼 피곤했기에 나는 천천히 손을 뻗었다. 《여신》에 대한 보수는 딱 하나면 된다. 그런 부분은 굉장히 부조리하게 느껴지고 죄책감도 있다.

하지만 그녀들이 그것을 필요로 하고 있다면 내가 불평할 수 있을까?

그래서 나는 어금니를 깨물면서 그에 응했다.

"잘했어."

테오리타의 금색 머리카락을 쓰다듬었다.

그러자 불똥이 튀며 손끝에 찌르는 듯한 통증이 일었다. 별 것 아니다. 견뎌야 했다.

오늘밤 테오리타가 해준 일, 우리들이 테오리타에게 해버린 일에 비하면 사소한 문제다.

"흐흥."

테오리타는 나에게 머리를 쓰다듬어지면서 코웃음 쳤다.

"좀더 기세 좋게 쓰다듬으세요. 칭찬의 말도 잊지 말고."

"용케 살아남았구나."

"…별난 칭찬을 하는군요."

그녀는 의아한 듯 나를 올려다보았다.

"살아있는 것만으로 칭찬하다니."

"사실 그것만으로도 충분히 대단한 일이야. 바보들은 무책임한 소리만 하지만."

《여신》은 믿기지 않는다는 표정을 했다. 그럴지도 모른다. 《여신》이란 그런 존재다.

"그런 《여신》이 허용되나요?"

"허용되다니, 너…."

테오리타는 불안한 듯한 얼굴을 하고 있었다. 혹은 곤혹스러운 듯한 얼굴일 것이다. 왜 이런 얼굴을 하는 걸까.

"아니, 몰라. 다른 사람이 정하는 일이야?"

"…그렇군요."

테오리타는 약간 고개를 숙였다.

"그런 것을… 저는."

얼굴을 흐린 것 같다. 무언가를 떠올리고 있나? 허나 무엇을? 나는 미처 묻지 못했다. 다시 고개를 들었을 때는 그 그늘이 사라져 있었기 때문이다.

"그럼… 그렇다면, 자이로…. 당신의 말이 옳다면! 생환한데다 마왕까지 토벌한 저는 더 위대하다는 말이죠?"

테오리타는 《여신》이라기보다 어린애처럼 웃었다.

"좀더 칭찬할 것을 허락합니다."

"덕분에 살았어. 위대한 《여신》이야. 머리를 쓰다듬는 것조차 황송하네."

어쩔 수 없기에 나는 좀더 강하게 그녀의 머리를 쓰다듬었다.

"너는 아마 인류의 구세주가 될 거야."

"좀더예요."

테오리타의 입매가 근질근질한 듯 움직였다. 좀더 칭찬하지 않으면 수습이 안 될 것이다.

"…최고의 《여신》이야. 위대함에 눈이 멀 것 같아."

"아직이에요."

"…아직이야? 테오리타는 위대해. 굉장해. 이렇게 고귀한 존재는 아무리 세계가 넓다 해도…."

"자이로 폴바츠."

테오리타는 아직 부족한 듯했지만 나는 거기서 손을 멈출 수 밖에 없었다.

이름을 불렀다. 실은 말발굽 소리도 들리고 있었다. 아무래도 좋았기에 신경쓰지 않았을 뿐이다.

"네놈이 한 일이냐?"

성기사단의 하얀 갑옷. 진지함 그 자체의 얼굴. 키비아와 몇 명의 성기사가 마상에서 우리들을 내려다보고 있었다.

"그래."

나는 인정했다.

"마왕을 해치웠어."

"그래서 인정하라고 할 생각이야?"

굉장히 불쾌한 듯한 목소리였다. 어쩌면 이 자리에서 나를 때려 죽일 생각일지도 모르고, 그게 무리인 것도 아니다.

지금 여기서 용사 같은 대악당을 살해한다고 해도 그것은 비품을 하나 파괴해버린 정도에 불과하다. 용사든 비품이든 다시 수리해서 쓰면 된다. 성기사 단장에게는 그럴 권한이 있다.

'그리고 이 여자에게는 화낼 자격도 있어.'

본래라면 그녀…, 키비아가 《여신》과 계약을 나누었을 것이다. 《여신》과 기사의 계약은 반드시 일대일로 이루어진다.

이 계약을 파기하는 방법은 둘.

《여신》과 성기사 쌍방이 계약의 파기를 선언하거나 《여신》이 죽는 것.

"우리들에게서 《여신》을 훔치고, 초토인까지 빼앗아서 독단으로 마왕을 토벌했어."

"아무것도."

나는 즉답했다. 그것 외에 아무 말도 할 수 없었다.

"—저기."

테오리타는 엄숙하게 입을 열었다.

"아까부터 맘에 걸리고 있었는데 저를 '훔쳤다'는 것은 대체… 무슨 뜻이죠?"

"《여신》테오리타. 당신은 본래 우리 제13성기사단이… 보호할 예정이었습니다."

키비아는 괴로운 표정으로 말했다.

울 것처럼도 보였다. 너무도 말하기 힘든 것을 말하고 있는 듯했다.

아니면 거짓말을? 어째서? 애당초 왜 테오리타를… 최강의 카드인 《여신》을 쓰지 않고 잠들게 해둔 것일까. 여기서 전멸할 때까지 싸우려고 한 것도 그렇고 묘한 점이 많은 녀석들이다.

"그것을 거기 있는 징벌용사가 훔쳐서 독단으로 당신과 계약을 나눈 겁니다. —자이로 폴바츠! 저 악당이!"

"그렇군요."

언성을 높힌 키비아에 대해 테오리타의 목소리는 냉정했다. 그것도 허세일지 모르지만 아무튼 내가 놀랄 만큼 침착했다.

"그렇다면 그게 운명이었겠죠."

테오리타는 미소를 짓고 있었다.

왜지? 나는 잘 모르겠다. 보통은 좀더 혼란에 빠지지 않나? 내쪽이 혼란스러울 지경이다. 키비아도 놀란 듯 입을 반쯤 벌리고 있었다.

"저는 자이로 폴바츠를 나의 기사로서 믿습니다. 그야말로 모든 마왕을 토벌할 사람. 저의 은총을 받기에 적합한 기사입니다."

나는 무심코 얼굴을 찡그렸던 것 같다. 나는 그렇게까지 신뢰받을 만한 인물이 아니다. 그것은 분명한 일이다.

왜냐하면….

"하지만《여신》이여."

키비아는 어디까지나 냉정한 눈으로 나를 노려보고 있었다."

"당신은 그 남자의 죄상을 모르고 있습니다."

"어떠한 죄죠?"

"여신 살해."

키비아는 저주하듯 말했다.

"일찍이 성기사였던 그 남자는 계약을 나눈《여신》을 그 손으로 살해했습니다."

그것은 사실이다.

그래서 나는 아무 말도 하지 않았다. 똑똑히 기억하고 있다. 《여신》의 심장을 나이프로 찌른 감촉도, 그대로 숨을 거둔《여신》의 눈동자도, 내 손을 태울 만큼 강하게 튄 불꽃도, 전부.

잊을 리 없다.

◆

이때 크분지 삼림에서 일어난 일은 이게 전부다.

그후 우리 징벌용사 부대에는 곧바로 다음 임무가 내려왔다.

그것은 도터와 나의 어리석은 행동을 조금이라도 청산하기 위한 것으로, 당연하다는 듯 말도 안 되는 임무였다.

내용은 이번에도 제13성기사단 지원 임무.

마왕화된 지중 구조체에 대한 돌입 지원… 다시 말해 던전 공략을 위한 제물이다.

한편 도터 루즈러스는 원인불명의 사고에 의해 온몸의 뼈가 대부분 골절되어 수리장으로 보내졌다는 것을 여기에 기입해 둔다.

자이로 폴바츠.

연합왕국 제5성기사단 단장.

―누군가가 그런 식으로 내 직함을 읽어내려갔다.

기가 죽을 만큼 냉철한 목소리였다. 거기서부터 이어지는 길고 긴 주문 같은 서론도 나는 절반 이상 멍하니 듣고 있었다. 그러지 않으면 지금 당장 누군가를 때려죽여버리고 싶었기 때문이다.

"그럼 피고인 자이로 폴바츠."

누군가가 다시 내 이름을 불렀다.

청죄관이다. 청죄관은 왕국 재판의 의장이며 최고 책임자이기도 하다. 연합왕국 왕족이 맡는다는 규정이 있는 직책이다. 다섯 개 있는 왕가 중 어느 왕가에서 선출되었는지는 모르지만 나름 고귀한 집안 출신일 것이다.

왜냐하면 이것은 사상 첫 '여신 살해' 재판이기 때문이다.

"―자이로 폴바츠. 너는 자신의 성기사단을 이끌고 사건 당일 전야부터 마왕현상 11호에 접근했다."

그렇게 말을 이은 청죄관의 얼굴은 보이지 않는다. 나와 청죄관, 그리고 늘어선 심문 위원들 사이를 얇은 베일이 차단하고 있다.

이것이 연합왕국의 재판 제도이다.

애당초 연합왕국은 과거 다섯 개 정도였던 국가가 통합해서 수립되었다. 그때 각국의 제도를 받아들여

이런 형태로 정착되었다고 한다.

"그리고 새벽 무렵 너희들은 《여신》 세네르바를 데리고 교전에 들어갔다. 이 보고에 잘못은 없겠지?"

단정적인 말투로 그렇게 물어왔다.

이때 나는 온몸이 사슬로 묶여 거의 짐승처럼 구속되어 있었지만 재갈만은 풀린 상태였다. 그래서 이곳이 자신에게 일어난 일을 증언하기 위한 마지막 기회라고 생각하고 있었다. ─터무니 없는 얼간이었다.

"그 보고에 잘못은 없어."

나는 정직하게 대답했다.

"나는 마왕현상 11호와 싸웠어. 힘들었지. 아무튼 예정되어 있던 원군이 안 왔으니 말야."

"보고자는 질문에만 대답하라."

청죄관은 내 말을 끊었다. 불쾌한 듯한 어감이었다.

"사실 확인을 계속한다. 부하 성기사와 《여신》을 데리고 독단으로 교전에 들어간 피고인은 그 전투에서 괴멸적인 피해를 냈다. 이 보고에 잘못은…."

"있어."

나는 분명히 말했다.

"독단이 아니라 명령을 받고 한 일이야."

"갈투일 요새는 명령을 내린 적이 없다. 그런 기록이 없어."

"거짓말이로군."

나는 그렇게 단언할 수 있었다.

파발마를 달려 찾아온 전령은 정규 명령서를 가지고 있었다. 새겨진 성인으로 증명된다. 갈투일 사령부가 보낸 명령서였다.

"우군이 고립되어 구출이 필요하다는 이야기였어. 그래서 급행한 거야. 명령서에 따르면 유토브 방면 7110보병대라는 녀석들이…."

"그런 부대는 존재하지 않아."

청죄관은 으르렁대듯 말했다. 혹은 위압하는 듯한 어감이 있었다.

"너는 독단으로 공적을 올리기 위해 무모한 싸움을 부하와 《여신》에게 강요했다."

"아니야. 나는."

"전부터 네 부대는 독단적인 행동이 두드러졌었다. 지금의 신분을 얻기 위해 그만큼의 위반행위에 손을 물들였다고 들었다."

청죄관이 무엇에 대해 불쾌감을 가지고 있는지 나는 그제야 비로소 알 수 있었다. 내 존재 자체가 불쾌한 건가?

"전장에서는 현장의 판단이 필요할 때가 있고 그럴 권한도 있다고."

"연합 왕가가 부여한 권한이다. 너는 그것을 잘못 행사한 거지. 무엇보다 마지막에 너는…."

말하는 것조차 끔찍하다는 듯 청죄관은 잠시 뜸을 들였다.

"《여신》 세네르바를 살해했다. 이것도 사실이지?"

"사실이야."

내가 대답하자 술렁임이 일었다.

베일 너머에서였다. 늘어선 몇 명의 심문 위원들이 서로 말을 나누고 있는 걸 알 수 있었다.

"하지만 달리 방법이 없었기 때문이야. 구출을 지시받은 부대는 존재하지 않았고 합류한다는 원군도 안 왔어. 우리들은 고립되어서…."

"올 리가 없지. 애초에 그런 명령은 존재하지 않았고 너의 독단이었으니 말야."

"아냐!"

내가 호통치자 심문 위원들은 더욱 소란스러워졌다.

"세네르바는… 《여신》은 한계였어. 힘을 다 써버린 상태였어. 우리들에게 칭찬받기 위해 목숨을 걸고 싸워야 했으니까."

"네 책임이로군. 사욕에 의해 교전을 했으니."

"세네르바는 구출한 부대에게 많은 칭찬을 받을 거라 생각하고 있었어."

이미 나는 청죄관의 말을 무시하고 있었다. 아무래도 좋았다.

그런 것보다 그때의 일을 전해야 한다고 생각했다. —세네르바를 위해서. 녀석이 목숨과 맞바꾸어 무엇을 지키려고 한 건지.

"《여신》이 힘을 잃으면 어떻게 되는지 아는 녀석 있어? 쇠약해지고 무방비해져. 마왕현상에 침식된다고."

"그러한 현상은 보고받지 않았어. 그럴 가능성도 신전에 의해 부정되고 있고."

"바보냐. 신전 녀석들이 그런 걸 인정할 리 없잖아."

이유는 알 것 같다. 신전 녀석들에게는 교의가 있다.

《여신》은 완전해야 한다. 그 교의를 전제로 생각하면 인정할 수 없는 사실일 것이다. 허나 군부는… 실제로 마왕현상과 싸우는 병사들은 그것을 고려할 필요가 있다.

이때 내가 기대했던 것도 군부였다. 군부라면 내 증언이 얼마나 위협적인지 검토할 거라 생각하고 있었다. 지금까지 시도한 적도 없고 그것을 입밖에 내는 것도 허락되지 않았다. 빈사의 상태에 빠진 《여신》에 관한 사실.

이것은 향후 《여신》 운용에 대해 중대한 변화를 초래해야 했다.

"됐으니까 내 이야기를 들어! 마왕현상에 침식된 《여신》만큼 위험한 존재는 없어."

여신의 힘을 행사하는 마왕이 탄생할 가능성조차 있었다. 그것만은 피해야 했다.

"세네르바는 그것을 알고 있었어. 침식이 시작되고 있었다고. 그래서 나는."

"청죄관."

그때 심문위원 누군가가 말했다.

어딘지 온화하지만 또렷하게 들리는 목소리였다. 나는 그 목소리를 기억하고 있다. 고막에 새겨져서 잊혀지지 않는다.

"피고인은 신성한 《여신》을 모독하는 발언을 되풀이하고 있습니다. 이미 중요한 사항에 관한 사실 확인은 완료되었습니다. …지금부터는 발언을 금지해야 하지 않을지."

"그런 것 같군요."

심문위원의 말에 청죄관은 답답하다는 듯 말했다.

그 대화로 알게 된 게 있다. 이 법정에서 일어날 일은 처음부터 정해져 있었다. 연극 무대와 같은 것에 지나지 않는다. 이제 와서 깨달아도 너무 늦었다.

"기다려. 듣는 게 좋아!"

양옆에서 위병에게 몸을 붙잡히면서 나는 소리쳤다.

"위기감을 가져! 무슨 이득이 있는지 모르겠지만 신전과 군에 이런 일을 꾸밀 만한 녀석이 위에 있다는 소리라고."

양어깨를 붙잡혀서 바닥에 제압되었다. 상당히 강하다. 머리가 몽롱해졌다.

"나같은 녀석을 상대하고 있을 때가 아니야. 한시라도 빨리 그 녀석들을 찾아내서…."

그후 다시 충격. 다시 의식이 날아갈 뻔했다. 입에 재갈이 채워진다. 머리를 흔들어서 거부하려 하자 다시 얻어맞았다.

"찾아내서…."

나와 나의 성기사단, 그리고 세네르바를 함정에 빠뜨린 녀석들.

"반드시 죽여버릴 거야."

◆

"—뭐라고요?"

"엉?"

갑자기 머리 위에서 목소리가 들려왔다.

하늘에서? 아니. 내가 드러누워 있을 뿐이다. —몹시 조잡한 죄인용 침대에.

눈을 깜빡거리고 주위를 둘러본다. 좁은 방. 쇠창살. 창이 없는 석벽.

어딜 뜯어보든 감옥이다. 나에게 배정된 방. 용사 부대가 사용을 허락받는 것은 대부분 이런 방들뿐이다.

"무언가 꿈이라도 꾸고 있었나요?"

나를 내려다보고 있는 것은 이런 방에는 어울리지 않는 금발 소녀였다.

즉 《여신》 테오리타. 거만하게 가슴을 펴고 팔짱까지 끼고 있다.

"베네팀이라는 연약해 보이는 남자가 당신을 깨우라고 하더군요. 감사하고 칭찬하세요."

"그렇군. 훌륭하네. 수고했어."

나는 누운 채 말했다.

"바로 간다고 베네팀에게 전해줘."

"그럴 순 없어요. 눈을 떼면 또 잘 거잖아요."

"그래."

"정직은 미덕이지만 정직하다고 모든 게 허용되는 건 아니에요! 그리고 깨워드렸으니 나를 좀더 정성스럽게 칭찬하라고요!"

"그래."

나는 신음했다. 정말 내키지 않는 이야기였다.

베네팀이 소집한 걸 보면 다음 임무가 시작된 것이리라. 아마 지금 당장이라도. 도터의 뼈를 부러뜨린 건 조금 지나쳤다. ―이번에는 좀더 성가신 녀석들과 팀을 짜게 된다.

이미 그 낌새는 전해지고 있다. 복도 저 멀리에서 호통소리가 들려왔기 때문이다. 테오리타는 눈살을 찌푸리며 그쪽을 돌아본다.

"자이로. 아까부터 들려오는 저 호통소리는 뭔가요?"

"폐하로군."

하품 섞인 대답에 테오리타는 곤혹스러운 듯했다.

"그건 무슨 의미인가요?"

"말 그대로야. 자칭 폐하. 자신을 국왕으로 확신하고 있는 전직 테러리스트. 우리 부대의 공병이지."

"네…?"

아직 이해가 안 되는 얼굴을 하고 있는 테오리타를 방치한 채 나는 일어났다.

할 일이 있기 때문이다. 제기랄. 내가 생각해도 구역질이 나올 것 같다. 하지만 이것을 하지 않으면 하루종일 《여신》은 시끄럽다.

"가볼까. …잘 깨워줬어, 《여신》테오리타."

"흐흥."

테오리타는 쓰다듬어지는 준비를 하듯 머리를 손으로 빗었다.

"그렇죠?"

조금 난폭하게 쓰다듬자 머리카락은 흐트러졌지만 그녀는 이 이상 없을 만큼 환한 미소를 떠올렸다.

꿈때문인지… 오늘 아침은 그 얼굴이 고통스럽게 느껴졌다.

【명령서 / 제1류 솔다부 / 01360019호】

■ 수신 : 제13성기사단 파트셰 키비아 단장.
■ 명령 : 호송임무는 계속. 전투는 최대한 피하며 예정일시까지 여신 13호를 갈투일로 보낼 것을 명함. 그리고 징벌용사의 사용은 대원의 손상 회복까지 일시적으로 금지한다.
■ 승인자 : 북부 제4방면 총독 니블러스 헤렐크.

—상기 지령은 철회
■ 수신 : 제13성기사단 파트셰 키비아 단장.
■ 지령 : 호송임무는 중단. 새롭게 제완 건 갱도 공략 임무를 명함. 또한 여신 13호 및 징벌용사 부대는 제13성기사단의 관리하에 두고 제압 지원에 사용할 것.
■ 승인자 : 북부 제4방면 총독 임시 대행 심리드 코르마디노.
■ 지령 철회 이유 : 상기 승인자의 책임 용의 및 사망에 의한 방침 재검토.

제완 건 갱도가 열린 것은 최근의 일이다.

마왕현상과의 싸움이 본격화되는 가운데 광맥이 발견되어 급속도로 채굴이 진행되었다.

목적은 성인의 촉매로 가공하기 위한 광석의 채굴이다. 한때는 부근에 마을이 만들어져 제철소가 가동되었고 신전의 각인 공방까지 지어졌다. 질 좋은 철에 새겨진 성인은 많은 비축량과 높은 효과를 기대할 수 있기 때문이다.

신전의 말에 따르면 성인은 신들이 인류에게 부여한 지혜… 라고 한다.

물체에 새겨진 성인은 태양빛을 동력원으로 하고 인간의 의지와 생명력을 불씨로 하여 기동된다. 그 효과는 각양각색이다. 열을 내뿜고, 번갯불을 쏘고, 땅을 부순다. 그런 여러가지 은혜를 위해 인류는 이 성인이라는 기술을 발달시켜 왔다. 특히 군사 방면에서의 진보는 엄청나다.

그래서 성인을 새기기 위한 자재는 언제나 수요가 있다. 제완 건도 그중 하나였다. 이 갱도를 확장하기 위해 버클 개척공사도 거액의 출자를 했다고 들었다. 성인을 쓴 굴착장치가 설치되어 밤낮으로 채굴이 이루어졌다고 한다.

—그 갱도가 페어리화한 것은 얄궂다면 얄궂다고 할 수 있을지 모른다.

토지가 마왕현상에 침식되는 사태는 상당히 초기부

터 보고되고 있었다. 생물과 마찬가지로 무기물도 마왕현상에 영향 받을 때가 있다. 통로는 변하고 흙덩어리는 혼자 움직이며 서식하는 생물은 페어리로 변한다.

당연히 그곳에 발을 들여놓은 사람도 무사하지 않았다.

제완 건 갱도의 이변이 보고된 것은 한 달쯤 전이었던가. 갱도에 들어간 사람이 돌아오지 않나 싶더니 페어리화된 모습으로 발견되어 무차별적으로 사람을 공격하기 시작했다. 살해된 사람 또한 연쇄적으로 페어리화 되었다. 무언가 마왕현상의 주인… 마왕이 그곳에 정착한 것은 명확했다.

그런 탓에 주변 마을은 버려지고 지금 우리들은 굴착장치도 없이 맨손으로 구멍을 파야 하는 처지가 되었다. 삽으로 흙을 파내고 다시 땅에 박는다. 우리들은 그것을 쭉 되풀이하고 있다.

'잘못하면 이게 우리들의 묘지가 될지도 모르겠군.'

그런 농담 아닌 농담도 지금은 하지 않기로 했다. 같은 팀으로 편성된 상대가 그런 화제에 동조할 만한 부류의 사람이 아니기 때문이다.

"서둘러."

그 상대가 등 뒤에서 말해왔다. 녀석은 성실하지만 말이 많다.

"이런 페이스로는 예정된 시간까지 안 끝나니까 좀더 진지하게 파도록 하거라!"

그렇게 호통치는 남자의 이름은 노르가유 센릿지. 덩치가 큰 금색 수염의 남자로, 겉모습만 보면 높은 사람처럼 보인다.

통칭은 폐하.

왜 그런 이름으로 부르고 있는지… 아니, 부를 수밖에 없는가 하면 녀석은 자신이 이 연합왕국의 국왕이라 믿고 있기 때문이다.

그것도 진지하게.

당연히 그런 녀석이 제대로 된 사회생활을 할 수 있을 리 없었고, 왕성을 '찬탈'한 녀석들을 상대로 대규모 테러 행위를 벌였다. 누구에게 있어서도 불행했던 것은 이 노르가유라는 남자에게 믿기 힘들 정도의 성인 조율 재능이 있었다는 것이리라.

성인을 새긴다는 작업은 건축으로 비유할 수 있다.

조금 일그러진 기둥 하나가 세우려던 집 전체의 강도를 크게 좌우한다. 그것과 마찬가지다. 성인을 형성하는 곡선 하나의 비틀어짐이 전체의 정밀도와 출력을 크게 바꾼다. 병기에 이용되는 성인의 조율은 보통이라면 설계도를 준비해서 몇 명이 함께 작업하는 전문 기술인 것이다.

노르가유는 그것을 혼자서 해버린다. 분명히 말해 상식을 뛰어넘고 있다. 결과적으로 노르가유의 테러 행위는 군대와 왕성에 막대한 사상자를 냈다고 한다. 그후 왕국 재판을 거쳐 지금에 이른다.

다시 말해 징벌용사 9004대의 일원이 된 것이다.

노르가유는 지금 커다란 나무상자가 옥좌인 것처럼 앉아서 수중의 조각도를 움직이고 있다.

가늘고 긴 철판에 성인을 새기고 있는 것이다. 지금부터 사용할 발파용 성인. 이것은 녀석이 아니면 할 수 없는 일이라 이렇게 작업을 분담할 수밖에 없는 것은 분명하지만 왠지 화가 치민다.

"자이로, 성기사단의 돌입은 내일 아침으로 예정되어 있다. 끝내지 못할 경우, 철야 작업을 명할 수밖에 없다."

노르가유는 엄숙하게 말했다.

"노력해라. 성과에 따라선 다시 너를 성기사로 임명할 것을 고려하기로 하지."

녀석의 머릿속에서는 완전히 자신이 국왕인 것이다. 어떻게 정리된 건지 모르지만 스스로를 최전선에서 지휘를 하는 위대한 국왕이라 생각하고 있다.

마왕과 싸우는 용사를 직접 이끄는 왕…. 확실히 대단하긴 하다. 전설에 나오는 건국왕 같지 않은가. 그리고 노르가유 폐하가 말한 것처럼 서둘러야 한다는 것도 맞는 말이긴 하다.

제13성기사단은 이 갱도를 제압할 생각이다.

단기 작전이 계획되어 있다. 우리들은 목숨을 던져서라도 그것을 성공시켜야 한다. 그래서 지금 우리들이 지시받은 것은 직통 경로를 파는 것이다. 페어리화된 제완 건 갱도는 예전 지도가 도움이 안 될 만큼 왜곡되어 버렸다.

토지 전체가 페어리화되어 위험한 미궁처럼 되어 있는 것이다. 그래서 경로 단축을 위한 통로가 필요했다. 입구에서 좀더 심부로 돌입하기 위한 통로를 굴착과 발파에 의해 만든다.

그 루트 공작이 가장 먼저 명령받은 임무였다.

다만 노르가유 폐하의 머릿속에서는 조금 다르다. 최전선에서 친히 용사들을 지휘하고 성기사단의 돌입을 명한 것으로 되어있을 것이다.

"좀더 기합을 넣어라! 그 정도 굴착으로는 나의 성인이라 해도 파괴는 어렵다. 기동하면 생매장될 수도 있어."

그렇게 노르가유 폐하는 내 의욕을 고취하는 말을 해주고 있다. 제기랄.

"아니면 너는 스스로를 희생해서 길을 개척하고 싶은 건가? 서둘러 파도록 해라!"

"우리들은 이미 충분히 서두르고 있어, 폐하!"

나도 모르게 말대답을 하고 말았다.

"어제부터 거의 쉬지 않고 하고 있다고. —안 그래, 타츠야?"

흙과 돌, 그리고 자갈을 파내며 나는 옆에 있는 동료에게 물었다. 물론 대답은 돌아오지 않는다.

"…으."

신음소리가 흘러나올 뿐이다.

삽을 움직이는 손도 멈추지 않는다. 그저 기계적으로 땅을 계속 파고 있다. 극단적인 새우등… 공허한 표정. 머리에는 녹슨 투구. 소실된 뒷통수에서 머리의 내용물이 흘러나오지 않도록 하고 있다.

이 녀석도 용사다.

정식 이름은 나도 모르지만 타츠야라 불리고 있다. 누구보다 오래 용사 부대에 소속되어 있는, 잘 알 수 없는 남자다. 죄상도 불명.

보면 알 수 있는 대로 자아와 사고력이 존재하지 않는다. 너무 많이 죽은 탓이라기보다 너무 많이 부활한 탓이다. 소생할 때마다 용사는 여러가지 것들을 잃는다. 지금은 말을 할 수도 없다. 그저 외부의 자극에 반응해서 신음소리를 내는 것으로만 보인다.

이것도 형벌의 일환인 셈이다.

이상이 이번 임무에 종사하는… 아니, 종사 가능했던 용사 세 명.

노르가우 폐하, 타츠야, 나. 참으로 난감한 멤버다. 도터는 내가 온몸의 뼈를 부러뜨려 수리장으로 보내버렸기에 녀석의 나쁜 버릇만은 걱정 안 해도 된다.

"고생하고 있는 것 같군요, 자이로."

노르가유 옆에서 무료하게 나무상자에 앉아있는 소녀.

이런 지하에서도 금발이 눈부신 《여신》 테오리타. 그녀도 삽을 들고 있긴 하지만 아무런 작업도 하고 있지 않다.

아마 그 사실이 고통인지 아까부터 연신 굴착을 도우려 하고 있다.

"저와 교대하는 게 어떤가요? 기운이 넘치고 있는데."

"안 돼."

나는 바로 부정했다. 테오리타의 체력을 이런 작업에 소비해선 안 된다.

도움을 받을 거면 전투에 써야 한다. 이곳이 상당히 얕은 지층이라고는 해도 갱도의 일부이다. 마왕현상에 영향받은 페어리가 언제 습격해올지 알 수 없다.

"거기서 자면서 체력을 온존해두라고."

"하지만 나의 기사. 꽤 지쳐있는 것처럼 보이는데요."

역시 테오리타는 반발했다.

"여기선 《여신》에게 의지하는 게 비호받는 사람의 도리라고요. …애초에 저는 아무것도 하고 있지 않습니다. 이대로는 칭찬을 못 받는다고요."

"아무것도 하지 않고 앉아있으면 칭찬해줄게."

"그것은 전혀 칭찬받을 일이 아니라고 생각해요. 무언가 도움이 되어야죠."

"됐으니까."

나는 목소리가 날카로워지는 것을 느꼈다. 피로한 탓도 있다.

"거기서 얌전히 있어. 부탁이니까."

"…나의 기사가 그렇게 말한다면."

"노르가유 폐하, 《여신》 님이 이쪽을 돕지 않도록 보고 있어줘."

"물론이다."

노르가유는 엄숙하게 고개를 끄덕였다.

"《여신》이야말로 백성을 지키는 호국의 축. 이러한 작업에 동원해선 안 되지. …용서를 바라겠네."

누구에게나 거만한 태도를 보이는 노르가유지만 테오리타에 대해선 저자세였다.

이것도 새로 발견한 사실이다. 앞으로 테오리타에게 노르가유의 제어를 기대할 수 있다는 견해를 베네팀 녀석도 보인 바 있다.

"으음."

테오리타는 입술을 깨물었다. 불만의 의사표시다.

"알겠습니다. 당신 말대로 지금은 인간이 하는 일을 지켜보도록 하죠."

"그렇게 해줘."

나는 온몸에 축적된 피로감을 견디지 못하고 잠깐 허리를 펴려고 했다. 거친 숨을 쉬면서 뒤를 돌아보았다.

그때 예상외의 얼굴이 보였다.

"—자이로 폴바츠."

키비아였다.

제13성기사단 단장. 《여신》 테오리타의 본래 계약자.

전에 봤을 때와는 달리 보병용 장비를 입고 있다. 그리고 이 세상 무엇과 싸우고 있는지 알 수 없지만 여전히 예리한 눈초리. 그 등 뒤로는 부하 병사들을 줄줄 이끌고 왔다.

"아무래도 작업은 성실하게 수행하고 있는 듯하군."

"그야 그렇지."

나는 반사적으로 대답했다.

"성실하게 안 하면 죽으니 말야."

"…그렇군."

의도를 알 수 없는 얼굴로 키비아는 시선을 움직였다. 《여신》 테오리타에게 시선을 옮긴다.

"《여신》 님. 이러한 곳에 있기보다 저희 진영에서 휴식하시는 게 어떻습니까?"

"몇 번씩이나 끈질기군요, 키비아."

테오리타는 거만하게 손을 저었다.

"저는 여기가 좋다고 말했어요. 내 기사의 활약을 지켜봐야 합니다. 《여신》이니까요."

"하지만…."

"파트셰 키비아. 《여신》을 걱정하는 너의 충심은 훌륭하구나."

별안간 노르가유가 소리쳤다.

그 목소리만은 언제나 거물처럼 들린다. 그보다 키비아의 풀네임은 그거였나? 노르가유가 기억하고 있을 줄이야 대단하군.

"하지만! 《여신》은 최전선에서 싸움 관람을 바라고 계신다. 분명 가호가 있겠지."

키비아가 이연실색하고 있을 때 노르가유는 말을 계속했다. 터무니 없는 녀석이다.

"고로 왕 입장에서 그대의 호소는 받아들일 수 없으니 돌아가도록. 그리고 자신의 역할을 수행하라."

"…이봐. 자이로 폴바츠. 이 남자는 대체…."

"적당히 고개를 끄덕이도록 해. 반발해봤자 좋을 일 없으니까."

"소생에 따른 부작용인가? 기억이나 인식에 혼탁이…."

"원래부터 저랬어."

"그렇군…."

키비아는 더 놀란 듯한 얼굴을 했지만 그다지 신경 쓰지 않기로 한 듯하다. 헛기침을 하고 나를 노려보듯 본다.

"어찌됐건 예정대로 작업은 진행되고 있군. …조금 뜻밖이다. 감독하지 않으면 무슨 짓을 할지 알 수 없는 부대라는 이야기를 들었는데."

"뭐 그렇지. 무슨 일을 할지 알 수 없는 것은 요전번의 도터야. 웃기는 녀석이거든."

"…그것 말인데."

말하려다가 키비아는 말을 끊었다. 왠지 말하기 껄끄러운 듯했다.

"뭐야. 무슨 일인데? 요전번 일의 불평이라면 얼마든지 해도 좋지만 나로선 어떻게 해볼 수 없다고."

"아니, 그게 아니라."

키비아는 시선을 이리저리 돌리다가 다시 나를 노려보았다.

"미안했다."

"엉? 뭐가?"

"…전에 너를 규탄한 것은 잘못이었다는 게 판명됐어. 절도는 도터 루즈러스가 했고, 우리 성기사단의 별동대를 구하기 위해 어쩔 수 없는 상황에서 테오리타 님과 계약을 했다고 들었지."

"뭐 그렇긴 하지만."

미안하다고 사과받는 것은 어딘지 이상하다고 생각했다.

딱히 이 여자가 잘못한 것은 아니다. 전술적으로도 전략적으로도 잘못을 한 것은 확실하지만 그게 악한 일인가 하면 그런 것도 아니다. 일의 옳고 그름을 결정하는 것은 재판이다.

―그런 점에서 나와 도터는 극악하다고 해도 좋을 것이다.

"그 점은 명확하게 밝히고 사과해야 한다고 생각했어. 너는 최소한의 피해로 최선을 다해 마왕을 무찔렀는데 그때 나는 그 점을 이해하지 못했지."

"뭐 엄청나게 화를 내긴 했었지. 하지만 기분은 이해가 돼."

"그건 도터 루즈러스에 대한 분노였다는 것으로 해주길 바래. 그보다 왜 그때 너는 그런 설명은 안 했던 거지?"

"설명하면 믿어줬을까? 그럴 여유도 없었고, 싸우기 전에는 화가 나 있는 편이 더 좋지 않나?"

그에 대해 키비아는 불만인 듯 입을 꾹 다물었다.

"……함께 싸우는 동료인 이상, 다음부터는 명확히 설명하도록 해."

"징벌용사에게 동료라니. 혹시 말도 안 되게 사람이 좋은 건가? 그렇다면 이번 작전을 좀더 편하게 해주면 좋겠는데."

"기어오르지 마."

"식사를 배급할 때 술도 추가해줘."

"그런 식으로 말하니까 너라는 녀석은…. 뭐 좋아. 아무튼 임무야. 시시한 잡담이나 하고 있을 틈은 없어. 너희들에게 앞으로의 작업일정도 전하러 왔어. 잘 들어. 여기서부터 똑바로 판 후에는 이 지도대로."

키비아는 내 눈앞에서 큰 종이를 펼쳐보였다.

그것을 보고 나는 무심코 눈을 몇 번 깜빡였다. 술에 취한 뱀이 춤추고 있는 듯한 선과 고도로 추상적인 도형이 이곳저곳에 흩어져 있다. 그런 그림이었다. 이것을 지도라고 한 건가?

"북쪽으로 길을 이어주길 바래. 광석차 궤도가 나올 때까지 관통하면 그후엔 이 작업원 주둔소를 향해."

"잠깐만. 이봐, 이…, 이것이 방이야? 그렇다면 이게 혹시 문?"

"그런데 왜?"

키비아는 눈살을 찌푸렸다.

"뭐 의문이라도 있어?"

그녀의 등 뒤에서 부하 병사들이 고개를 젓거나 어깨를 으쓱하는 게 보였다. 무슨 말을 하고 싶은 건지 전해져 온다. 다시 말해 이 여자는 자신이 그린 지도의 치명적인 결함을 눈치채지 못하고 있는 것이다.

"이 구석지에 그려져 있는 개같은 건 뭐지?"

"개가 아니라 광석차야. 보면 알 수 있잖아."

"…그렇군."

나는 노르가유를 돌아보았다. 자신의 감각이 이상한 건가 의문이 들었기 때문이다. ―하지만 이 남자도 나와 비슷한 얼굴을 하고 있었다.

"폐하, 이 지도를 어떻게 생각해?"

"흠. 중기 고전 미상주의 벤크마이어파의 추상화인 줄 알았는데 아닌 것 같군."

"이건 아마 사람이겠지? 벽에 파묻혀서 고통스러워 하는 사람."

"짐의 눈에는 뱀에게 잡아먹히고 있는 말처럼 보이는군. 그것이 여럿 그려져 있는 게 의문이지만."

"…그것은 설치할 예정의 전선기지야! 이것은 텐트이고 이것은 설치형 랜턴, 냄비, 물자보관고, 잠금장치가 있는 문, 그리고 덤으로 생쥐! 대체 무슨 소리를 하고 있어? 바보 녀석. 지금 헛소리나 하고 있을 때야?"

우리들의 진지한 의견을 듣고 부조리하게도 키비아는 격앙했다. 그리고 도움을 구하듯 테오리타에게도 그 지도를 들어 보인다.

"테오리타 님이라면 아시겠지요. 남이 그린 지도를 가지고 놀고 있는 이 두 사람을 엄격하게 질타해주시길."

"에…."

테오리타는 말문이 막혔다.

"저기, 벽화의 묘사… 가 아니라 지도인 거죠? 너무 난해하지 않은가요?"

"거봐, 보통은 이해를 못 한다고."

"잠깐만. 그전에 '덤으로 생쥐'라는 것은 무슨 의미지? 짐은 그게 마음에 걸리는군."

"…후, 후후."

우리들의 발언을 듣고 키비아는 얼굴을 실룩거렸다. 웃는 것처럼 도 보였다. 정말 끈질긴 정신력을 가진 여자다.

"테오리타 님은 모르실지도 모르겠습니다만 이것은 예술작품이 아닙니다. 뭐냐, 군사적인 자료니까 최소한 뜻만 전해지면 됩니다."

"흠, 그렇습니까?"

"아냐. 그 최소한이 전해지지 않아서 문제인 거잖아. ―이봐, 뒤에 있는 부하들, 단장이라고 너무 응석을 받아주지 말라고. 지휘관이 이래선 언젠가 심각한 문제가 일어나니까."

"너 이 녀석, 방금 뭐라고 했어."

키비아가 불온한 눈초리를 하자, 따라온 병사들이 재빨리 반응했다.

"지, 진정하세요, 키비아 단장. 저건 징벌용사들의 헛소리입니다."

"맞습니다. 목적은 이루었으니 이만 돌아가도록 하죠!"

"하지만! 이래선 제군들의 단장, 대표로서의 면목이…."

키비아는 아직 무언가를 말하고 싶은 듯했지만 병사들의 다독임에 결국 물러가기로 했다. 나를 노려본 눈빛의 예리함은 마음에 걸리지만 이번 일로 자신의 그림실력을 되돌아보기를 기원한다.

나중에 좀더 나은 지도를 받기로 하더라도, 우리들에게는 아직 할 일이 많다.

"휴식을 끝내기로 할까."

"음, 그래. 쉬고있을 시간따윈 없다!"

노르가유는 말했다.

"굴착을 재개하라. 지체된 시간을 복구해. 자이로는 타츠야를 보고 배우도록. 잡담 같은 거 안 하고 계속 작업을 하고 있잖아!"

노르가유는 정말 탄광의 현장감독 같군.

나는 한숨을 쉬고 작업을 재개했다.

'하지만 묘한 임무로군.'

그렇게 생각할 수밖에 없다.

단순히 우리들이 이렇게 중노동을 하고 있는 것에 대한 불만은 아니다. 이 갱도에 대한 대처 자체가 아무래도 석연치 않은 것이다.

광산이 페어리화되어버릴 수밖에 없다면 기본적으로는 방치하면 된다.

토지를 던전화한 마왕현상의 주인은 그곳에서 나오지 않는 경향이 있다. 지금부터 공세에 나선다면 무시할 수 없는 거점이 되겠지만 크분지 삼림을 버린 지 얼마 되지도 않았고, 곧 찾아올 겨울을 대비해 수비에 들어가야 되는 시기에 할 일은 아니다.

남은 가능성 중 나한테 짚이는 것은 하나밖에 없다. ─그렇다.

나를 함정에 빠뜨려서 세네르바를 죽이게 한 녀석이 날조한 임무라는 것이다. 귀족들인지 군부인지 신전인지 알 수 없지만 확실히 그런 세력이 존재한다. 그렇지 않으면 그 재판에서 그런 말도 안 되는 전개가 통할 리 없다. 존재하지 않는 부대도 날조할 수 없다.

그렇다고 하면 녀석들의 목적은 무엇인가.

나에게 심술을 부리는 게 아니라고 하면, 혹시 《여신》 테오리타를 죽이려 하는 건가?

'왠지 음모의 냄새가 나는군.'

결국 예정이 완료된 것은 그날 밤 늦은 시간이었다.

뛰쳐나간 타츠야가 투박한 전투 도끼를 맹렬히 휘둘렀다.

심상치 않은 속도다. 저런 거대한 도끼와 짐을 들고 있는 상태에서 용케 이런 순발력을 내는군.

"우우."

타츠야의 목구멍에서 신음소리가 흘렀다.

도끼가 눈깜짝할 사이에 선회하며 어둠 속에서 뼈와 살을 분쇄하는 소리가 울려퍼진다. 페어리가 날뛰었다.

"우워."

짐승처럼 타츠야가 도약했다.

녀석은 양손용 커다란 전투 도끼를 식칼처럼 가볍게 휘두른다. 어딘지 음산한 잔광과 함께 칼날이 페어리들을 파괴해간다.

한편 나는 뒤에서 나이프를 한 자루 집어던졌을 뿐이다. 그것으로 충분했다. 사각에서 타츠야를 노리고 있던 페어리를 작은 폭파로 해치운다.

이러한 폐쇄공간에서는 '자테 핀데'의 성인에 의한 폭파도 신중하게 써야 한다. 힘조절에 실패하면 호된 꼴을 당한다.

어둠에 잠복해 있던 페어리는 도합 여섯 마리. —아니, 내가 해치운 녀석을 포함하면 일곱 마리인가.

거대한 지네형 페어리로, 흔히 보는 녀석이다. 많은 다리를 가지고 땅속에 사는 이런 종류의 페어리는 뭉

뚱그려 '보가트'라 불리고 있다. 거미와 곤충형도 모두 한 묶음이다.

타츠야는 그 녀석들을 다짜고짜 한꺼번에 때려잡고 있다. 그리하여 움직이는 게 없어지면 움직임을 뚝 멈춘다. 옆에서 보기엔 멍하니 서 있는 것처럼도 보인다.

"이래선 내가 엄호할 필요가 없군."

나는 정지한 타츠야의 뒷모습을 보면서 그런 감상을 늘어놓았다.

"봤어? 폐하. 보가트의 껍질을 팔꿈치로 깨부수는 거."

늘 있는 일이지만 타츠야의 백병전 능력은 초인적이다. 성인을 쓰면 나도 지지 않을 거라 생각하지만 이렇게 천장이 낮은 폐쇄공간에서는 조금 머리를 쓸 필요가 있을지 모른다.

"좋아. 과연 나의 정예다."

노르가유 폐하는 만족스럽게 고개를 끄덕였다.

한 손에 든 칸텔라에 손을 가져가더니 그곳에 새겨진 성인을 쓰다듬는다. ―그러자 빛이 강해지며 주위를 비추었다.

성인식 칸텔라지만 노르가유에 의해 조유된 것은 기능이 제법 다채롭다. 통신기와 조리기구로도 쓸 수 있다고 한다. 이런 물건도 보통은 몇 명이 설계와 조각을 분담해서 만든다. 노르가유는 그것을 혼자서 만들어버리니 보통이 아니다.

"훌륭한 전투능력이다. 무언가 상을 줘야겠군."

"하지만 너무 많이 일했어. 슬슬 쉬게 해주는 편이 좋지 않아?"

타츠야에 관해 알게 된 것이 하나 있다. 피로를 모르는 것 같은 운동력을 발휘하지만 그것은 녀석에게 자아나 사고력이 존재하지 않기 때문이다. 너무 무리시키면 한계가 와서 갑자기 쓰러진다.

"음. 시간이로군. 장소도 괜찮아."

노르가유 폐하는 머리 위를 올려다보았다.

지금까지 진행해온 갱도 중에서도 꽤 트인 공간이었다. 대략 30명 정도는 쉴 수 있을 것 같은 큰 공간으로 보인다.

무엇에 쓰였던 장소인 걸까? 굴착용 설비는 남아있지만 대부분 원형을 알 수 없을 만큼 일그러지고 뒤틀려 있다. 아니면 이 공간 자체도 페어리화한 탓에 의미를 알 수 없는 확장을 한 것일까.

"이곳은 전진기지로 쓰기로 한다! 자이로, 설영을 개시해라!"

"…알았어."

나는 고개를 끄덕이고 끌고 있던 썰매에서 물자를 내려놓기 시작했다.

군용 썰매는 상당한 무게가 있다. 노르가유가 성인을 새긴 것으로, 여러가지 기재를 운반하는데 쓰고 있었다.

전초기지의 설영. 그게 우리 징벌용사에게 맡겨진 두 번째 일이었다.

제13성기사단은 페어리들을 사냥하면서 미궁으로 변한 갱도를 깊숙이 탐사하게 되어있다. 안전한 휴식을 취하기 위해 전진기지가 필요했다.

그리고 타츠야는 이런 작업에 전혀 적합치 않았고, 노르가유는 육체노동을 할 생각이 없다. 이런 '공병'은 본 적이 없지만 어쩔 수 없는 일이다. 노르가유는 협박에 굴복하지 않으며 죽어도 일하지 않는다.

어쩔 수 없이 나는 일단 기둥이 되는 말뚝을 끄집어내서 최대한 같은 간격으로 배치하기 시작했다. 이것에도 성인이 새겨져 있어서

밧줄로 주위를 둘러치면 접근하는 페어리에 대한 방벽이 되어준다.

"자이로!"

상기된 목소리로 마지막 동료… 테오리타가 기둥을 붙잡고 있었다.

"제가 나설 차례죠? 그렇죠? 맡겨만 주세요! 이 막대기는 어디에 세우면 되죠? 얼마든지 세울게요!"

"진정해."

나는 다시 기둥 하나를 땅바닥에 박으며 테오리타를 제지했다. 본래라면 그녀의 손을 빌리는 건 좋지 않을 것이다. 이런 일에《여신》의 체력을 소비하는 것은 바보같은 일이다.

하지만 이제 한계였다. 이대로 놔두면 테오리타가 무단으로 일을 시작할 수도 있다.

"이 정도 간격으로 부탁할게."

나는 크게 세 발짝 정도의 거리를 걸은 후 그곳에도 기둥을 박았다.

"할 수 있겠어?"

"흥. 이《여신》 테오리타에게 불손한 질문이로군요!"

그녀는 기쁜 듯 코웃음쳤다. 그리고 내가 세운 기둥에서 폴짝폴짝 세 걸음을 헤아렸다. 기세좋게 기둥을 박는다.

"…보셨죠? 맡겨만 주세요. 나의 기사, 당신은 쉬고 있으라고요. 제가 모두 기둥을 세울 테니까. 대신 끝나면 잔뜩 칭찬해주라고요."

"그렇군."

다시 나는 기둥을 하나 설치하면서 고개를 끄덕였다.

이 정도는 가벼운 운동의 범주이다. 기둥은 테오리타에게 맡기고

이쪽도 잡일을 끝내두도록 하자. 햇빛을 축적한 축광조를 땅바닥에
내려놓는다.

"부탁할게, 《여신》 님."

"예!"

터무니 없이 쾌활하고 밝은 대답이 들렸다. 완전히 어린애다. —
종종 어린애는 '도움'이라는 이름이 붙는 것을 뭐든 하고 싶어하는
법이다.

그래서 보고 있으면 부아가 치민다. 테오리타에 대해서가 아니라
그녀를 만든 누군가에 대해서다.

'…원래는.'

나는 부아가 치미는 것을 억누르며 생각한다.

'테오리타 본인이 만족할 때까지 돕게 하는 게 맞겠지. 그것이
《여신》의 올바른 운용법일 거야.'

애당초 여신은 그렇게 하도록 만들어진 존재이다. '인간에게 칭
찬받기 위해 존재한다'고 적어도 그녀들은 그렇게 생각하고 있다.
그런 이상, 그 마음을 존중해줘야 한다고 말하는 녀석도 있고, 나
역시 딱히 부정할 생각도 없다.

나는 그저 《여신》의 그런 태도를 보고 있으면 짜증이 나서 견딜
수 없을 뿐이다.

아마 테오리타에게도 그 기분이 전해지고 있을 것이다. 그래도
테오리타는 멈추려고 하지 않는다. 그러지 않으면 존재하는 의미가
없다는 듯 일한다.

'맘대로 하라지.'

받아들일 수밖에 없다는 것은 알고 있다. 화가 난다는 이유만으

로 주장이 통할 장소나 상황이 아니다. 그저 손과 발을 움직이면 된다. 그러다 무언가가 끝날 것이다. —틀림없이.

할 일은 말 그대로 얼마든지 있었다.

전진기지는 오늘 중 두 곳을 설치할 필요가 있었고, 거기에 더해 보급물자도 준비해야 한다. 무기와 방어구는 전투에 의해 마모되고 식량과 의약품도 소모된다. 그것들을 공략부대에 보급하기 위해 우리 같은 선행부대가 보호용기를 만들어 길목에 배치하게 된다.

보호용기에 요구되는 것은 너무 튼튼하지 않고 방어장치가 너무 성가시지 않을 것. 그게 전부다.

페어리에게 쉽게 발견되어서 파괴되면 의미가 없기에 접근하거나 닿으면 작동하는 함정은 설치해둘 필요가 있다. 하지만 그 함정이 너무 과도하면 이번엔 인간 공략부대가 고생하고, 그것으로 피해가 생기면 본말전도다.

그래서 나는 노르가유를 감독할 필요가 있었다. 가령 첫 번째 물자의 배치.

"음."

녀석은 자작한 보호용기를 갱도의 막다른 길에 설치하고 만족스러운 듯 고개를 끄덕였다.

"내가 생각해도 훌륭한 완성도로군. 여기까지 도달한 용사에게 발군의 보수를 약속할 것이다."

"와."

테오리타는 그 보호용기 쪽에 큰 흥미를 보였다.

표면을 철로 보강한 상자로, 흰색 광반사 도료가 칠해져 있어서 어둠 속에서도 잘 보인다. 축광 유리를 쓴 장식도 화려하다. 과연 그렇게까지 할 필요가 있을까 할 정도였다.

"굉장하네요! 노르가유, 가까이서 봐도 될까요?"

"기다리십시오, 《여신》. 대비하지 않고 접근하는 건 위험하니까요. …이렇게."

노르가유는 보호용기 근처에 돌을 굴렸다. ―그 순간 예리한 창 몇 개가 튀어나왔고, 덤으로 용기 본체의 열쇠구멍은 격렬한 불꽃을 내뿜었다. 파르스름하고 선명한 불꽃이었다.

"어? 방금 그건?"

테오리타는 얼빠진 목소리를 내며 몸을 뒤로 뺐고, 나도 안 좋은 예감이 들었다.

"그래. 방금 무언가 굉장한 것이 나온 것 같은 생각이 드는데."

"맞아. 나의 자신작이지. 부주의한 접근자는 창에 찔린 후 돌까지 녹이는 불꽃에 잿더미가 되어버리겠지. 살육처형장치, 이름하여 '조린블코프'. 어리석은 자의 심판이라는 의미다."

"…그래서, 그 함정을 해제하려면 어떻게 하지?"

"잘 물어보았다! 이것은 좀 난해하지. 신중하게 돌을 굴려 확인해보면 공격을 유발하는 지면과 그렇지 않은 지면이 있다는 것을 알 수 있을 거야. 허나 그것이야말로 미끼로, 용기 본체에 닿은 순간 그 어리석은 자는 심판의 불꽃에 구워지는 것이다! 이것을 회피하려면 다른 장소에 숨겨진 이 열쇠를 써서…."

"알았어. 지금 당장 철거해야겠군. 타츠야는 노르가유를 제압하고 있어. 그 열쇠를 압수해."

"뭐, 뭐라고? 어째서냐! 무엄하도다!"

"넌 공략부대를 전멸시키고 싶은 거냐?"

노르가유는 믿기지 않는 실력의 성인 조율기사지만 이런 때는 그 게 나쁜 방향으로 작용한다. 결과적으로 준비한 함정은 80퍼센트 정도 쓸 수 없었고 최소한의 것만 남겨두기로 했다.

―이런 식으로 이곳저곳에 물자를 배치하고 다니다보니 눈 깜짝 할 사이에 하루가 끝났다. 최소한의 목표인 전진기지 두 개를 설치 한 시점에 우리들은 식사를 하기로 했다.

취사용 설비는 노르가유가 지면에 성인을 새겨 즉석으로 마련했 다.

"어떤가요? 나의 기사."

테오리타는 냄비를 들고 가슴을 폈다.

"저도 요리를 습득했습니다. 감사하며 드세요."

요리라고는 해도 굉장히 간단한 것이다.

이곳은 전장이고 우리들은 그중에서도 최전방에 위치하는 징벌 용사이기도 하다.

주어지는 식량의 질이 어떨지는 뻔하다. 특히 도터가 없고 베네 팀이 전선에 나와 있지 않을 때는 허접한 식사를 각오해야 한다. 녀 석들은 군의 물건을 훔치거나 횡령하는 게 특기다.

이날은 채소와 자투리 고기였다. 그것들에 소금을 쳐서 볶은 후, 휴대하고 있는 조미액을 뿌려 찹쌀에 싸서 먹는다. 나는 치즈를 한 조각 곁들였다. 내가 가르쳐준 대로 테오리타는 취사를 완수하고 있었다.

"이래서는 배가 부르지 않겠군. 전선의 병사를 이렇게 소홀히 대 할 줄이야."

그런 적당한 요리를 먹으면서 노르가유 폐하는 화가 난 듯했다.

"개선해야겠군. 병량의 문제가 심각한데 재정대신은 어디에 있지?"

"그야 물론 왕궁에 있겠지."

"추궁해야겠다! 예산은 올바르게 분배되고 있는 거냐? 최전선의 병량이 이래서는 사기를 유지할 수 없다."

"찬성이야. 이 작전이 끝나면 말이지."

노르가유의 망언을 곧이 곧대로 받아들이고 있다간 끝이 없다. 잘못하면 이쪽도 폐하의 망상에 말려들 수 있기에 적당히 맞장구를 쳐주는 게 비결이다.

타츠야는 그런 면에서 완벽했다. 전혀 반응하지 않고 찹쌀을 먹고 있다.

"작전의 진행상황은 어떤가요, 자이로? 제법 순조롭지 않나요?"

테오리타도 자신이 만든 '요리'를 먹으면서 기쁜 듯 말했다.

이런 땅속에서 이런 허접한 것을 먹으면서 왜 그녀는 이리도 기뻐보이는 건가.

마치 소풍이라도 온 것 같다.

"마왕현상의 주인은 이제 꽤 가깝지 않으려나요?"

"뭐… 그렇겠지."

나는 여기까지의 지도를 머릿속에 떠올렸다. 키비아의 전위예술 같은 그 지도가 아니라 제대로 된 지도를.

"이런 페이스라면 내일에라도 최심부에 도달하지 않으려나?"

"간단하군요."

흥 하고 《여신》 테오리타는 코웃음쳤다.

"여기 나의 은총 덕분이라고 해도 좋을 거예요. …안 그런가요?

성기사단의 자들도 분명 우리들에게 감사하겠죠?"

"잘 풀리면 조금은 감사할 수도 있겠지. 마왕을 해치우는 건 녀석들이지만."

"그점에 대해서 말인데요, 나의 기사."

테오리나는 목소리를 낮추었다. 그 눈동자가 불타고 있다.

"우리들이 마왕을 해치워버리는 건 어떤가요? 저의 가호와 당신들의 힘이라면 불가능한 일은 아닐 것 같은데!"

"하고 싶지도 않고 애초에 명령위반이야."

"하지만…… 역시《여신》으로서 실적과 위엄을 발휘해야 할 텐데…."

"안 돼."

이 이상의 명령위반으로 호된 꼴은 당하고 싶지 않다.

"마왕을 해치우고 싶다면 그 녀석… 키비아를 따라가지 그랬어."

"네?"

"그쪽이 본대니 말야."

나에게서 떨어지면《여신》본래의 능력을 발휘할 수 없다고는 해도 그런 선택지가 있긴 했다.

다만 그녀를 놀려둘 여유는 없는 상황이기도 했다. 양쪽의 가능성을 저울질한 결과… 제13성기사단의 군사책임자인 키비아는《여신》의 의사를 존중하는 판단을 했다. 신전에서 파견된 신관도 있었기에 타당한 판단이다.

"어째서 이쪽을 따라온 거지?"

"…무슨 의미인가요?"

테오리타는 언짢은 듯한 얼굴을 했다. 눈동자의 불꽃이 강해졌다.

"당신들에게는 제가 필요 없나요?"

"그런 의미로 한 말이 아니야."

그때 깨달았다. 테오리타의 그 표정은 언짢은 게 아니라 불안을 의미하고 있다. 목소리가 조금 떨린 것으로 깨달았다.

"그야 동행해준 것은 고맙지만."

"그렇죠? 그럴 거예요!"

내 설명을 끝까지 듣지 않고 테오리타는 일어섰다.

"나의 기사 자이로, 당신은 저에 대해 때때로 불손한 태도가 보입니다."

"그런가?"

"그래요. 좀더 저를 필요로 하고 감사를 바치세요. 그리고 칭찬하세요."

그녀는 단숨에 말하고나서 나를 가리켰다.

"저야말로… 이 테오리타야말로 지고의 《여신》이라는 말을 당신에게서 듣지 않으면 직성이 안 풀려요!"

매우 규탄받고 있는 듯한 기분이 든다. 테오리타는 자신의 올바름을 확신하듯 고개를 끄덕였다.

"그걸 위해 동행하기로 한 겁니다!"

"아니, 잠깐만…."

나는 무언가 대답을 하려고 했다.

설명이 어려울 뿐만 아니라 굉장히 우울하다. 어떻게 말해야 될까? 좋은 표현을 찾아 잠시 망설였다. ―노르가유가 소리친 것은 그때였다.

"자이로!"

예리하게 질책하는 듯한 목소리. 테오리타를 대하는 태도를 꾸짖는 것인 줄 알았다.

하지만 아니었다. 노르가유의 손은 칸텔라를 들고 있다. 새겨진 성인이 붉은 빛을 내뿜고 있었다.

"본대에서 통신이야. 이건… 좋지 않군."

"구조 신호?"

노르가유가 조율한 칸텔라의 성인에는 여러 기능이 있다. 그중 하나가 본대와의 통신.

붉은 빛은 무언가 긴급 사태가 발생한 것을 의미한다.

『—서둘러 구조를….』

떨리는 음성이 칸텔라의 성인에서 들렸다.

하지만 잡음이 많다. 금속이 부딪히는 소리. 번갯불같은 가열찬 소리. 싸우고 있는 건가?

"마왕현상…."

나, 노르가유, 테오리타는 거의 달라붙듯이 칸텔라에 귀를 붙였다.

『습격받고 있다. 상대는.』

소음 사이사이로 들리는 키비아의 목소리는 그래도 우리들을 진절머리나게 하기에 충분했다.

『—페어리화된 인간. 이것은… 구조해야 될 사람의 가능성….』

나와 노르가유는 얼굴을 마주보고 거의 동시에 혀를 찼다.

"오늘은 이미 지쳐 있는데 말이야."

"우우. 그르."

타츠야가 동의하듯 낮은 신음소리를 흘렸다.

어쩐지 작업이 순조롭다고 생각했다. 이런 때일수록 꼭 골치아픈 사건이 터진다.

마왕현상은 인간에 영향을 미치기도 한다.

당연하다. 식물이든 동물이든, 돌과 흙조차 마왕현상에서는 도망칠 수 없다. 인간도 그것은 다르지 않다. 예외는 성인으로 보호된 것뿐이다.

그래서 우리 전선 병사에게는 페어리화를 피하는 성인이 지급되고 있고, 마을과 도시도 성인에 의한 방벽이 있다. 먼길을 떠나는 여행자라면 수호 부적을 가지고 있을 것이다.

인간이 페어리화한 경우는 다른 생물 이상으로 큰 변화를 이룬다. 시간이 지남에 따라 인간다운 모습을 잃어간다. 내가 조우한 가장 심한 사례는 온몸에 수많은 '얼굴'과 '내장'이 돋아난 달팽이처럼 되어 있던 것이다.

그것을 보고 내 부대에도 토하는 녀석이 있었다.

―이때 우리들이 조우한 것은 그런 의미로 말하면 상당히 인간의 모습을 유지하고 있었다. 너무 잘 유지하고 있다고 해도 좋을지 모른다.

모두들 굉장히 장신이었다. 그런 식으로 변한 것이리라. 피부가 번들번들 빛나는 은색 갑각으로 덮여있고 이곳저곳에 너덜너덜해진 옷조각이 붙어 있었다.

그런 집단이다.

이런 식으로 광물에 침식된 듯한 모습의 인간형 페어리를 편의상 부르는 이름이 존재한다. 신전 학사회가 정한 호칭은 '녹커'다. 굳이 인간과 구별할 필요가 있었다. 적어도 전선에서 싸우는 우리들에게 있어선.

그 숫자는 대략 100명쯤 되지 않을까.

녹커는 그 외형과 달리 민첩한 움직임으로 공세를 펼치고 있다. 수비에 전념하고 있는 것은 당연히 성기사단 녀석들이다. 땅바닥에 방패와 울타리를 세우고 방위선을 전개하고 있다.

"자이로! 《여신》 테오리타!"

키비아가 소리쳤다.

녀석은 날카롭게 창을 찔러 한 명의…, 아니 한 마리의 녹커를 꿰뚫고 있었다. 창끝에서 쨍 하는 가열찬 소리가 난다. 온몸을 덮은 껍질을 부수고 날려버렸다. 그런 성인을 쓰고 있는 것이리라.

"열세인 것 같군."

나는 보면 알 수 있는 것을 일부러 말했다. 방위전을 펼치고 있는 성기사들은 대략 20명 정도일까.

이런 페어리화 구조체를 제압할 때는 부대를 작은 집단으로 나누고 통신에 의한 연계를 취하면서 교전하는 전술을 쓴다. 한 번에 백 명, 천 명을 투입해봤자 이런 폐쇄공간에서는 이점이 되지 않기 때문이다. 오히려 낙반같은 것으로 일망타진당할 위험만 높아진다.

"나의 기사."

테오리타는 이미 내 팔꿈치를 붙잡고 있었다. 지금이라도 뛰쳐나갈 듯한 기세다.

"《여신》으로서 구원의 손길을 내밀어야 해요!"

"그래."

이런 나도 목덜미의 성인이 따끔따끔 아프기 시작하고 있다. 감독책임자인 키비아의 죽음은 우리 용사의 죽음이기도 하다. 하지만 그러기 위해서는….

"도움을 받고 싶다면 명령해줘, 키비아 성기사 단장. 그게 규칙이잖아."

"알고 있어. 협력을 부탁할게!"

나의 비꼬는 듯한 말투에 키비아는 조금 불쾌한 듯 눈살을 찌푸렸다.

하지만 곧바로 제대로 된 지시를 내렸다. 달려온 우리들과 기사단이 녹커들을 앞뒤에서 공격하는 형태가 만들어진다.

"좋아. 가라!"

노르가유는 큰 소리를 내질렀다.

본인은 한 발짝도 움직일 생각이 없는 듯했지만 위엄만은 있어 보인다.

"내 왕국의 정예들이여! 페어리로 변한 국민들에게 안식을 가져다 주는 거다!"

내 왕국이라는 부분에서 강렬한 위화감이 들었지만 신경써봤자 소용 없다.

나와 타츠야는 거의 동시에 교전을 개시했다. 나는 테오리타를 안고 도약했고, 타츠야는 짐승처럼 몸을 앞으로 구부린 채 땅을 박찼다.

"부우우!"

묘한 외침 소리와 함께 타츠야의 도끼가 녹커들을 등 뒤에서 덮친다.

"이이이…. 야아아압!"

녀석들의 피부는 광물화되어 있어 꽤 단단할 텐데도 타츠야의 완력 앞에선 별 의미가 없다. 그리고 녀석이 휘두르는 전투 도끼에는 노르가유가 새긴 성인이 있다.

절단의 성인.

그게 기능하고 있는 한, 예리함이라는 점에선 동방제도에서 만들어진 예리한 칼과 다름없다. 한 마리, 두 마리, 마른 나뭇가지를 부러뜨리듯 돌격해간다. 그리고 나는…《여신》테오리타를 안고 있는 이상, 좀더 신속한 수단을 취할 수 있었다.

가벼운 도약으로 녹커들의 머리 위를 뛰어넘는다. 간단한 일이다.

"힘조절을 할 거야. 테오리타, 한 자루면 돼."

"그런가요."

어딘지 불만스러운 듯했지만 테오리타는 지시대로 따랐다.

"뭔가 좀 부족하네요."

그 손이 허공을 쓰다듬자 칼날이 생겨났다. 예리한 강철검이었다. 나는 그것을 붙잡고 곧바로 녹커들에게 집어던졌다.

언뜻 보면 대충 던진 것으로 보일지 모르겠지만 잘 노리고 던진 것이다. 이런 폐쇄공간에서는 위력을 조절하지 않으면 안 된다. 나는 그게 가능하다.

밀집한 상태에서 타츠야에게 밀리고 있는 녹커들에게 있어선 도망칠 장소도 없다. 흰 섬광과 함께 폭파가 일어난다. 거기에 말려든 것이 열 마리 이상. 해치우지 못한 녀석도 있지만 다리와 팔이 날아갔다.

그후엔 키비아 부대에게 맡겨두면 되었다.

"공세!"

내려선 나와 엇갈리듯 성기사들의 반격이 이루어졌다. 연계한 성기사들의 돌격력은 말할 것도 없다.

그들이 입고 있는 장비 일식도 병기의 집합체인 것이다. 이곳저곳에 성인이 새겨져 있다.

여러 개의 성인으로 형성된 무장을 일반적으로 '인군'이라 부른다. 그런 제품으로 정착되었다. 공격을 위한 성인, 방어를 위한 성인, 경쾌한 기동전투를 위한 성인. 그런 것이 한 덩어리가 되어 새겨져 있다.

특히 키비아의 갑옷과 창은 선두에서 백병전을 벌이는데 적합하게 설계되어 있는 듯했다. 녹커가 내려친 주먹을 장갑으로 튕겨내고 있음에도 전혀 문제가 되고 있지 않다. 창은 나뭇가지처럼 휘둘러지며 페어리화된 표피를 쉽게 부숴버린다.

창끝이 부딪히는 순간 격렬한 소리가 난다. 무언가의 충격력을 발생시키고 있는 것으로 보인다.

아마 민간 제품은 아니고 군이 개발한 제품일 것이다. 방어를 주체로 한 '엄격인군(掩擊印群)'이라 불리는 종류의 인군. 저것이 바로 《여신》을 지키며 돌격하는 성기사를 위한 무장이다.

―그래서 전투도 금방 완료되었다.

모든 게 끝나자 키비아는 엄숙한 얼굴로 우리들에게 다가왔다.

"…구원에 감사한다. 신속하게 왔군."

"뭐 그렇지."

그리 멀리 떨어져 있지 않았던 게 다행이었다. 성기사들에게 피해가 생기기 전에 구할 수 있었던 것 같다. ―그럼에도 불구하고 키비아의 부하들이 우리들에게 보내는 시선은 어딘지 서먹서먹하다.

아니 분명히 혐오감을 품고 있다는 걸 알 수 있다.

　그야 그럴 거라 생각한다. 나는 《여신》을 죽였다는 의미 모를 죄를 저지른 중죄인이고, 노르가유는 왕성 테러 사건으로 유명하다. 타츠야는… 잘 모르겠지만 저렇게 짐승같은 싸움을 하는 녀석은 무서울 것이다.

　그것은 키비아도 그리 큰 차이 없을 거라 생각했다. 노골적인 혐오는 이전보다는 표정에 드러내고 있지 않다. 하지만 우리들을 수상쩍은 녀석들이라고 생각하고 있는 것은 눈초리를 보면 알 수 있다. 질 나쁜 소문이 있는 용병과 똑같을 것이다.

　실력은 있지만 신용은 할 수 없는 범죄자 집단.

　'…그렇다면 우리들은 둘째치고.'

　신기한 것은 테오리타이다.

　성기사들의 눈은 테오리타에 대해서도 묘한 그늘이 있는 것처럼 느껴진다. 왜지? 아니, 애당초 테오리타에게는 잘 알 수 없는 게 있다.

　어째서 관짝이랄까… 그 커다란 상자에 각성시키지 않은 상태로 운반하고 있었던 건가 하는 거다. 나는 성기사들의 표정에서 그 실마리를 읽어내려 했다.

　하지만 그전에 키비아가 입을 열었다.

　"자이로. 미안하지만 향후의 작전행동을 검토하고 싶군."

　"정중하기도 하네."

　나도 모르게 비꼬는 듯한 대답이 되었다.

　"그렇게 명령하면 되잖아."

　"그게 어려워졌어. 녀석들은 인간형 페어리야."

"아아…."

나도 쭉 그 사실이 마음에 걸리고 있었다.

인간형 페어리는 시간이 지남에 따라 페어리화가 심해진다. 녀석들은 아직 충분히 인간 형태를 유지하고 있었다. 아주 최근에 페어리가 되었다는 말이다. 며칠 안 되었다. 길게 잡아도 5일 정도 밖에 되지 않았을 것이다.

그리고 이 갱도가 폐쇄된 것은 한 달쯤 전이다.

도출되는 결론은 하나뿐이다.

"이 갱도 어딘가에 아직 사람이 남아 있었던 건가?"

"녀석들의 습격을 받았을 때 그럴 가능성이 높다고 봤어. 그리고 확증도 얻었지."

키비아는 등 뒤를 가리켰다. 좁은 통로 한구석이다. 그곳에 누더기를 걸친 사람 그림자가 있었다. 페어리도 성기사도 아닌… 몹시 야윈 남자 한 명. 부들부들 떨고 있는 걸 알 수 있었다.

내가 그것을 깨달았을 때 키비아는 무겁게 고개를 끄덕였다.

"미처 탈출하지 못한 민간인, 이 광산 노동자가 수십 명 남아 있다는 게 판명됐어."

정신이 아득해질 것 같았다.

이야기의 내용보다는… 발언을 한 타이밍이 치명적으로 좋지 않다. 이런 곳에서, 하필이면 이 남자가 있는 곳에서 그런 말을 하다니.

"…좋아. 그렇다면 구출작전을 발동한다."

노르가유 폐하가 무겁게 선언했다.

당연하다. 그 눈은 진지했고 누구의 반론도 허락하지 않는 준엄

함조차 있었다.

"이 광산의 노동자라면 내 왕가를 위해 진력한 충신들이다."

어안이 벙벙해 있는 키비아 앞에서 노르가유 폐하는 큰 소리로 선언했다.

"어떻게든 그들을 구해내라!"

그건 무리일 거야. 나는 생각했다.

성기사단과 갈투일 요새, 그리고 신전에 대해선 잘 알고 있다. 그런 작전행동을 허락할 만큼 허술한 집단이 아니다. 그 해결 방식도 알고 있었다. ―아마 노동자들을 한꺼번에 몰살시킬 생각일 것이다.

"…잠깐만. 그건 허락할 수 없어."

역시 키비아는 당연한 말을 했다. 싫을 만큼 진지한 얼굴이었다.

"남아있는 인원의 구출작전은 갈투일이 허락하지 않아."

"갈투일?"

노르가유 폐하는 비웃었다.

"시덥지않군. 여기 있는 짐이 명령하고 있는 거다."

1인칭이 '짐'인 남자를 나는 노르가유와 진짜 국왕 외엔 모른다.

"내버려 둬. 군부는 행정기관에 종속해야 하니, 짐의 명령이 우선한다!"

물론 그런 소리를 해봤자 방치되는 것은 노르가유 폐하 쪽이다.

"이미 갈투일과 통신을 했어."

키비아는 작게 한숨을 쉬었다.

"…민간인의 구출은 당초 목적에 없다. 그런 까닭에 성기사단에 피해가 생겨선 의미가 없다. 마왕현상 격파 후에 대치해야 할 문제다… 라는군."

"그렇겠지."

나는 고개를 끄덕였다. 녀석들이라면 당연히 그런 소리를 할 것이다. 그것 자체는 싫지 않았다. 나는 군의 그런 명쾌감이 좋았다.

"어떻게 생각하지? 자이로 폴바츠."

"나?"

조금 놀랐다. 키비아가 그런 것을 물어볼 줄이야.

"너한테 묻고 있다. 어디까지나 참고삼아 묻고 싶군. 우리들이 구출작전에 들어갈 경우…."

키비아는 등 뒤를 신경썼다. 다른 성기사들의 시선이 이쪽에 집중되고 있다.

그것으로 알았다. 그녀의 표정은 딱딱하다. 약간의 망설임도 있었다.

"어느 정도의 피해가 예상되지?"

자신의 생각에도 불안함이 있으니까 그런 것을 묻는 것이다. 게다가 자기 부대의 참모나 부관이 아니라 완전히 외부인인 나같은 녀석에게 묻는다는 것은 어지간하면 없는 일이었다.

다시 말해 이 단장…, 키비아라는 인물은 부대 안에서도 고립되어 있는 것 아닐까?

'그렇군. 미묘한 입장인가.'

내가 지금까지 들은 적 없는 번호의 부대라는 것은 아주 최근에 설립된 부대라는 말이다. 그렇다고 하면 키비아는 신임 단장이다.

게다가 이런 젊은 나이인 걸 보면 제대로 부대를 지휘한 경험은 적을 터이다. 부하들의 신뢰가 두터울 리가 없다. 하물며 요전번에 크분지 삼림에서 실패라고 할 만한 전례가 있다. 부하가 아니라 외부에 의견을 구하고 싶어지는 기분도 이해가 된다.

―허나, 그건 완전히 악수다.

방금 나한테 의견을 구한 것만으로도 부하들의 시선이 험악해진 게 느껴진다.

'그것으로 알 수 있는 것은.'

나는 몹시 우울해졌다.

'키비아는 가능하면 그들을 구출하고 싶지만 부하들은 그런 무모한 작전에 참가하고 싶지 않은 건가. …부하들의 마음 쪽이 더 이해가 되는군.'

성기사단에 소속되는 것은 귀족 출신이거나 시민들 중에서 선발된 사람들이다.

이미 가지고 있는 것을 잃고 싶지 않고, 군부의 명령을 거스르는 작전때문에 모처럼 붙잡은 출세의 기회를 빼앗기고 싶지 않다. 당연한 이야기다.

'키비아 쪽이 정상이 아니야.'

나는 그렇게 결론 내렸다.

"자이로 폴바츠. 의견을 말해라."

키비아는 명령조로 말했다. 그런 이상 따를 수밖에 없다.

"만약 구출에 나선다면 엄청난 피해를 각오할 필요가 있어."

나는 정직하게 대답했다. 그럴 수밖에 없었다.

"페어리들이 쇄도하는 가운데 민간인을 보호하면서 철수해야 해. 게다가 이런 좁은 지형을 빠져나가야 한다면….."

조금만 생각해봐도 처참한 일이 벌어지리라는 걸 알 수 있다.

"얼마나 많은 피해가 생길지 모르겠군. 상대 마왕현상에 따라 다르겠지."

"그렇군."

키비아는 얼굴을 찡그렸다.

"하지만…, 성기사는 국민을 위해."

"…키비아 단장. 죄송합니다만 발언을 허가해주십시오."

등 뒤에서 나무라는 듯한 목소리가 들렸다.

아까부터 명백히 불만스러운 얼굴을 하고 있던 한 사람. 병사…가 아니다. 흰색 관두의와 목에 걸고 있는 철제 대성인은 신전에서 일하는 사람의 증표이다. 신전에서 파견된 신관일 것이다.

이들은 기사단에 있어서 참모이자 성인의 조율기사이기도 하다.

"외람된 말씀입니다만 지금 이 남자의 의견을 확인할 필요가 있습니까? 예정대로 작전을 수행하는 게 맞습니다."

당연한 소리를 하게 하지 말라고 그 눈이 이야기하고 있다.

이 신관은 아직 젊다. ―절대 죽고 싶지 않을 것이다. 그것도 징벌용사 따위의 의견을 듣고 말도 안 되는 작전을 감행하는 것은 반드시 막겠다는 것도 이해할 수 있다.

"초토인을 설치해서 갱도째 봉쇄하는 게 갈투일의 지시 아니었습니까?"

"그래."

키비아는 작게 고개를 끄덕였다.

"맞아."

작전은 알았다. 이런 페어리화 구조체가 상대인 경우 흔히 있는 작전이다.

마왕의 토벌이라는 목적만 달성하면 된다. 즉, 정해진 위치에 초토인을 설치하고 일제히 기폭하는 것으로 구조체를 통째로 파괴한다. 이는 상당히 확실한 수단이라 할 수 있었다. 마왕현상이든 페어리든 일소할 수 있다.

문제는….

"그래선 내 나라 백성을 버리는 게 된다!"

노르가유 폐하가 호통쳤다. 단호하게 거부한다는 기백. 우리 부대에선 곧잘 있는 일이다.

"다시 한 번 말한다. 작전을 변경하라! 이것은 왕명이다! 너희들, 이 짐에 대해… 바, 바, 반역한다는 거냐!"

"…아아, 이건 증상이 좀 심하군요."

신관 남자는 노르가유를 보고 머리를 감싸쥐었다.

"차마 보고 있기 어렵군요. ……노르가유 센릿지…. 현인 홀드의 마지막 제자이자 학사회에서 영재로 불리던 인물의 말로가 이거라니."

왠지 사정을 잘 알고 있는 듯한 말투였다.

나도 떠올린 게 있다. 그러고보니 성인의 조율에 관해서는 주로 신전의 학사회에서 연구되고 있다. 그 기술을 배우는 장소도 군과 신전에 한정되어 있었다. 그렇다면 노르가유 폐하는 원래 신전 출신이었던 건가?

무슨 일이 있어서 이렇게 된 건지 조금 궁금해졌다. 조금뿐이다. 지금은 녀석을 얌전하게 만들어야 한다. ―아니, 그런 건 무리라는 걸 알고 있었다. 과연 노르가유 폐하를 말로 설득할 수 있을까? 베네팀이라면 그런 게 가능할지 모르겠지만.

그 가능성을 검토했을 때 내 결론은 정해졌다.

"너희들!"

노르가유 폐하는 새빨개진 얼굴로 호통을 치고 있었다.

"이…, 이 반역자 놈들! 국가전복을 꾀한 악당들! 왕명으로 한 놈도 남김없이 처단하겠다. 결코 용서하지 않겠어!"

"진정해, 폐하."

"닥쳐라 자이로, 네놈도 배신할 생각이냐! 그렇다면 짐에게도 생각이 있다!"

"나한테도 있어. …키비아, 성기사단에게 제안해 줄래?"

내가 생각해도 바보같은 짓을 하고 있다고 생각한다.

그래도 굳이 말하려고 하는 이유를 스스로도 알 수 없었다.

여신살해죄로 성기사단을 쫓겨났을 때 나는 자신의 마음속에서 이상… 이라고 할 만한 것을 잃었다. 성기사였던 때는 싸우는 것으로 누군가를 지킬 수 있다고 생각하고 있었다. 마왕현상들을 격퇴해서 녀석들을 겁내며 살 필요가 없는 나날을 만들 수 있다고 믿었다.

허나 '녀석들'의 존재를 깨닫고 너무도 바보같다고 생각했다.

인류의 존망을 건 싸움에서 나를 함정에 빠뜨려 《여신》을 죽이게 한 '녀석들'. 녀석들에게 진 빚을 갚아줘야 하지만 싸우기 위한 이상은 이미 남아있지 않다. 얼굴도 모르는 누군가를 위해 싸우다니 과거의 나는 제정신이 아니었다.

'다만….'

나는 아까부터 시선을 느끼고 있다.

성기사단 녀석들이 아니라 《여신》이다. 테오리타가 나를 보고 있다.

테오리타는 아까부터 한 마디도 하고 있지 않다. 무언가를 겁내고 있는… 혹은 기대하는 눈이었다. 솔직히 그만뒀으면 한다. 왜 잠자코 있느냐 하면 잠자코 있는 편이 효과적인 것을 알고 있기 때문인가?

아마 아닐 것이다. 테오리타는 정말로 겁을 내고 있는 것이다.

'뭐 그렇겠지.'

나는 《여신》에 대해 알고 있다.

사람들에게 칭찬받는 것을 바라는 반면, 사람들에게 부정당하는 것이 두렵다. 진심으로 겁내고 있다. 특히 자신이 선택한 성기사에게 부정당하면 죽을 것 같은 얼굴을 한다.

그래서 테오리타는 발언을 할 수 없다. 이곳에 있는 누구나가… 노르가유 이외엔 자신의 의견을 부정할 거라 생각하고 있기에 아무 말도 하지 못한다.

'그리고 이 바보.'

호통을 치고 있는 노르가유. 말하고 있는 내용은 모두 옳다. 정말이 녀석이 국왕이라면 그런 판단도 괜찮을 것이다. 꽤나 인기를 끌것이다.

그리고 이대로 계속 호통치다간 죽는다. 성기사단에게 대들면 목의 성인이 가만 있지 않는다. 명령위반을 범하면 반드시 그렇게 된다.

'정말 이 녀석도, 저 녀석도…'

급격히 화가 치밀어 올랐다. 나는 언제나 그렇다. 언제나 이것으로 모든 것을 허사로 만든다.

테오리타와 노르가유는 자기희생 같은 행동으로 어떻게 하고 싶어하는 바보 녀석들이다. 어째서 그렇게 죽고 싶어하는 건가. 좋을 대로 떠벌이기는!

어느샌가 나는 노르가유 폐하를 밀쳐내고 키비아 앞에 서 있었다.

"제안하는데…, 우리들이 남아있는 작업원을 구하러 갈게."

결국 말해버렸지만 솔직히 그런 녀석들은 아무래도 좋았다. 나는 《여신》과 노르가유처럼 올바르지 않다.

그저 화가 났을 뿐이다.

"용사부대만으로 그것을 할게. 갱도 최심부 전진기지 설치는 이미 끝난 상태니까… 충분하잖아. 너희들은 너희들끼리 작전대로 하면 돼."

노르가유 폐하가 만족스러운 듯 고개를 끄덕였고 테오리타의 눈이 불꽃처럼 타오르는 게 보였다. 짜증나니까 그만둬.

"우리들은 알아서 구출작전을 할 테니까 늦는다면 생매장시키도록 해. 그럼 되잖아?"

키비아는 한층 더 얼굴을 찡그렸지만 신관은 쓰게 웃었다.

맘대로 하라는 듯한 웃음이었다. 그건 그렇다. 나도 나같은 녀석을 본다면 웃어버렸을 것이다. 맘대로 하는 게 아니라 맘대로 죽으라고조차 생각한다.

"실패해도 우리 용사들을 죽을 뿐이니 말야."

"…자이로! 나의 기사!"

테오리타가 내 팔을 붙잡았다.

매달렸다고 하는 편이 옳을지 모른다. 소형견처럼 가벼운 체중이었다.

"과연 나의 기사예요. 용감한 발언, 제 안목이 옳았다는 게 증명되었습니다."

테오리타는 뛸 듯이 기뻐하고 있다. 아니 실제로 가볍게 뛰고 있었다.

"들었죠? 키비아! 신관! 구출에 성공한다면 당신들도 우리들의 위업을 칭송⋯."

"물론 이 《여신》은 너희들에게 맡길게."

"네?"

테오리타는 아연실색한 얼굴을 했다.

하지만 당연한 일이다. —《여신》을 생매장될지도 모르는 임무에 데리고 가는 게 허락될 리 없다.

나는 팔에 매달리는 테오리타를 안아들고 키비아에게 내밀었다. 역시 가볍다.

"기다려요, 나의 기사! 속였군요! 이런, 죽을 죄라고요!"

테오리타는 날뛰었지만 어쩔 수 없다. 애당초 나는 속이지 않았다.

"성공해서 돌아오면 환영해주라고."

키비아는 말없이, 신관은 쓰게 웃고 고개를 저으며 우리들에게서 등을 돌렸다.

그것이 대답이었다. 이렇게 나는 다시 자신의 무덤을 팠다.

광산 작업원들의 은신처는 이미 한계에 가까운 상태였다고 할 수 있다.

궤도가 깔린 깊은 갱도의 막다른 곳,

그곳에 조출한 오두막 같은… 혹은 조잡한 요새 같은 것이 지어져 있었다.

방벽을 대신하고 있는 것은 굴착용 기재. 그리고 인원운반용 대형 광석차이다. 애초에 오두막 정도 크기였던 것인데 그것을 늘어놓아 벽으로 쓰고 있다.

다만 그 벽도 너덜너덜해져 있어서 대형 페어리가 습격해오면 버티지 못할 것은 명백했다. 마왕현상으로부터 몸을 지키기 위한 성인도 희미한 빛밖에 내지 않고 있다. 비축한 빛이 거의 다 소모된 것이다. 연료인 햇빛이 없는 곳에서는 어떤 성인이든 소모가 빠르다.

그런 상황이었기에 지금도 그들은 습격을 받고 있었다.

나와 노르가유, 타츠야는 간신히 그런 상황에 끼어들 수 있었다.

상당히 비대화된 지네형 보가트들이 날뛰고 있어서 지금이라도 방벽이 파괴될 듯했다. 그 송곳니가 녹슨 광석차 벽에 구멍을 뚫고 있었다. 누군가의 비명이 들렸다.

"가라!"

폐하가 잽싸게 지시를 내리셨다.

"진군하라! 짐의 백성을 구하라!"

엉망진창인 지시였지만 하고 있는 말 자체는 옳다. 어쩔 수 없기에 나와 타츠야는 곧바로 폐하의 명령에 따랐다.

결판은 눈 깜짝할 사이에 났다.

"부앗!"

타츠야가 뛰어들어 보가트의 머리를 박살냈고, 타츠야가 전투도끼를 휘둘러 보가트의 동체를 동강냈고, 타츠야가 도약해서 보가트의 턱을 분쇄했다.

조용해질 때까지 십여 초.

이렇게만 말하면 타츠야만 활약한 것처럼 보이지만 뭐 실제로도 그랬다. 다만 나는 나만이 할 수 있는 일을 하고 있었다.

광산 작업원들을 보호한 후, 페어리화 증상이 발생한 듯한 저 남자들이 적이 아니라는 것. ―다시 말해 우리들이 구조하러 온 아군이라는 것을 설명해야 했다.

남은 작업원은 도합 24명. 상당히 피폐해져 있다. 다행히도 움직일 수 없을 만큼 약해져 있는 사람은 없다. 그런 녀석은 진작에 죽었거나 처분되었겠지만 지금 그것을 묻는 것은 관두기로 했다.

"…구조가 올 줄은 몰랐어."

현장 책임자로 보이는 나이든 남자가 말했다. 아직 꿈을… 악몽을 꾸고 있는 듯한 표정이었다.

"성기사단 사람인가?"

"뭐 그렇지. 성기사단의 명령이야."

나는 진실을 말하지 않았다. 우리들이 징벌용사라는 걸 알면 그들은 다시 절망할 것이다.

"일단은 전원 무장하도록 해."

나는 할 일을 머릿속에서 정리했다.

이곳을 탈출하려면 이 비전투원들이 몸을 지킬 수단을 주어야 한다. 발목만 잡는 다수의 인원을 모두 지켜내는 것은 절대 불가능하다.

나는 그곳에 있는 자원에 주목했다. 삽을 들고 있는 남자도 있고 곡괭이와 나무막대기도 있다. 그것으로 충분하다. 혹은 돌멩이라도 좋았다. 그것들은 모두 몸을 지키는 무기로 바꿀 수 있다. 그럴 수단이 있다.

"저기 있는 노르가유 폐하는 성인조율의 전문가라 너희들을 무장시킬 수 있어. 다들 예외없이 무기를 들도록 해."

"…노르가유… 폐하?"

"그렇게 불리고 있지."

작업원들은 곤혹스런 표정을 떠올렸지만 내버려둘 수밖에 없다. 지금은 어찌됐건 시간이 없다.

"안심하라, 백성들이여! 나의 충신들이여!"

그런 노르가유 폐하의 목소리에는 확실히 어딘가 지도자같은 분위기가… 있지 않은 것도 아니다.

"이곳을 탈출해서 반드시 제군들의 노고에 보답하겠다. 무장하라! 이곳에 있는 내 직속 정예들의 뒤를 따르라!"

당당한 연설 아닌가. 나는 의미가 없다는 걸 알면서도, 아니 의미가 없기에 바로 타츠야의 어깨를 두드렸다. 녀석은 공허한 얼굴로 나를 보았다. 자극에 반응한 것뿐이다.

타츠야에게 무슨 일이 있었는지 나는 자세한 것을 모른다. 그저 《여신》에게 소환된 이세계 사람이었다고만 들었다.

소문으로는 《여신》의 심기를 상하게 했다든지, 이세계에서 가장 살인 기술이 뛰어난 인물이었다든지, 여자를 전문으로 폭행해서 죽이는 게 취미인 남자로, 그런 탓에 소환되어 그런 탓에 타락해서 용사가 되었다든지, 그런 소문은 있다.

사실이든 아니든 아무래도 좋았다.

지금의 타츠야에게 자아나 사고력따윈 없다. 그저 용사일 뿐이다.

어떤 가혹한 상황에서든 절대 절망하지 않는 남자. 애초에 그런 기능이 없다. 노르가유나 나와 마찬가지로 싸울 수밖에 없다.

"타츠야, 앞에 가면서 길을 개척해라."

곡괭이 한 자루에 간이용 성인을 새기면서 폐하가 말했다.

간단한 수호의 성인.

그리고 소소한 파쇄의 성인. 바위 정도라면 한두 번은 가볍게 파괴할 수 있는 힘을 가지고 있다. 노르가유의 손을 거치면 좀더 오래가고 위력도 올라간다.

하지만 그것도 페어리의 물량 앞에선 위안거리 정도밖에 안 된다.

"서로가 서로의 등을 지켜라! 짐은 한 명도 낙오자를 낼 생각이 없다! 그리고 자이로, 너는…."

"알고 있어."

나는 남아있는 나이프 숫자를 세고 고개를 끄덕였다. 이런 상황이라면 내가 최후미에 배치되어야 한다. 후방을 지키고 퇴각할 때 마지막까지 남아 퇴각을 지원하는 역할이다. 이 역할은 타츠야에겐 적합치 않고 노르가유에게 맡길 수도 없다.

나는 노르가유의 전투능력을 파악하고 있다. 덩치는 상당하지만 그것뿐이다.

"뒤에서 따라갈 테니까 낙오하고 싶은 녀석은 미리미리 말하도록 해."

나는 작업원들을 쭉 둘러보며 굳이 가벼운 어조로 말했다.

"최악의 사태가 벌어지기 전에 내가 끝장내줄 테니까."

작업원들은 한층 비장한 얼굴을 했다.

"자이로. 네 능력은 신용하고 있다."

노르가유 폐하는 막대기에까지 성인을 새기며 말했다.

"무사히 생환한다면 너에게는 군의 총수 자리를 주겠다. 최고의 명예를 받도록 해라."

"성은이 망극하네."

나는 그렇게 대답할 수밖에 없었다. 요컨데 이 싸움에 영광이나 명예따윈 없다.

성공하더라도 24명의 피폐한 남자들이 살아남았다는 결과뿐이다. 성공하지 못할 가능성이 훨씬 더 크다. 마왕을 해치우는 것도 아니다. 그것은 우리들의 역할이 아니다. 성기사단이 갯도째 분쇄할 것이다.

그저 지옥같은 성가심과 성공하지 못했을 때의 고통이라는 리스크만 있다.

'징벌다워졌군.'

자조하면서 나는 나이프를 한 자루 뽑았다.

노르가유의 성인조율 작업은 아직 도중이었지만 완수까지 지켜볼 틈은 없을 것 같다.

"폐하, 슬슬 이동하는 편이 좋겠어."

나는 진동으로 눈치챘다.

무언가가 접근하고 있다. 무언가란 이 경우 페어리 외엔 있을 수 없다.

그것을 증명하듯 후방 흙벽이 무너졌다. 한눈에도 흉악한 지네형 보가트의 턱이 엿보인다. 누군가가 비명을 지르며 엉덩방아를 찧었다.

"당장 일어나!"

나는 짧게 말하고 나이프를 투척했다. 빨리도 무기를 하나 버리게 되었다. '자테 핀데'의 성인이 보가트의 머리를 날려버린다.

"다음부터 쓰러진 녀석은 가차없이 버리고 갈 테니까 그렇게 알아."

내 선언은 좁은 갱도에서 메아리쳤다.

"자신의 몸은 스스로 지켜. 노르가유 폐하는 그렇게 말씀하셨어."

불안을 얼버무리기 위해서인지 광부들이 함성을 질렀다. 그 울림은 앞에서 달리기 시작한 타츠야의 신음소리와 섞여 지옥 같은 절규로 변했다.

사방팔방에서 보가트들이 다가오는 기척이 있다. 여기선 실력을 보여줄 대목이다. 여유롭게 극복해내서 나중에 모두에게 자랑하고 말테다.

나는 노르가유 폐하의 얼굴을 보았다.

"가장 먼저 죽는 것은 너다, 자이로."

폐하는 고마운 말씀을 내려 주셨다.

"다음은 짐이고, 3번째로 타츠야가 죽겠지. 충의를 다한 백성들의 목숨에 비하면 참으로 무의미한 죽음이다만!"

대단한 임금님이다.

이야기는 안 통해도 싫은 녀석은 아니다.

◆

왜 광부들이 이곳에 남겨져 있었느냐 하면 이유는 한 가지.

연락이 너무 늦었기 때문이다. 연합왕국 행정실이 지시한 주문의 탈출에는 우선순위가 있었다.

최우선은 아이, 환자, 여자, 노인. 그 다음이 성인조율 기술자, 기재를 보유한 상인들, 군인… 으로 이어지고 노동자는 가장 후순위였다.

이것은 신전과 군부의 힘싸움 끝에 결정된 사항일 것이다. 약자의 구제를 교의로 삼는 신전과 실리를 최우선으로 하는 군부가 서로의 우선순위를 밀어붙인 결과 이렇게 되었다.

신전과 군부의 대립은 연합왕국 성립 당초부터 큰 문제였다. 어느 쪽이 더 좋으냐 하는 문제가 아니다. 서로 담당하고 있는 영역이 너무 다를 뿐이다.

다만 거기에 출자자인 귀족들까지 엮이면 더 이상 감당이 안 된다. 개혁을 부르짖고 단행하려 했던 재상도 5년전에 급사해서 다시 혼란이 시작되었다.

"원래… 50명은 있었습니다."

힘없는 발걸음으로 달린다기보다는 비틀거리면서 광부들의 책임자는 말했다.

그 50명이 점점 이상해져 간 모양이다.

"…밤이 되면 목소리가 들려온다고 하는 녀석이 있었습니다. 자고 있는 사이에 그 녀석이… 어딘가로 사라졌고… 그리고 돌아왔을 때는 괴물이 되어 있었죠."

'목소리인가.'

나는 그점에는 주의를 기울였다. 이 광산의 핵이 되고 있는 마왕현상의 단서가 될지도 모른다. 인간의 정신에 이상한 영향을 미치는 마왕현상이라는 것도 존재한다.

이 경우는….

"자이로! 온다!"

노르가유 폐하가 호통쳤다. 광부들의 비명이 그것과 겹쳐진다.

긴 행렬을 이루어 도주하는 그들의 바로 옆 흙벽에서 이상한 소리가 나고 있었다. 지네형 보가트가 땅속을 이동하고 있는 소리다.

이리 되면 내가 대처할 수밖에 없다. 타츠야는 선두에서 길을 막고 있는 보가트들을 때려잡고 있고, 노르가유 폐하에게는 전투능력도 군사적인 지휘력도 없다.

"삽으로 응전해."

나는 광부들에게 명령했다. 최대한 침착하고 태연하게, 그리고 거만하게.

대열 중단의 다섯 명 정도에는 상당히 튼튼한 삽을 들려주었다. 곡괭이보다 가볍고 끝부분에 철을 쓰고 있기에 위력도 있다.

"머리를 내밀면 그걸로 때리는 거야. 그러고나서 반발짝 물러서…. 좀더. 좋아, 지금이야. —공격!"

마지막 '공격!'만은 포효하듯 말했다.

그것으로 기세가 붙는다. 튀어나온 보가트의 코끝에 광부들의 삽이 휘둘러진다. 성인은 확실히 기능했다. 타격음. 단단한 턱에 균열이 인다.

이리 되면 비명을 지르는 것은 보가트 쪽이다. 머리를 뒤로 빼려고 한다. 그것을 놓치지 않는다. 나는 곧바로 나이프 투척에 들어갔다. 침투시키는 성인의 힘은 최소한이면 된다. 머리에 박히자 빛이 뿜어지며 체액이 튀었다.

이 일격으로 상황이 정리되었다.

"좋아, 잠시 휴식! 다친 녀석은 지혈해. 물을 마셔도 좋지만 한 모금만이야."

나는 호통치면서 파괴된 보가트의 머리에서 나이프를 빼들고 확인했다.

철로 된 도신은 그을려 있었고 손끝으로 튕기자 쉽게 부러져 버렸다. 이것이 '자테 핀데'를 쓴 뇌격의 난점이다. 포탄으로 사용하는 물체가 쉽게 사용불능이 된다. 내가 성기사였을 때는 전용 공방에서 제련된 나이프가 지급되고 있었다.

지금은 뭐든 가지고 있는 것만으로 어떻게 해야 한다.

"지금 길이 올바른 거냐? 자이로."

노르가유 폐하는 불만스러운 듯 작은 목소리로 물었다.

"우리들이 왔던 길과는 다른데."

"이래봬도 최단거리로 이동하고 있어. 타츠야는 길을 잘못 들지 않아."

이미 목적지는 정해져 있다. 타츠야에게는 그것을 가르쳐두었다.

향하는 곳은 성기사단의 철수 경로와는 다른 방향이다.

우리들이 만든 전진기지와 그것을 연결하는 지름길과는 다른 길. 최심부까지 초토인을 설치하는 임무를 성기사단이 수행한다면 녀석들의 이동과 공작이 마왕현상에게 발견되지 않을 리 없다.

우리들보다 우선적인 공격대상이 될 테니 녀석들에게 적의 주력을 상대하게 한다. 이 발상은 매우 성공하고 있었다. 적은 쇄도해왔지만 감당하지 못할 정도는 아니다.

길을 서둘러야 하지만… 이쯤에서 강행군은 한계다. 광부들의 피로도 있고, 보가트들도 슬슬 우리들이 눈에 거슬리기 시작했을 터이다. 공격 회수가 늘어나고 있다. 어딘가에서 커다란 공세가 올 거라 생각하고 있었다.

그것을 돌파할 수 있다면 희망은 있다.

"쉬면서 들도록 해."

나는 거친 숨을 내쉬는 광부들에게 말했다.

"여기서 전선을 구축해서 추격을 일시적이나마 막을 거야. 비교적 기운이 남아있는 녀석은 거수해줘. 세 명이 타츠야를 따라가. 그쪽은 별동대야…. 타츠야, 전에 협의한 대로 움직이도록 해."

끄덕. 타츠야가 고개를 끄덕인 것을 확인하고나서 전원을 돌아본다.

"미안하지만 한 번 더 힘을 써줘야 하는데 할 수 있겠어?"

살아남고 싶은 기분은 모두 같을 것이다. 광부들은 얼굴을 마주보고 무언가의 희망에 매달리려 한다는 걸 알 수 있었다. ―아니, 잠깐만. 희망?

"당신들이 그렇게 말한다면 할 수 있습니다."

광부들의 책임자가 고개를 끄덕였다.

"당신들은… 성기사가 아니죠? 들은 적 있습니다. 그… 목에 있는 성인…."

"뭐야, 이걸 알고 있는 건가?"

이렇게 된 이상 거짓말을 해봤자 소용 없다.

"우리들은 유명인같군. 그야 그렇겠지. 세계 제일의 극악인 집단이라고 들어봤어?"

"극악인이라도 당신들은 구조하러 와주었다고요."

광부들의 책임자는 내 농담에 조금 웃었다. 여유가 생긴 것 같아 다행이다.

"그래서 우리들이 어떻게 되더라도 조금은… 멀쩡하게 죽을 수 있다고 생각하고 있습니다."

"불길한 소리 하지 마. 죽게 놔둘 것 같아?"

"음. 살아서 내 나라에 도움이 되도록 해라."

나는 한손을 저었고, 노르가유는 엄숙하게 고개를 끄덕였다. 의견이 일치한 것은 기분 나쁘지만 어쩔 수 없다. 불평을 하려고 해도 다음 손님이 찾아온 상태였다.

정면뿐만 아니라 머리 위와 발밑에서도 땅을 파는 소리가 들려오고 있었다.

"타츠야, 세 명을 데려가! 오른쪽 통로부터야!"

말하고나서 나는 땅바닥을 발로 조금 세게 찼다.

'아마 아까보다 숫자가 많겠지.'

반향의 정도로 그것을 알 수 있다. 음향으로 색적하는 능력이라면 과거의 나에겐 좀더 정밀도가 높은 것이 있었다. 탐색인 '로애드'. 그 성인은 이미 봉인되어 버렸지만 대략적인 감만은 남겨졌다.

목숨이 걸린 상황에서 경험한 감각이라는 것은 의외로 몸에 배는 듯하다. 지금도 다소는 예측할 수 있다.

"왔어."

흙이 부서진다. 천장, 벽, 바닥, 사방팔방 이곳저곳의 흙을 뚫고 새로운 적이 모습을 드러낸다. 통로 앞뒤가 적으로 막혀 포위되는 형태가 되었지만 이것은 상정했던 일이다.

'한 번 해보자고.'

출현한 보가트들의 대다수는 내 쪽으로 달려들고 있다. 본격적인 공세. 녀석들도 우리들 중에서 누가 가장 위협적인지 알게 된 듯하다.

조금은 똑똑하지만 그 이상은 아니다.

"열다섯 발짝 후퇴! 당황하지 마, 뒤는 내가 막아줄 테니까."

여기가 중요한 대목이다.

포위된 상태에서 싸우는 것은 피해야 한다. 후방을 돌파해서 태세를 바로잡을 필요가 있지만 질서를 유지한 후퇴는 토할 만큼 어렵다. 많이 겪어봐서 잘 알고 있다. 조금만 혼란에 빠져도 금방 흩어져 도망칠 것이다. 그것을 막으려면 퇴각을 지원하는 최종 방위군이 있어야 한다.

이 경우 그게 가능한 것은 나밖에 없다.

"가라!"

나는 나이프를 후방으로 던졌다.

충분히 성인을 침투시킨 나이프다. 이것으로 퇴로를 연다. 강렬한 폭발이 한순간 어둠을 눈부시게 비추자 광부들은 곡괭이와 삽을 휘두르며 죽자살자 달려나간다.

그것을 지켜보며 후퇴하는 집단의 최후미에서 홀로 무기를 겨눈다. 이것도 노르가유가 간이용 성인을 새긴 것으로 나무막대기 끝에 나이프를 고정한 즉석 창이다.

"건방 떨지 마."

보가트의 돌진을 막으며 한 발짝 물러선다. 움직임은 보이고 있다. 창을 찌른다. 머리 부분의 틈새를 찌르고 다음 공격을 피하기 위해 다시 한 발짝, 두 발짝 후퇴. 송곳니가 내 장딴지를 스친다. 휘감으려는 녀석을 걷어찬다.

호흡이 힘들어졌다. 그래도 한계가 올 때까지 1, 2격 정도는 더 버틴다.

그 정도는 해야 일이 잘 풀린다.

"좋아…. 해치워! 밀어내는 거야!"

"음. 가라! 우리 정예들이여!"

"오오!"

내 신호와 노르가유의 거만한 명령에 광부들은 잘 호응했다. 땅울림 같은 굵직한 외침소리와 전진. 아까 책임자의 말은 입바른 소리가 아니었다는 게 증명되었다. 열다섯 발짝 후퇴한 집단은 보가트들의 포위를 피해 돌진할 수 있는 거리를 더 벌리고 있었다.

삽과 곡괭이가 일제히 공격. 보가트들의 머리가 깨진다.

함성과 금속음. 보가트들의 반격. 그대로 정면에서 충돌한다. 전투다운 전투의 형태가 되어간다. 이렇게 되면 광부들은 불리하다. 전투기술과 신체능력의 차이가 드러난다.

허나 이것으로 충분하다. 처음 공격을 막아내서 시간은 벌었다.

"─구우우우아아아아아아!"

갱도 저편에서 외침소리가 울려퍼진다.

보가트들의 뒤에서 타츠야와 광부 세 명이 돌진해왔다. 다시 말해 위장 후퇴, 유인 후 반격, 우회시킨 별동대로 배후를 치는 전술. 역사상 수 차례 반복된 고전적인 수법이지만 지금도 여전히 유효한 전술이었다.

보가트들이 혼란에 빠졌다. 서로 충돌하는 녀석도 나오고 있다. 그곳에 타츠야가 전투도끼를 휘두르며 뛰어들어 두 마리의 머리를 한꺼번에 분쇄했다.

"아아아아우우우우우우!"

타츠야의 외침소리가 길게 꼬리를 끌었다. 메아리친다. ―여기가 승부처다. 나는 갖고 있던 나이프 한 자루를 뽑았다.

"날."

치켜든다.

"려."

나이프에 성인을 침투시킨다.

"버려!"

투척한다.

폭파와 섬광이 타츠야 일행의 공세로 주춤해 있던 보가트들을 한꺼번에 날려버린다.

'앞으로 몇 마리 남았지?'

생각해 둔 전술이 유효한 것은 여기까지고 그후엔 난전이다. 나는 제일 먼저 돌진했다. 기세좋게 발을 굴러 즉각 도약, 간발의 차이로 회피한 후 공격. 내가 이 녀석들에게 있어서 가장 큰 위협이라고 주장하듯 싸운다. 죽인다.

'좀더 주의를 끌어야 해.'

나는 타츠야와 경쟁하듯 피의 폭풍을 만들었다. 타츠야는 포효를 지르고 있다. 나도 그에 따른다.

"이쪽이야. 덤벼! 나를 따분하게 만들지 말라고!"

그렇게 하는 것으로 광부들에게서 주의를 돌린다. 심장이 터질 듯 격렬하게 뛴다. 우리들 자신을 계속 경계하게 만든다.

하지만 나와 타츠야도 어떻게 막을 수 없는 그런 순간이 찾아온다.

보가트 몇 마리가 나와 타츠야의 방어망을 통과했다. 아가리를 벌리고 거친 송곳니가 돋아난 그 이상한 기관을 드러내고 있다. 광부들의 요격만으로는 다 대처할 수 없다. 반격에 실패한 한 남자가 다리를 물렸다. 비명. 일제히 보가트가 그 남자에게 몰려들려고 한다. 위험하다.

'제기랄.'

나는 억지로 돌아가려고 했다.

내가 생각해도 잘못된 선택이었다고 생각한다. 부상을 각오하고 상대에게 등을 돌리다니…. 그 순간 녀석의 머리에 강철 검이 돋아났다.

한순간 보가트의 알려지지 않은 상태인 줄 알았다.

허나 그럴 리 없었다. 검은 허공에서 낙하해 온 것이다. 보가트들은 체액을 흩뿌리며 고통의 울음소리를 냈다. 나는 일어난 일을 이해하기 위해 눈에 힘을 주었다. 어둠 속에서 불똥이 튀기고 있다. 통로 저편이다. 전투도끼를 휘두르고 있는 타츠야보다 먼 곳에서 불꽃같은 눈이 빛났다.

"기다리게 해서 죄송해요."

《여신》테오리타는 조금 들뜬 목소리로 그렇게 말했다.

뺨이 상기되어 있다. 숨결이 조금 거칠다. 허영심 강한《여신》조차 숨기지 못하는 이 피로한 모습은 그만큼 서둘러서 이곳에 왔다는 것을 알려주고 있다. 혹은 그렇게나 힘들게 성기사단을 빠져나와 이곳까지 온 것을.

"검의 《여신》테오리타, 바로 지금 도착했습니다. 여러분, 부디마음 내키는 대로 칭송하도록 하세요! 자, 나의 기사 자이로, 환희의 목소리를 들려주시길."

저 바보같은 인삿말…. 제법 센스가 있지 않은가.

테오리타의 출현으로 좋은 일과 나쁜 일이 있다.

좋은 일 중 하나는 시간 제한이 사라졌다는 것. 이렇게 된 이상, 성기사단도 초토인을 바로 기동시킬 수 없다. 《여신》 테오리타까지 생매장시킬 수는 없을 것이다.

좋은 일 두 번째는 대량의 검을 확보할 수 있게 된 것. 그것도 양질의 철검이다.

"짐이 성인을 부여하겠다! 완성된 검부터 땅바닥에 꽂아라. 울타리를 만드는 거다!"

노르가유 폐하가 드물게도 공병다운 모습을 발휘하고 있었다.

"우리들에게는 《여신》이 함께 하고 있다. 우리들을 축복하러 잘 와주셨다. 감사드린다!"

"예. 맡겨만 주세요, 노르가유."

테오리타는 당당하고 힘차게 미소지었다. 이 두 사람의 대화는 묘하게 합이 잘 맞아서 난처하다.

"여기 나와 나의 기사가 있으면 패배할 리 없습니다."

테오리타가 소환하는 검이 있으면 방어용 성인을 새기고 철책을 만들 수 있다.

지금 이곳에 임시 방어진지를 만들 필요가 있었다. 어차피 추격은 해올 것이다. 그것을 막아내고 어찌됐건 시끄럽게 싸운다. 그렇게 하는 것으로 성기사단과의 합류를 노린다. 그쪽도 우리들을 찾고 있을 것이다.

한편 테오리타의 출현으로 나빠진 것은 방금 든 두 가지 것들 외에 거의 전부다.

"뭘 하고 있는 거야?"

나는 짜증을 숨길 수 없었다.

"테오리타. 성기사 녀석들은 어떻게 했어? 어째서 이런 곳에 온 거지?"

"저는 《여신》이에요, 자이로."

테오리타는 자랑스럽게 말했다.

"빠져나왔습니다. 인간 따위가 저를 막을 수 있을 것 같나요?"

"너는…."

"자, 칭찬하세요."

테오리타는 머리를 내밀었다. 부드러운 금발이 불똥을 튀기며 빛나고 있다.

"…저기. 방금 저는 여러분의 궁지를 구한 것 아닌가요? 위험할 때 도착했고, 도움이 되었잖아요?"

"칭찬할 리 없잖아."

나는 테오리타의 머리를 밀쳐냈다.

그것으로 화를 내고 있다는 게 전해졌는지 그녀는 울 것 같은 얼굴을 했다.

"어, 어째서? 화를 내고 있는 건가요? 나의 기사. 역시 너무 늦게 왔다고 말하고 싶은 건가요? 하지만 그것은…."

테오리타는 입술을 깨물고 항의를 결의한 듯했다.

"…당신이 저를 두고 갔기 때문이에요! 그런 처사는 용서 못 해요! 심각한 배신 행위라고요. 다시는 그런 일을….”

“몇 번이고 말하는데 나는 딱히 너한테 도움을 받고 싶다고 생각 안 해.”

지금 분명히 말해둬야 한다. 나는 테오리타를 정면으로 노려보았다. 그녀의 눈은 불꽃처럼 타오르고 있다. —아니, 눈물이 번지고 있을 뿐이다.

울고 있는 건가. 제기랄. 마치 괴롭히고 있는 것 같은 구도잖아.

“도움이 안 되어도 좋은 거야. 나는 딱히 그런 걸 바라지 않아.”

“…그렇다면 무엇을?”

테오리타도 나를 노려볼 생각이 든 모양이다.

“무엇을 바라고 있다는 건가요?”

“멋대로 죽으려고 하지 마. 도움이 안 되어도 좋으니까 그냥 살아있으라고. 다른 사람을 위해 목숨을 걸려고 하지 마. 바보같으니까!”

“예. 그렇군요.”

심하게 매도했다고 생각했지만 테오리타는 무슨 까닭인지 자랑스럽게 고개를 끄덕였다.

“당신이 그렇게 말해주는 사람이기에 저도 목숨을 거는 가치가 있는 겁니다. 당신은 선택한 저의 선택은 잘못되지 않았군요.”

“어째서 그렇게 되는 거지? 그만두라 하고 있는 거야. 이야기 좀 들어.”

“저는 《여신》이에요.”

테오리타는 다 아는 사실을 말했다.

이제 울고 있지 않다.

"사람의 도움이 되기 위해 태어났습니다. 그것을 부끄러워 할 생각도, 자기연민에 빠질 생각도 없어요. ―다들 그런 식으로 받아들이고 있지요. 그런데 당신은 왜?"

"나는 《여신》이 싫은 거야. 과거에 누군가를 위해 죽어도 좋다고 했던 녀석이 있었어. 그런 걸 보고 있으면 화가 나."

더 이상 변명을 할 수 없게 되었다. 나는 당당하게 인정하기로 했지만 그것을 테오리타는 알고 있었다는 듯 고개를 끄덕였다.

"그건, 당신이 모셨던 예전 《여신》인가요?"

"그래. 잘 알고 있네. 내가 죽였어."

"본인이 그것을 바랐던 거군요."

테오리타는 정답을 맞췄다.

사정따윈 모르면서 용케 그렇게까지 단언할 수 있다고 생각한다.

"저도 그 심정이 이해가 돼요."

"뭐가 이해가 된다는 거야? 나는 다른 사람을 위해 목숨을 버린다는 사고방식을 조금도 이해 못 해."

내가 생각해도 앞뒤가 안 맞는 소리를 하고 있다고 생각한다.

그 생각을 받아들여 《여신》을 죽인 것도 나이기 때문이다. 그리고 당연히 그런 것은 테오리타에게도 전해지고 있다.

"아뇨, 알 것 같아요. 저도 《여신》이니까요. ―당신이 저를 걱정하고 있는 것도, 그런 까닭에 '싫다'는 말을 쓰고 있다는 것도 방금 이해했습니다."

"그렇다면 내가… 얼마나 《여신》에게 화를 내고 있는지 알 것 아냐."

"예. 하지만 당신이 저를 어떻게 생각하든 관계 없습니다."

테오리타는 미소지었다.

그것은 몹시 당당한, 어딘가 도전적인 미소였다.

"저는 모두에게 칭찬받고 싶고 칭송받고 싶어요. 《여신》은 그런 존재로 태어난 것일지도 모르지만 그래도 저는 저를 위대한 존재라고 생각하며 살고 싶어요. 안됐군요, 자이로. 아무리 당신이 제 기사라도 저의 바람은 막을 수 없어요."

"그렇군."

그렇게 대답한 나는 분명 상당히 얼빠진 얼굴을 하고 있었다.

확실히 테오리타를 불쌍하고 일그러진 존재로 느끼는 것은 다른 사람이 나같은 녀석을 봤을 때처럼 '객관적'인 헛소리다. 본인에게 있어선 그런 건 엿이나 먹으라지 하는 심정일 것이다.

다른 누구도 아닌 자기 자신이 그러고 싶다고 생각하고 있으니까.

"알았어."

나는 아직도 《여신》의 존재 방식을 불쾌하게 생각한다.

하지만 적어도 이것만은 인정해야 할 것이다. ─《여신》 테오리타는 제법 대단한 녀석이다. 이 녀석은 이 녀석의 규칙을 가지고 살아가려 하고 있다. 가령 아무리 상처를 입더라도 말이다.

나는 테오리타의 머리에 손을 얹었다.

"하고 싶은 말은 산더미 같이 많지만 위대한 《여신》의 축복을 빌리기로 할게. 지금부터 지옥같은 싸움이 시작될 텐데 각오는 됐지?"

"음. 후후. 원하는 바예요."

테오리타는 내 손을 올린 채 미묘하게 머리를 움직여서 억지로 머리를 쓰다듬게 했다.

"당신이야말로 행실에 조심하세요. 나의 기사답게 처신하라는 거예요! 특히 그 야만적인 태도에 큰 문제가 있다고요."

"쓸데없는 참견이야."

나는 무심코 웃어버렸다. ─그 순간이었다.

"자이로!"

노르가유 폐하는 검을 들고 일어섰다.

"네 위치로 가라. 또 왔다! 한 발짝도 접근시키지 마!"

"그건 좀 무모한 명령이로군."

이 남자는 다른 사람에게 명령하는 것을 당연하게 생각한다. 그러면 '가신'들이 사력을 다해 성취할 거라고. 정말 속편한 녀석이다.

나는 땅바닥을 가볍게 찼다.

반향. ─아까보다 훨씬 많은 감촉이 느껴진다.

"와, 왔다."

광부 한 명이 소리쳤다.

아까와는 다른 것이 하나. 성인의 수호를 새긴 울타리가 있다. 이것으로 둘러싸인 공간은 설사 땅속을 이동하더라도 페어리들은 침입할 수 없다. 침입하려고 하면 빛에 태워진다. 그런 방어다.

"그럼 우리도 가도록 하죠."

테오리타는 거만하게 가슴을 펴고 고개를 들었다.

허공을 쓰다듬자 다시 몇 자루의 검이 나타나 땅에 꽂힌다.

"나의 기사, 이것으로 충분한가요?"

"그래."

더 이상 테오리타에게 불평을 하는 것은 그만둔다. 애초에 인간 따위가 《여신》이 하는 일을 막을 수 있을까.

그리고 나는 그런 《여신》의 성기사다.

"자이로. 저의 헌신이 맘에 안 든다면."

헌신이라는 말을 테오리타는 썼다.

"당신이 저를 지키면 되는 겁니다. 당신에게 있어서 불쾌한 일이 되지 않도록 노력하시길."

"그렇군."

꽤 웃기는 소리를 해준다.

자칭 국왕에 《여신》… 내 주위에는 높으신 분들 천지다. 나에게 선택지는 없다. 테오리타가 소환한 검을 뽑아서 잽싸게 던진다.

섬광과 폭발. 원거리 투척이라면 폭파의 위력도 그럭저럭 키울 수 있다. 보가트를 한꺼번에 날려버린다. 딱딱한 껍질이 분쇄되며 흙덩어리에 파묻혀 절명한다. 그것을 3번 정도 하니 녀석들이 주저하는 듯한 움직임도 보이기 시작한다.

'언제나 잘 풀려. 나라면 할 수 있어.'

사실 벨크종 뇌격인군은 이런 방위전에 적합하다.

얼마든지 할 수 있다. 화끈하게 깨부술 수 있다. 광부들도 분전하고 있고 타츠야는 말할 것도 없다. 노르가유 폐하의 질타와 격려도 전혀 무의미한 것은 아니다.

다가오는 보가트를 검으로 만든 울타리가 차단한다.

"우… 우아…."

내가 검을 투척하는 옆에서 타츠야는 외침소리를 내지르고 있었다.

"아아아아아아아우우우우우!"

엄청난 운동량. 피로를 모르는 듯 이리저리 튀면서 전투도끼를 쳐올리고 옆으로 휘두른다. 그리고 돌진해온 보가트에게 주먹을 내리치기도 한다. 대체 어떤 주먹을 갖고 있는지 딱딱한 보가트의 껍질을 부수고 그 머리를 으스러뜨렸다.

순간적으로 타츠야와 눈이 마주친 것 같은 느낌이 든다. ―나는 웃었다.

피차 상태가 꽤 좋지 않나. 그래서 나도 힐끔 테오리타를 돌아보았다.

"테오리타. 너한테 각오가 있다면."

나는 한손을 뻗어 다시 새로운 검을 뽑았다.

"기사의 지시에는 따르도록 해. 일단 네가 목숨을 걸 만한 장면은 내가 정할 거야. 그리고….""

검을 던진다. 빗나갈 리가 없다. 다시 폭발.

"네가 죽는 시점도 내가 지시하겠어."

"네."

테오리타의 대답에는 꾸밈이 없었다.

"그러기 위해 태어났으니 당연하잖아요, 나의 기사."

전폭적인 신뢰.

너무도 무겁다. 허나 그것은 지금의 나에게 필요한 것이었다. 그만큼 무거워야 의욕도 생긴다.

"좋아! 다들 돌격하라!"

우세해지자 대담해졌는지 노르가유 폐하가 쓸데없는 명령을 내렸다.

"탈출을 위한 진군이다!"

"그만둬, 폐하."

보가트의 숫자가 줄어들어 있어서 돌파할 수 있을 것처럼 보이긴 했지만 나는 허둥지둥 말렸다.

"방어전이라서 유리한 거야. 지금 여기서…."

말하다 말고 나는 우연히도 노르가유 폐하의 명령이 어떤 의미에선 옳았다는 것을 깨달았다.

'뭐지?'

징조는 가벼운 귀울림이었다.

처음엔 자테 핀데에 의한 폭파의 여운인 줄 알았다. 날카롭게 꽂히는 듯한 금속질의 귀울림. ─그것은 눈 깜짝할 사이에 커졌다.

고막 안쪽에서 통증을 느낄 만큼.

그 소리는 누군가의 비명처럼 들렸다. 혹은 목소리… 누군가의 목소리?

'아냐, 제기랄. 들으면 안 돼!'

나는 이런 공격을 알고 있었다.

무심코 그 정체를 확인하려 했지만 귀를 막고 멈췄다. 주위를 잽싸게 돌아보니 광부들도 똑같은 '소리'를 듣고 있다. 통증을 느끼고 있을 터이다. 모두 그 자리에 쓰러지고 있다.

노르가유 폐하도 고통스런 얼굴로 웅크리고 있었다. 떨어뜨린 칸텔라의 성인이 깜빡이고 있다. 타츠야만이 그저 기계적으로 남아있는 보가트를 홀로 때려죽이고 있었다.

허나 다음 위협이 닥치고 있는 것은 분명하다.

"…테오리타!"

나는 귀를 막은 채 그녀를 돌아보았다.

테오리타는 내 손을 잡았다. 그것으로 통증이 조금 약해졌고 소리도 멀어졌다. 《여신》이 가지고 있는 수호와 치유의 힘이다.

"아무래도 이쪽으로 온 것 같군요."

테오리타는 자신만만한 미소를 떠올리려 했던 것 같다.

어쩌면 우리들에게 용기를 주려고 한 것일지도 모른다. 대단한 녀석이다. 하지만 창백한 얼굴로는 그 효과를 바라기 힘들다.

"마왕현상의 주인이에요."

어둠속에서 무언가가 꿈틀거렸다. 그것은 무수한 촉수로 보였다. ─혹은 나무 덩굴이거나.

그 녀석은 날카로운 외침소리를 냈다. 아까 희미하게 들렸던 목소리의 의미를 알았다. 그것이 전해져 온다. 소리가 아니라 감각으로.

'발견했다.'

그 녀석은 그렇게 말한 것이다

'발견했다.'

그렇게 되풀이해서 소리치고 있다.

테오리타의 존재를 어둠속에서 무언가가 지켜보고 있었다.

심한 귀울림이다.

테오리타의 방어에도 아직 괴롭다.

그만큼 이 녀석은 정신에 작용하는 능력이 강한 마왕일 것이다. 무언가를 뇌속에서 소리치고 있는 듯한 느낌이 들고 있다. 괴로워하고 있다. ―혹은 울고 있다. 외로움과도 같은 무언가가 뇌의 한복판을 찌르고 있는 듯하다. ―아니.

그것은 아니다.

'신경 쓰지 마.'

나는 굳이 의식에서 그 목소리를 쫓아냈다.

그래야 한다. 이런 공격을 하는 마왕현상과는 조우한 적이 있다. 인간의 정신을 '오염'시키는 마왕.

광부의 책임자가 말했다. 50명 있었던 광부가 한 명씩 줄어갔다는 이야기. 한밤중에 목소리가 들려와 호출되었다고 한다. 이 목소리가 인간에게 그런 행동을 하게 만드는 것이리라.

"움직이지 마!"

나는 주위에 호통쳤다.

광부들은 그 자리에서 계속 몸부림치고 있거나 그 고통을 견디며 일어서려 하고 있다. 나는 그중 한 사람을 붙잡았다.

"움직이지 마. 누워 있어."

"자, 잠깐만요….."

그 녀석은 무언가를 호소하듯 손을 움직였다.

"―저쪽에서, 목소리가, 무언가 들려오지 않습니까? 무언가 말하고 있다고요!"

어둠 저편을 바라보며 불안한 듯 머리를 쥐어뜯는다. 나는 그 녀석의 머리를 붙잡고 억눌렀다.

"그건 착각이야. 듣지 마."

"들리는데, 알 수 없어요. 무, 무슨 말을 하고 있는지…!"

"저쪽으로 가면 죽어. 그건 알지?"

어둠 너머에서 촉수가 뻗고 있다.

식물의 덩굴과 비슷하다. 아니 그 자체다. 페어리화된 식물일까? 내가 알고 있는 어떤 페어리들과도 겉모습이 다르다. 그리고 거대하다. 저게 이 마왕현상의 본체인가? 통나무처럼 굵은 덩굴. 저런 것에 정통으로 맞는다면 인체는 심각한 피해를 입을 것이다.

타츠야가 인간으로 생각되지 않는 운동능력으로 이리저리 튀어오르며 홀로 꿈틀거리는 촉수를 베고 있다.

"하지만, 무, 무엇인가."

동요하고 있는 광부에게는 마치 그게 보이고 있지 않은 듯하다.

"무언가 말하고 있다고요! 하짐, 그게, 무엇인지, 아, 아, 아."

격렬하게 귀를 긁는다. 피가 나올 만큼 강하게…. 그리고 나를 밀쳐내고 나가려고 한다. 어쩔 수 없었다.

나는 그 녀석을 땅바닥에 때려눕혔다.

'방어전은 무리로군.'

나는 그렇게 결론내릴 수밖에 없었다.

모두 귀를 부여잡고 쓰러져 있다. 움직일 수 있는 녀석은 비틀거리며 마왕에게 다가가려 한다. 나는 그들을 때려눕힐 필요가 있었다.

이 귀울림을 견딜 수 있을 만큼 정신이 강한 녀석은 목소리를 듣게 된다.

저 마왕현상이 부르는 소리다. 아마 귀울림이 아니라 그 '목소리'가 진짜 공격일 것이다. 어느 쪽이든 상대를 행동불능에 빠뜨린다. 접근해 온 녀석은 그대로 죽어서 잡아먹을 생각인가?

지금의 나에게 이런 공격의 효과가 무딘 것은 테오리타가 있기 때문이다.

계약중인 《여신》과는 일종의 연결관계가 있다. 《여신》의 정신을 지키는 힘이 나를 미치기 직전으로 붙잡아두고 있다. —그리고 검의 울타리 덕분이다. 노르가유가 새긴 수호의 성인이 기능하고 있다. 타츠야가 아무런 문제도 없이 움직일 수 있는 것은 별개다.

이대로 가면 모두 죽는다. 그렇게 놔둘 수 없다.

"작전을 바꿔서 공격한다! 이봐, 폐하!"

나는 한 자루 검을 땅바닥에서 뽑아들었다. 그리고 노르가유를 걷어찼다. 녀석은 눈깔이 뒤집힌 채 신음소리를 내고 있었다.

"일어나서 일해!"

노르가유가 떨어뜨린 칸텔라를 후려치듯 머리에 갖다댄다.

그것에는 다소 강력한 수호의 성인이 새겨져 있을 텐데 별로 효과는 없었다. 노르가유는 희미하게 신음하며 칸텔라를 움켜쥐었지만 도저히 움직일 수 있을 것 같은 상태가 아니다.

"나, 나의 옥좌… 옥좌를….'

뜬소리같은 말이 흘렀다.

"찬탈할 생각이냐…. 역적놈들! 모두 죽여라! 찬탈자놈들!"

글러먹었다. 여느 때의 망상이 더 심해져 있다. 쓸모가 있을 것 같지 않다.

'고막을 찢어버릴까?'

그것으로 소리를 차단하여 영향에서 벗날 수 있다면 시험해 보는 것도 좋다.

하지만 소리는 귀만으로 듣는 것이 아니고 상대는 마왕현상이다. 어떤 부조리한 능력을 갖추고 있는지 알 수 없다. 애초에 그런 것을 시험해볼 틈은 없다.

"제기랄! 테오리타!"

"예."

테오리타는 내 팔을 붙잡았다. 이미 그 손끝에서 불똥이 튀고 있었다.

"소원을 말하세요, 나의 기사. 《여신》이니까 이루어드리죠."

"여기서 저격으로 타츠야를 엄호할 거야."

성인으로 지켜지는 울타리 밖으로 나가면 이 귀울림은 심해질 것이다. 움직일 수 없어지려나? 그것도 시험해본 후에는 늦는다.

"타츠야라면 할 수 있어. 검의 보급을 부탁할게."

"그런 마음가짐이에요. 나의 기사. 저에게 의지하세요."

테오리타가 다시 검을 만들어낸다. 예리하게 빛나는 칼날. 투척에 적합한 가느다란 검.

'오랜만의 사격전이로군.'

과거의 나라면 좀더 강력한 성인을 쓸 수 있었다. 최대 사정거리와 파괴범위도 큰 '카르짓사'. 성벽조차 관통하는 '야크 리드'.

지금은 없는 걸 아쉬워해봤자 소용없다. ─나는 오른손에 힘을 주어 검을 치켜들었다.

타츠야가 어둠 저편으로 튀는 게 보인다. 역시 녀석에게는 이 귀울림이 통하지 않는 듯하다. 그저 마왕현상을 포착해서 공격할 뿐인 인간형 병기.

그래서 용사는 마왕에 대항하기 위한 존재인 것일지 모른다.

"타츠야!"

검을 사출하고 나는 소리쳤다.

"그대로 전진해! 마왕을 죽여!"

내가 던진 검은 꿈틀거리는 촉수를 맞추진 못했지만 주변 흙벽에 박혔다.

자테 핀데의 폭발광이 어둠을 불태운다. 근처의 촉수를 날려버리고 피와 같은 수액을 튀게 한다. 비명같은 귀울림이 한층 더 강해져서 무심코 비틀거릴 정도였지만 위험할 때 테오리타가 부축해주었다.

"역시 제가 있어서 다행이죠?"

그렇게 불똥을 튀기는 눈이 말하고 있는 것 같은 느낌이 든다. 지금은 그것에 불평을 할 여유가 없다. 다음을, 그 다음을, 검을 사출해서 타츠야의 전진을 엄호한다.

'역시 안 돼. 울타리 밖으로는 안 나가는 게 좋아.'

엄호밖에 할 수 없다. ―그래도 타츠야라면.

나는 다음 검을 투척한다.

그리고 다음 검, 그 다음 검.

테오리타가 허공에 불러내는 검도 조준은 부정확하지만 양이 많다. 금세 촉수를 찢어버린다. 타츠야의 진격 경로를 문자 그대로 뚫어간다. 보가트들이 방해하게 놔두지 않는다.

어두운 지하도에 빛과 폭발음이 연쇄된다. 강렬한 음영과 함께 타츠야가 도약한다. 그것은 마치 인간이 아니라 이상하리만치 손과 발이 긴 괴물이 춤추고 있는 듯했다.

"우."

이윽고 타츠야는 도달했다. 어중간하게 벌어진 입에서 신음소리와도 같은 게 흘러나오고 있었다.

"으아!"

타츠야의 전투도끼는 깃발처럼 어지럽게 선회하며 촉수를 잘라낸다.

그리고 그 근원에는… 구근같은 덩어리.

허나 달랐다.

'제정신인가?'

나는 자신의 실수를 깨달았다.

타츠야가 전투도끼로 후려친 그것은 그저 찢어지고 터졌을 뿐이었다. 촉수는 멈추지 않는다. 본체따위가 아니었다.

저것은 유사 미끼같은 건가?

그렇다고 하면.

"우, 극."

등 뒤에서 흐릿한 목소리.

광부의 책임자다. ―흙벽에 부딪혀 비명을 질렀다. 땅속에서 촉수와 그 덩어리가 엿보이고 있었다. 방금 타츠야가 파괴한 것보다 큰 덩어리다.

'침입당했군. 이제 타임오버인가…!'

수호의 울타리로 쓰고 있던 검이 몇 개 부러져 있었다. 노르가유가 새긴 성인은 이미 빛을 내고 있지 않다. 출력이 다한 것이다. 충전된 빛이 다 떨어지면 아무리 폐하의 성인이라도 효과가 없다. 강철에 내장된 천연축광을 다 소비한 것이리라.

나는 나이프를 뽑아들고 몸을 돌렸다.

땅을 부수고 나타난 거대한 덩어리 안에서 오싹한 눈동자가 드러났다.

'저건 눈동자군.'

아니면 심장인가. —아무튼 이쪽이 본체일 게 분명하다. 촉수를 뻗어 다시 광부 한 사람을 붙잡아 휘두른다. 땅바닥에 부딪혀 목이 부러진 걸 알 수 있었다.

제기랄.

나는 본체를 노리려 했지만 휘둘러지는 덩굴 촉수의 숫자가 너무 많다. 방어를 단단히 하고 있다. 이것을 뚫고 나갈 수 있는 건 타츠야 정도뿐인가.

"자이로! 이쪽에도."

테오리타가 소리치며 내 팔에 매달렸다. 촉수가 꿈틀거리며 이쪽을 노리고 있었다. 나는 검을 휘둘렀다. 베는 것과 동시에 폭파한다.

'나도 인기가 많군. 너무 바빠.'

성인으로 보호되고 있던 공간 안쪽은 이미 유린당하고 있다.

조금 일손이 부족하다. 타츠야는 통로 저편에서 촉수들과 싸우고 있고, 이곳에 있는 것은 움직일 수 없는 광부들, 《여신》, 나, 노르가유 국왕 폐하.

"아아아아아아아우우우우우우우우!"

노르가유에 이르러선 소리치며 땅바닥에 머리를 들이박고 있다.

"모든 것은 짐의 것이다! 이 국가는 모두 짐이 비호한다! 넘겨주지 않겠다, 찬탈자놈들!"

지금 노르가유의 도움을 받는 것은 무리다. 정신에 대한 간섭이 완전히 나쁜 쪽으로 작용하고 있다. 이야기를 들을 수 있는 상태가 아니다.

그리고 이런 상황에서 악화는 연쇄적으로 일어난다.

"―찾았다!"

날카로운 목소리. 많은 발소리.

키비아다. ―그리고 성기사단. 우리들이 왔던 통로에서 나타났다.

"《여신》 테오리타야. 추궁은 나중에 하도록 하고… 자이로, 바로 구원하겠다!"

"그만둬, 바보. 오지 마!"

나는 호통쳤다. 키비아의 성실함을 오히려 나무라고 싶다. 이 마왕 '목소리'의 사정거리에 들어오게 할 순 없다. 허나 그것을 막을 수 있을까?

'전멸인가.'

그 가능성이 급격히 높아지고 있었다. 테오리타가 내 팔을 붙잡는다.

"자이로."

무언가를 할 생각이다. 불똥이 튀고 있다.

"저에게 맡기세요. 《여신》이 나설 차례잖아요."

검을 소환하려는 건가? —그것도 대량으로? 이 촉수를 모두 베고 본체인 눈알인지… 심장인지를 꿰뚫을 생각인가?

가능하려나? 아니면 다른 방법이? 테오리타의 머리카락에서 불똥이 계속 튀고 있는 걸 보면 이 녀석도 한계에 가까울 터이다. 결단해야 하나. 나는 망설였다.

그 한순간에 노르가유가 소리쳤다.

"—찬탈자 놈!"

아무래도 노르가유 폐하의 정신은 완전히 한계에 달한 듯하다.

성인에 의해 빛나는 칸텔라를 치켜들고 그 뚜껑… 같은 부분을 비튼다. 느슨해진 뚜껑 틈새로 파르스름한 불꽃이 흘러나올 것처럼 보였다. 저것은 보급물자를 설치할 때 쓰려고 했던 위험한 장치인가. 불꽃이 분출되는 함정.

그리하여 불꽃이 깜빡인 순간 마왕현상 본체가 눈을 부릅뜨고 경련하면서 후퇴했다.

그 모습을 보고 떠오른 게 있다.

'불꽃인가!'

이 녀석은 식물형 마왕이다. 불이 약점일 가능성은 충분히 있다. 강력한 일격은 필요없다. 그냥 불로 태울 수 있다면.

"이봐, 폐하! 그 칸텔라를."

허나 내 말이 끝나기도 전에 마왕의 덩쿨이 움직였다. 노르가유의 다리를 붙잡는다. —송곳니같은 가시가 돋아난 덩쿨. 노르가유는 미처 대응할 수 없다.

파직 하는 파열음.

칸텔라의 뚜껑을 다 열기 전에 그 덩쿨은 일격으로 노르가유의 오른다리를 뜯어내고 있었다. 노르가유가 절규하고 칸텔라가 그 자리에 낙하한다. 나는 그것을 확보하기 위해 도약했다.

마왕이 몸을 비틀어 조금이라도 칸텔라로부터 거리를 벌리려 한다. 빠르다. 타이밍을 맞출 수 있을까? 아니, 전속력으로 도박을 걸어볼 수밖에 없다. 눈앞에서 꿈틀거리는 유사 촉수를 통과해서.

'놓칠 것 같으냐. 팔 한 두 개 정도는….'

희생하더라도.

그렇게 생각한 순간 발밑을 땅울림같은 소리를 훑고 지나갔다.

무언가가 깎이고 부서져가는 듯한 울림.

뭐지 생각할 틈도 없이 땅바닥에서 덩쿨이 끌려나온다. 마치 감자 뿌리를 한꺼번에 뽑은 것 같았다. 덕분에 후퇴하려고 했던 마왕의 움직임이 멈추었다. 머리 깊은 곳에 울려퍼지는 듯한 외침소리를 내며 자신의 덩쿨 촉수가 찢어질 듯 몸부림친다.

힐끔 돌아보자 그 원인이 보였다.

"그르르."

타츠야다. ─믿기지 않는다.

어떤 완력을 갖고 있는 건지 녀석은 덩쿨 촉수 하나를 대충 붙잡고 그것을 힘껏 잡아당기고 있었다. 마왕을 결코 놓치지 않겠다는 듯. 어깨 근육이 융기해서 부풀어오른 것처럼도 보였다.

"고오오오아아아아아아!"

타츠야의 의미를 알 수 없는 호통소리. 아니, 지금은 그 의미를 어렴풋이 알 것 같은 생각이 든다. 다시 말해 '얼른 이 마왕을 때려 죽여'일 것이다.

나도 매우 찬성이다. 마구잡이로 휘두르고 있는 덩쿨을 응시한다.

"테오리타!"

"예."

짧은 응답. 《여신》과 기사는 그것만으로 통한다.

"해치우세요, 나의 기사."

테오리타의 목소리. 허공에 검이 생긴다. 이번엔 휘어진 칼날을 가진 낫 같은 곡도였다. 나는 그것을 붙잡고 휘둘러지는 덩굴을 베어냈다. 곧바로 다음 공격이 오지만 이제 무의미하다.

이미 노르가유가 떨어뜨린 랜턴을 집어든 상태다.

"타죽어라, 빌어먹을 녀석."

나는 랜턴의 뚜껑을 비틀었다.

파르스름한 볼꽃이 뿜어져나오더니 그것은 가차없이 마왕현상의 본체를 불태웠다. 눈 깜짝할 사이에 타오르며 어둠 속에서 눈이 부실 만큼 빛난 것은 십여 초 정도였지만 녀석의 귀에 거슬리는 '외침'이 사라지고 재가 되기엔 충분한 시간이었다.

아무도 말을 할 수 없었다. 달려온 키비아 일행은 사태를 파악하지 못하고 멍해 있었고 노르가유도 그럴 상황이 아니었다. 예외는 타츠야뿐이다.

"가, …후아."

그런 하품과도 같은 소리를 흘리고 그 자리에 무릎을 꿇었다. 아무리 녀석이라도 지친 것이리라.

나는 그저 빛을 잃은 수중의 랜턴과 거기서 뿜어져나온 불꽃의 직격을 맞은 마왕… 그 주변의 벽과 지면을 바라보고 있었다. 작은 돌이 붉게 가열되며 녹고 있다.

이런 위험한 함정을 보급물자에 설치하려는 바보는 노르가유뿐이다.

—그후의 일에 관해서는 더 이야기할 만한 것이 아무것도 없다. 뜯겨나간 폐하의 다리는 가시 탓에 너덜너덜해져 쓸 수 없게 되었다는 웃긴 일화 정도다. 폐하는 그대로 출혈과다로 수리장으로 보내졌다.

하지만 솔직히 이후의 일을 생각하면 마음이 무겁다.

변명할 여지도 없이 우리들과 테오리타는 많은 규정에 저촉되었다.

우리들같은 징벌용사에게 휴가라는 개념은 없다.

본래라면 구속한 후에 감방에 가둬두는 게 올바른 취급이기 때문이다.

하지만 대기라는 상태라면 존재한다. 형무와 형무 사이, 혹은 더 큰 벌이 언도되기까지의 준비 기간이다.

허가되어 있는 구획 이외엔 출입이 금지되어 있지만 휴식… 과 같은 시간을 보내는 것도 가능하다. 식당에서 차를 마셔도 되고 훈련 설비를 써도 된다. 타츠야의 경우는 일광욕만 하고 있다.

그래도 밖을 나돌아다닐 생각은 들지 않는다. 왜냐하면 오늘은 우리들이 주둔하고 있는 뮬리드 요새가 너무 떠들썩하기 때문이다.

'성가시군.'

그렇게 생각한다. 이런 날은 책이라도 읽으며 지내는 게 좋다.

징벌용사라고는 해도 군 내부에 있으면 오락용 서적을 입수하는 것은 어렵지 않다. 그래서 나는 바닥에 드러누워 독서에 몰두하기로 했다.

오늘은 10일에 한 번 있는 '대주보'의 날이다.

이것은 작은 시장이라고 할 만한 것이다. 요새 내에 상주하는 여느 때의 매점이 아니라 버클 개척공사의 파견 상인들이 찾아와서 일용품과 기호품류를 안뜰에서 판다. 인기가 있는 것은 술, 담배, 편지 배달 서비스, 달콤한 과자류. 그런 것들이다.

이런 상품을 병사들은 '군표'라 불리는 유사화폐로 구입한다. 이것은 갈투일이 발행한 것으로 실제 돈 대신으로 쓸 수 있다. 나중에 각 도시 행정청사에 가져가면 환금할 수 있는 보증이 된 종이조각이다.

그래서 대주보에는 상당한 병사가 모인다. 물론 제13성기사단 녀석들도 있을 테고, 나는 성기사단 녀석들과 얼굴을 마주치고 싶지 않았다.

그리고 노르가유 폐하를 돌봐야 한다는 것도 있었다. ―오른발을 잃고 수리장에서 도터와 함께 돌아온 폐하는 일상생활이 꽤 힘들 것 같기 때문이다.

"총수! 자이로 총수! 어딨나!"

큰 외침소리와 함께 복도에 딱딱한 발소리를 내면서 노르가유 폐하는 어색하게 복도를 걸어왔다.

"행상인이 와 있다. 짐은 술을 마시고 싶다! 붉은 와인이다. 사오도록 해라!"

수리장에서 돌아온 후로 노르가유 폐하의 망상은 정도가 더 심해졌다. 나를 '총수'라 부르게 되었고 타츠야의 직책은 '장군'이다.

기억도 상당히 결여되어버린 듯 갱도에서의 일은 거의 아무것도 기억하고 있지 않다. 우리 용사들을 친위대라 믿고 있다. 그리고 오른발이 잘 재생되지 않은 듯 목제 의족으로 대신하고 있다. 다른 시체의 오른발로 대체하기 위해 신전에서는 지금 시체를 선정 중이다. 폐하의 덩치가 너무 큰 게 잘못이다.

"자이로 총수! 여기 있나!"

나에게 할당된 방의 문을 노르가유 폐하는 기세좋게 열었다. 아직 온몸 이곳저곳에 붕대를 감고 있다. ―완전히 접착되지 않은 부분이 있는 것이리라.

"행상인이 와 있다. 짐의 술을 즉시 사오도록 해라."

"폐하, 돈은 있는 거야?"

어쩔 수 없이 나는 몸을 일으켜 책상다리를 했다.

"사실 우리 왕국의 국고는 텅 비어서 술도 살 수 없다고."

"뭐라고? 그렇게나 곤궁했던 거냐? 재무대신은 어디 있나? 뭘 하고 있었어!"

정확히 말하면 노르가유 폐하의 군표는 설사 지급되더라도 눈 깜짝할 사이에 소비된다. 술과 고급식품에 쓰기 때문이다. 기억력이 안 좋은 본인은 그것을 기억하고 있지 않다.

"그렇게 술이 마시고 싶으면 빚이라도 내서 사러 가도록 해."

나는 타당한 해결책을 제시했다.

"나도 한가하지 않아. 중요문헌을 읽고 있거든. 베네팀에게 명령하라고."

"재상은 도터의 감시를 맡고 있다."

"그렇군."

그러고보니 그렇다.

도터가 돌아왔고 오늘부터 대주보의 날이라면 감시역이 필요하다. 사슬을 감아놓고 감시할 필요가 있다. 베네팀은 명목상 지휘관이기에 그 일을 떠맡고 있었다. 타츠야는 그런 일이 불가능하기 때문이다.

"그럼 차브로군."

나는 다른 임무에서 돌아온 한 남자의 이름을 거론했다.

"녀석에게 빌리도록 해."

"차브따윈 전혀 기대가 안 돼. 낭비벽이 심하고 도박에 약하니까. 이미 다 써버렸겠지."

"아니, 결국 이 요새에서도 도박장 출입이 금지되었다고 하니까 오늘 같은 날이 아니면 돈을 쓸 곳이 없어. 서두르면 빌릴 수 있을 거야."

"어쩔 수 없군."

폐하는 무겁게 고개를 끄덕이고 발길을 돌렸다. 이로써 시끄러운 녀석의 상대를 차브에게 맡길 수 있다.

차브라는 것은 우리 저격병이다.

실력이 있는 남자이긴 하지만… 징벌용사 부대에 들어온 이상, 그 인격은 미루어 짐작할 수 있을 것이다. 암살자 출신의 못된 놈이다.

단독으로 서부 전선에 보내졌을 텐데 그 일은 잘된 걸까? 일단 사지가 멀쩡한 채로 돌아왔으니까 임무 자체는 수행한 것일지 모른다. 표적의 암살에는 성공한 건가.

―어찌됐건 이로써 조용해졌다.

나는 다시 드러누웠다. 대주보가 끝나는 시간까지 여기서 시간을 보내고 있자.

그렇게 생각하고 있을 때에는 계속해서 시끄러운 녀석이 찾아온다.

"나의 기사!"

가벼운 걸음걸이로 뛰어들어 온 것은《여신》이었다.

"자이로, 여기 있었군요. 찾았다고요."

"어째서?"

"당신은 대주보에 안 가는 건가요? 장보러 간 줄 알았네요."

"성기사들을 만나고 싶지 않아서 말야."

얼굴을 찡그리는 정도라면 모를까 시비라도 걸어오면 성가셔진다. 혹은 비꼬는 말을 해온다든지.

'농담하지 말라고 해.'

그렇게 되면 나는 자신의 참을성을 신용할 수 없다.

"그럼 일어나서 저와 놀아주시죠."

테오리타는 거만하게 누워 있는 내 얼굴을 내려다보았다. 그림자가 드리워진다.

"테오리타야말로 대주보에는 안 가는 거야?"

"…저는 《여신》이라서! 그런 것에 흥미따윈 없어요."

분명 거짓말일 거라 생각했지만 어쩔 수 없을지 모른다.

《여신》이 대주보를 자유롭게 이용할 수 있느냐 하면 그럴 수도 없다. 《여신》으로서의 위엄이 사라질 수 있는 언동이 요구되는 탓에 성기사나 신관의 허가와 감독이 필요하다.

추측컨데 키비아와 그 종군신관도 바쁠 것이다. 주로 나와 테오리타의 처우를 결정할 필요 때문이다.

"당신도 한가하다면 자이로, 저와 놀 수 있는 명예를 드리죠. …기쁘죠?"

그렇게 묻는 테오리타의 한손에는 작은 상자가 들려있었다. 유희판과 말 세트가 들어있는 녀석이다.

지방에 따라 조금씩 다르지만 이런 유희판은 대개 '지그'라 불리고 있다. 표식이 된 말을 움직여 서로의 진지를 빼앗는다. 규칙이 간단한 탓에 어린애부터 어른까지 즐길 수 있다. 시간 보내기에 좋은 놀이라 군에서도 하는 녀석은 일정수 있고 도박의 대상이 되기도 한다.

나도 싫어하지는 않았기에 대기명령으로 시간이 남아도는 테오리타에게 '지그'를 하는 법을 가르쳐준 것이 사흘전.

그 이후 틈만 있으면 판을 가지고 찾아온다. 아차 싶었지만 이미 늦었다.

"저도 특훈을 했습니다. 그렇게 쉽게 지지는 않아요."

"어젯밤에 한 참이잖아."

"아까 베네팀을 상대로 고도의 전술을 배웠습니다. 흐흥, 이것은 과거 메토 왕국의 궁정에서 쓰이고 있던 유서깊은 '숨은 창'이라는 전술로…."

베네팀이 상대라면 아마 속아넘어간 거겠지 싶었지만 쓸데없는 소리를 하는 것은 관두었다. 유서깊은 전술이라는 것은 시대에 뒤쳐진 전술이라는 말이다.

바로 판에 말을 늘어놓으려 하는 테오리타를 나는 한손으로 제지했다.

"나는 지금 바쁘다고. 책을 읽고 있어."

"에엣… 책이요? 책이라면 나중에 읽으면 되잖아요."

그렇게 말하면서도 테오리타는 내가 읽고 있는 것에 흥미를 보인 듯했다. 읽고있는 책을 들여다보고 있다.

"자이로가 독서를 좋아할 줄은 몰랐네요. 뭘 읽고 있나요? 재밌는 이야기인가요?"

"시야. 시집."

"시집! …자이로, …당신이?"

몹시 놀란 것 같다. 테오리타의 눈이 휘둥그레졌다. 정말로 의표를 찔린 듯하다. 어째서 그렇게까지 놀랄 필요가 있는 거지?

"어떤 시집이죠? 궁금하네요. 저에게 들려줄 영예를 드리겠습니다."

"사양할게."

"음."

내가 곧바로 거절하자 테오리타는 일시적으로 발끈한 표정을 지었다.

"그렇다면 안 들려줘도 돼요. 저도 혼자서 읽기로 하겠습니다. ─옆에서 읽는 정도는 괜찮죠? …괜찮겠죠?"

"아니, 아마 《여신》 님의 맘에 들만한 내용이 아닐 거야."

나는 책을 닫았다. 시집의 이름은 '용취'라는 고대의 시다.

"이건 알트야드 코메테. 주정뱅이 시인이야. 궁정에서 잘린 후에 산속에서 은둔한 녀석이지. ─만년에는 드래곤이 되고 싶다는 망상을 품기 시작해서 밤이면 밤마다 나는 연습을 하다 결국 추락해서 죽었어."

"흐음. ─별난 분이군요."

"그 시대 시인은 그런 녀석이 많아."

내가 좋아하는 것도 그런 시이다. 군인이 되지 않았다면 나도 시인을 지망했을지 모른다. 속편할 것 같았기 때문이다.

"뭐 좋아. 그렇게 한가하다면 '지그'로 상대해줄게."

옆에서 책을 들여다보고 있으면 나도 편하게 읽을 수 없다. 유희판을 끼고 마주본다. ─어차피 대주보가 끝날 때까지의 시간보내기다.

"예!"

그렇게 테오리타가 웃는 얼굴을 보였을 때였다.

"…자이로 폴바츠."

방 입구에 또 새로운 손님이 모습을 드러냈다.

장신에 흑발의 낯선 여자. 누구지…? 한순간 생각했지만 착각이었다. 언제나 갑옷과 투구를 착용하고 있었기에 군복 차림이 생소했을 뿐이다. 그리고 흑발도 땋아서 한데 모으고 있다.

키비아다. 수행원도 없이 혼자서 왔다.

그렇다면 강제연행은 아닌 것 같다. …그렇다면 무슨 볼일이지?

"대주보가 아니라 여기 있었나. …《여신》 테오리타도 함께 있을 줄은 몰랐군."

"고귀한 성기사단 단장이 일부러 이런 곳까지 납실 줄이야."

나는 말투가 비비꼬이는 것을 억누를 수 없었다.

"드디어 우리들의 처우가 정해진 건가? 다음 작전 명령이야?"

"…둘 다 정답이긴 하군. 하지만 내 용건은 그게 아니야."

키비아는 약간 눈살을 찌푸렸다. 내 말투가 맘에 안 든 것일지 모른다.

"따라와라, 자이로."

"어디로? 지하감옥의 고문실인가?"

"아니."

내 농담을 키비아는 전혀 이해하지 못한 듯했다. 진지한 얼굴로 부정한다. 다만 그후에 나온 요구는 예상밖의 것이었다.

"나는, …너와 이야기를 하고 싶다. 장소는 어디든 상관없어."

그리고 키비아는 나를 날카롭게 노려보았다. 왠지 결투라도 신청하고 있는 것 같다고 나는 생각했다.

"어때? 응할 거야 말 거야? 대답해."

그게 뭐야 싶었다. 하지만 잘 생각해보니 나에게 거부권은 없다.

"상관없지만 이야기할 장소는 내가 지정해도 될까?"

"들어보지. 가능한 한 맞춰줄 테니."

"안뜰에서 열리고 있는 대주보에서 장을 보고 싶어. 테오리타도 함께 데려갈 거야."

"네?"

"음…."

무슨 까닭인지 말문이 막힌 키비아와는 대조적으로 테오리타는 번쩍 고개를 들었다. 눈동자가 타오르고 있다. 기대하는 눈으로 나와 키비아를 번갈아 본다.

"자이로, 키비아, 부디 이야기를 나눠요. 지금 당장요! 그게 좋을 것 같아요!"

"…아니, 알았어."

대략 10초 정도의 침묵 후 키비아는 고개를 끄덕였다.

"네 희망에 응하도록 하지. …안뜰로 간다!"

그 선언은 마치 진군 신호 같았다.

우리 용사들이 사는… 아니 수용되어 있는 뮬리드 요새는 북방영역에서 왕도로 가는 길을 차단하기 위해 지어졌다.

강과 절벽에 의해 지켜지고 있는 천연의 요새라고 할 수 있다. 별칭은 '철새 둥지'. 덕분에 경치만은 놀랄 정도로 좋다. 특히 첨탑에서 바라보는 카두 타이 대하는 해질녘이 절경이다.

이 대하 카두 타이는 요새의 생명선이기도 하다. 항만도시 요프에서 오는 보급을 받으며 북부에서 쳐들어오는 마왕현상에 선제대처하는 중요한 방위거점으로 여겨져 왔다. 최근 마왕현상의 증가와 잇따른 국토의 상실로 인해 그 중요성은 계속 올라가고 있다.

그런 까닭에 그 돈독 오른 버클 개척공사가 가만히 있을 리 없었다. 대주보에 파견된 상인의 숫자도 많았고 병사의 사기를 유지하기 위한 물자도 충실했다.

"여기에 여자만 있으면."

그것이 도터와 차브의 의견이지만 설사 그런 가게가 있다고 해도 징벌용사에게 사용 허가가 떨어질 리 없다. 수중에 들어오는 약간의 군표는 도박과 술로 소비되는 게 고작이다.

"와! 보세요, 자이로."

테오리타는 늘어선 가게 사이를 뛸 듯이 걷는다.

노점에는 화려한 색상의 간판과 깃발, 천조각으로 장식되어 있어서 뮬리드 요새의 밋밋한 안뜰도 축제다운 느낌이다. 그게 테오리타를 견딜 수 없이 즐거운 기분으로 만드는 듯하다.

"저건 음식인가요? 아니면 무언가의 장식인지."

테오리타가 가리킨 것은 새빨간 사탕 세공품이었다. 형상은 딸기를 본뜬 것이려나? 햇빛의 각도에 따라선 장식품으로 보이지 않는 것도 아니다.

"사탕이야. 저런 것은 본 적 없어?"

"제가 만들어진 시대에는 없었어요. 마치 귀금속처럼 보이네요."

테오리타는 그 사탕 세공품을 응시했다.

호기심 어린 눈이다. 그렇군. 《여신》들이 만들어진 것은 아주 오래전, 적어도 300년 이상은 과거였던 것으로 알려져 있다. 신전에서는 천 년전 신들의 시대에 태어난 마지막 신들의 딸들… 이라는 설정으로 이야기되기도 하지만 분명 거짓말이다.

《여신》은 틀림없이 인간이 만들었다고 생각한다.

그렇지 않으면 어째서 인간에게만 유리한 '헌신'을 그녀들이 하겠나. 그후 무슨 일이 있었는지는 모르지만 《여신》을 만드는 기술은 잊혀졌거나 은닉되어 지금에 이른 것이리라. 마왕에 의한 타격이 너무 컸거나 인간들간의 전쟁 탓이겠지.

그 부분 역사는 잘 모르고 흥미도 없었다.

적어도 지금까지는.

"그럼 자이로, 저것은요? 좋은 냄새가 나는데. 저 길쭉한 음식……."

"볶음면이군. 서방 요리로 길게 뽑은 밀가루를 버터와 간장으로 볶은 거지."

"그렇군요! 그렇다면… 음, 저거예요! 저쪽에도 사람이 잔뜩 줄을 서있어요. 봐요, 저기 곰 그림 간판! 인기가 있는 건가요?"

"저건…."

사람들이 줄을 서 있다. 게다가 여성 병사들뿐인 것으로 보였다.

그렇다면 무언가의 과자류인 것으로 생각되지만 사람이 너무 많아서 잘 알 수 없었다. 노점 간판에는 확실히 큰 곰 같은 동물 마스코트가 그려져 있다.

"본 적이 없군. 뭐지?"

"모르는 거야? 저건 미우리즈 크림이다."

내 의문에 의외의 곳에서 대답이 왔다. 키비아다.

"제1왕도에서 엄청난 인기를 자랑하는 유명 얼음 과자 가게야. 거품을 낸 크림을 얼린 후 벌꿀과 땅콩을 뿌린 음식이지. 아주 맛있어. 그리고 저 귀여운 곰은 마스코트 캐릭터인데, 이름은 현재 모집 중이라고 하더군."

"그렇군요! 훌륭하군요. 문명의 발전을 느낍니다!"

그렇게 말하며 테오리트는 눈을 빛냈다.

"맛있을 것 같네요, 자이로! 굉장히 맛있을 것 같아요. 알고 있었나요?"

"처음 들었어. 최근 연 가게인가? 그전에 키비아도 의외로 잘 알고 있군."

"…뭐가 의외라는 거냐."

내 감상은 아무래도 키비아의 심기를 상하게 한 것 같다.

"나도 얼음과자 정도는 먹어. 거기에 무슨 문제가 있지?"

"딱히 문제라고는 말 안 했는데."

"내가 저런 과자를 먹는 것을 비판할 생각이라면 각오해! 뭐야? 내가 얼음과자를 먹거나 저런 마스코트가 들어가 있는 제품을 가지고 있으면 잘못인 거냐? 마스코트의 이름 모집에 응모하면 안 되는 거냐?"

"그러니까 그런 말은 한 마디로 안 했다고."

내 발언은 아무래도 무언가 키비아의 예전 기억을 자극한 듯하다.

이런 일로 놀림을 받기라도 한 건가. 확실히 이 녀석이 저 마스코트의 이름 모집에 응모했다는 것은 놀랐다. 뭐랄까 그런 인상이….

"이봐 너, 방금 무언가 생각했지?"

"생각하는 내용까지 검열하지 마…."

나는 그 이상 쓸데없는 소리를 하지 않기로 했다. 전혀 이해할 수 없는 일로 심기를 상하게 할 것 같다. 이런 상대는 어디에 지뢰가 있는지 알 수 없다.

어쩔 수 없이 도움을 구하듯이 테오리타를 본다. 허나 녀석은 늘어선 노점을 꽤 진지하게 바라보고 있었다. 어쩐지 조용하다 했더니.

"자이로."

테오리타의 작은 손이 내 팔을 잡아끌었다. 그 시선은 그 얼음과자 가게에 고정되어 있었다.

"어떤가요? 저것을 먹고 싶지 않나요?"

묘하게 돌려 말하고 있는 게 실로 《여신》답다. 아니, 테오리타답다.

어디까지나 자신이 아니라 내가 먹고 싶은 것을 사주는 형태로 하고 싶은 것이다. 그런 묘한 자존심… 혹은 수치심같은 게 있다.

"그럼 사볼까? 테오리타도 어때?"

"─예! 《여신》으로서 기사가 바치는 공물을 거절할 순 없으니 말이죠."

"그럼 네 센스로 맛있어 보이는 것은 두 개… 아니."

군표를 건네면서 나는 키비아를 돌아보았다.

"네 것도 살까? 키비아."

"나는… 됐어. 군표는 낭비하지 않고 저축할 거야. 장기적인 예산계획을 짜고 있거든."

농담으로 물어본 거였지만 약간 고민한 후 터무니없이 진지한 얼굴로 대답했다.

어쩔 수 없이 나는 테오리타에게 군표를 건넸다. 이 《여신》의 성격상 직접 구입하고 싶을 거라 생각했기 때문이다.

"테오리타가 사올래? 이것으로 두 개."

"예! 어쩔 수 없군요. 저에게 맡겨주세요!"

테오리타는 기쁜 듯 달려갔다. 금색 머리카락이 나부낄 만큼 경쾌한 발걸음으로 얼음과자를 사기 위한 행렬에 참가한다. 그러자 병사들의 주목이 《여신》 테오리타에 쏠렸다.

본인은 몹시 새침한 얼굴로 그 시선을 당연한 것으로 받아들이고 있는 것처럼 보인다.

"…자이로, 말해둬야 할 게 있어."

테오리타의 뒷모습을 노려보듯 응시하면서 키비아는 내 이름을 불렀다. 아무래도 본론으로 들어가고 싶은 모양이다.

"나는 귀족들에 대한 인식을 조금 바꾸었다. 너희들은 단순한 악당일 뿐 아니라 뭐랄까 저기…."

"대악당에 빌어먹을 녀석이라는 거지? 맞는 말이야."

"그건 아니야. 적어도 너는 말이지."

키비아는 근본적으로 농담이라는 것을 이해하지 못하는지 무표정하게 부정해왔다.

"잊지 않았어. 크분지 삼림에서 내 부대의 병사들을 구했어. 제완 건 광산에서도 그래. 본래 우리들이 버리고 갈 생각이었던 광산의 민간인들을 구하려 했지."

"구하지 못한 녀석이 더 많지만 말야."

"하지만 실행했어. 나는 경의를 가져야 한다고 생각해. 크분지 삼림에서 부상을 입고 철수한 병사들이 고맙다고 하더군."

"그렇군."

나는 조금 웃었다. 드물게도 좋은 보고를 들은 것 같다는 생각이 들었기 때문이다.

"살아남은 건가. 조금은 의미가 있었군. 이야기는 그것뿐이야?"

대답을 기대하고 물었지만 키비아의 대답은 없었다. 녀석은 그저 날카로운 눈으로 내 얼굴을 노려보고 있었다. 무언가 또 묘한 지뢰를 밟은 것일지도 모른다고 생각했다.

"어째서 얼굴을 노려보는 거야?"

"말도 안 되는 소리를. 딱히 네 얼굴따윈 쳐다보지 않았어."

키비아는 얼굴을 찡그리며 헛기침을 했다.

"그저 너도 평범하게 웃을 수 있구나 생각했을 뿐이야. 언제나 화가 나 있는 것 같았으니까."

"세상에 화가 나는 일이 너무 많아서 그래."

"…지금 그런 태도만 고치면… 아니, 됐어. 아무튼 너의 능력은 평가받을만 하다는 걸 말하고 싶었어. 확실히 성과는 올리고 있으니. …테오리타 님도."

그 이름을 부를 때 조금 괴로운 듯한 어감이 있었다.

"너와 계약을 한 게 다행이었을지도 몰라."

"무슨 의미지?"

"…테오리타 님은 북방 유적에서 존재가 확인되었어. 모험자들에 의해 말야."

모험자라는 인종에 대해서는 나도 알고 있다.

유적 도굴 전문가들이 조합을 만들어서 멋대로 자신들의 직업에 그런 이름을 붙였다. 원래는 '도둑'이라는 의미밖에 없었던 직함이지만 전황이 이렇게 된 후로는 견해가 바뀌었다. 아무튼 위험한 장소에 들어가서 과거의 유물을 발굴해오니까 권장하지 않을 수 없다.

그중에는 이번 《여신》과 같은 것도 있다.

"그 발굴 임무를 우리 제13성기사단이 맡았다. 하지만 관리 운용면에서 문제가 있었지. 군부와 신전의 대립이야."

"그거 큰일이군. 멋대로 싸우라고 해."

나는 코웃음쳤지만 키비아는 화난 듯한 눈길을 나에게 보냈다.

"무슨 소리를 하고 있어. 너한테 책임이 있는 일이잖아. 네가 《여신》 세네르바를 죽인 탓이라고."

"…무슨 말을 하고 싶어?"

"군부는 한 가지 발상을 하게 되었지. …《여신》을 살해할 수 있다면 반대로 《여신》을 늘릴 수도 있지 않을까 하는 것."

말도 안 되는 소리를 하고 있다는 생각이 든다.

그리고 이 이야기에 관해서는 키비아도 똑같은 감상을 가지고 있는 듯했다.

"군부는 테오리타 님의 신체를 해석하고 싶어했어. 반면 신전은 그에 대해 반대 입장을 취했지."

몸의 해석.

나는 추측했다. ─아니 확신에 가깝다. 군부라면 반드시 해부를 할 것이다. 죽지 않도록 충분한 주의를 기울이며 해부해서《여신》의 제작법을 해명하려 할 것이다.

'갈투일 녀석들이라면 그러겠지.'

때리고 싶어질 만큼 잘 알고 있다. 녀석들은 현실밖에 보지 않는다.

"우세였던 것은 군부의 의견이었지만 상황이 바뀌고 있어. 너희들은 테오리타 님의 유용함을 보였어. 단기간에 두 개의 마왕현상을 격파했으니 말야."

"…그렇다면 지금까지는? 어땠다는 말이지?"

나는 어떻게든 묻고 싶어졌다. 짜증이 나기 시작하고 있다. 키비아를 추궁하는 말이 멈추지 않는다.

"유용성을 보였다고? 테오리타는 유용하지 않을 거라 생각되고 있었던 거야? 어째서 테오리타가 해부되는《여신》후보로 뽑힌 거지? 아직 발견된 지 얼마 되지 않아서 그 성능도…."

"검을 소환하는 힘은 알려져 있었어. 테오리타 님이 발견된 유적에 그렇게 적혀 있었으니까."

키비아는 애써 냉정해지려 하고 있는 듯했다.

"지금까지의 열두 명의 《여신》들과 비교해서 몇 단계 떨어져. 그 중에는 상위호환이라고 해도 좋을 힘을 가진 《여신》도 있어."

하고 싶은 말은 알았다.

군에서 그렇게 생각했던 것이다. 아마 신전에서도 타당한 의견으로 받아들일 것이다. 미래의 광경…, 번개와 폭풍…, 이계의 영웅…, 혹은 병기, 그런 것들에 비하면 테오리타의 '검'은 너무 한정적이다.

"못된 녀석들."

말하고 나서 깨달았다. 못된 녀석들은 우리 용사들이다.

하지만 군과 신전 녀석들에게는 듣고 싶지 않다.

그제야 비로소 나는 키비아가 이끄는 제13성기사단이 묘한 움직임을 보였던 이유를 알았다. 크분지 삼림에서 자멸적인 싸움을 하려고 했던 것은 왜인가. 일종의 속죄랄까 자포자기에 빠져 있었기 때문 아닐까.

지켜야 할 《여신》을 제13성기사단은 해부시키기 위해 운반하고 있었던 것이다.

테오리타를 재운 상태에서 운반한 이유도 그것이 원인이었다. 군대인 이상, 명령을 거스를 순 없다. 하지만 헌신적으로 싸워서 영토 방어에 성공하면 어쩌면 신전이나 북방 귀족들의 지지를 받을 수 있을지도 모른다고.

하지만 갈투일 녀석들은….

"쓸모가 없으면 어떻다는 거야."

나는 테오리타를 보았다. 마침 얼음과자를 구입해서 이쪽으로 달려오는 참이었다. 그 얼굴을 기쁜 듯도 하고 자랑스러운 듯도 했다.

"대체 어떻다는 거냐고. 유용성인지 뭔지를 갈투일의 못된 녀석들에게 인정받으려면 또 무엇을 해야 하는 거지?"

키비아에게 분노를 표출해봤자 어쩔 수 없다.

그것은 알고 있었지만 멈출 수 없었다.

"그래. 다음 임무에 대해 이야기하지. 요컨데 거기서 결과를 내면 테오리타를 해부하지 않아도 된다는 거지? 무엇을 시키고 싶은 거야?"

"방어."

키비아도 화가 난 듯 마치 내뱉듯이 말했다.

"이 요새를 너희 용사들의 힘만으로 방어해야 돼. 사수하는 거야."

어둡고 좁은 방이었다.

지하감옥과 그닥 차이없다.

'…꽤 음습한 장소로군.'

베네팀 레오풀은 생각했다.

왕국 재판의 그 거창한 '진실의 장막' 앞에 연행되는 것 아니었나? 그러면 늘어선 심문위원과 청죄관 앞에서 최대한의 화술을 구사해줄 생각이었다.

'기왕이면 세계 규모의 큰 거짓말을 하자. 역사에 남을 만한 것을.'

그렇게 결심하고 있었다. 그 계획은 이제 실현될 수 있을 것 같지 않다.

눈앞에 있는 것은 단 두 명뿐이다.

탁자를 사이에 두고 자신의 맞은편에 앉은 채로 몹시 밝은 미소를 떠올리고 있는 젊은 남자. 그리고 그 등 뒤에서 팔짱을 끼고 있는 흰색 관두의…, 신관복 차림의 여자다. 이쪽은 어딘지 졸린 듯한, 감정이 깃들어 있지 않은 눈으로 이쪽을 바라보고 있다.

'왠지 분위기가 묘하네.'

베네팀은 그렇게 생각할 수밖에 없었다. 이것은 이야기로 들었던 재판 방식과는 다르다. 심문위원도 없고… 진실의 선서도 없다.

'굳이 말하자면 취조 같군.'

아직 자신에게서 들을 것이 있는 건가. 이야기할 수 있는 것은 있는 것과 없는 것, 그리고 스스로에게 믿게 한 사실까지 모두 이야기했다.

"미안하군, 베네팀 레오풀."

젊은 남자는 허름한 탁자에 팔꿈치를 대고 기도하듯 손깍지를 끼었다. 어딘지 경박한 목소리였다.

"본래라면 좀더 괜찮은 방에서 대화를 나누고 싶었는데 말야. 나는 너를 만나고 싶었거든. 존경하고 있어서."

"그, …그렇습니까?"

베네팀은 그저 막연한 표정으로 고개를 끄덕였다. 그밖에 할 수 있는 일이 없었다.

베네팀은 신중하게 단어를 선택해서 이야기하는 게 불가능하다. 사기꾼이라는 직업 때문에 오해받기 쉽지만 베네팀은 냉정한 사고법이라든지 훌륭한 단어 선택 같은 기술을 가지고 있지 않다. 사람을 속일 때도 대개는 머릿속에 떠오른 것을 쭉 늘어놓고 있을 뿐이다.

이때도 그렇게 했다.

"저를 존경하고 있다니 무슨 뜻입니까?"

정말로 그게 의문이었다.

"당신도 사기로 생계를 꾸리고 싶은 겁니까? 그렇다면 저 같은 걸 존경해선 안 돼요. 결국 붙잡혀 버렸으니."

"그래. 그 부분은 그 말이 맞군."

남자는 쿡쿡거리며 웃었다. 표정은 밝지만 그 웃음에는 뱀이 쿡쿡거리는 듯한 묘한 으스스함이 있었다.

"너무 지나쳤던 건가요? 죄의 무게면선 역시 왕궁을 서커스단에 팔아넘기려고 한 게…"

"아니. 그것은 거의 관계 없어. 그 사건은 재밌었지만 말야."

남자가 한 손을 휘젓자 옆에 서 있던 신관복의 여자가 말없이 움직였다.

서류다발을 탁자에 올려놓는다. 그곳에는 베네팀의 죄상으로 보이는 문장이 쭉 나열되어 있었다.

"유래를 찾아볼 수 없는 범죄였지. 용케 이렇게까지 일을 벌렸구나 싶을 정도야."

남자는 서류에 시선을 떨구고 다시 뱀처럼 웃었다.

"일단 너는 왕도에서 흥행을 노리던 서커스단에 부지를 매각하는 계약을 했었지. 그걸 위해 왕궁의 이전 계획까지 날조하다니… 대단하군."

그 일은 똑똑히 기억하고 있다. 정신을 차려보니 일이 커져버린 사기다.

본래라면 서커스단에 부지를 팔 약속을 하고 계약금만 챙겨 달아날 생각이었다. 그러던 게 이야기를 하는 사이에 왕궁의 이전 계획이라든지 그걸 위한 왕궁 해체 공사라든지, 그 석재, 철재의 매각처라든지가 필요해져서 해당 업자들에게 잇달아 거짓말을 했다.

'거의 줄타기였지. 바빴어….'

견적서와 착수자금, 재상 대리위원의 위임장을 수배하는 사이에 몹시 장대한 계획이 되어버렸다. 서커스단이 찾아온 날에는 목수, 석재업자, 이전 반대 시위대가 뒤엉켜서 터무니 없는 소란이 벌어졌다고 한다.

베네팀은 무서워서 도저히 보러 갈 생각이 들지 않았다. 소란이 잠잠해진 후에 왕도를 뜨려고 했지만 허망하게 붙잡혔다.

"그밖에도 꽤 많은 일을 했군. 투자사기. 골동품 위조. 복권 사기에 출자법 위반. 버클 개척공사로부터 백 건 정도 고발이 있었어."

"죄송하군요…. 반성하고 있습니다."

"반성은 됐어. 이제 괜찮으니까. 그보다 네 동기를 알고 싶군."

이제 괜찮다는 말이 몹시 불길하게 들렸다.

"어째서 사기꾼이 되었지?"

"…어릴 때부터 사람들이 실망하는 얼굴을 보는 게 싫어서."

이런 것은 몇 번이고 이야기했다. 그때마다 내용이 바뀌는 '동기'에 대한 이야기다. 잘 생각해보면 모두 진짜인 것 같다는 생각도 들고, 모두 거짓말인 것 같다는 생각도 든다.

"실망하는 얼굴을 보지 않기 위해 그때마다 적당한 거짓말을 하고 나중에 말의 앞뒤를 맞췄습니다."

"그 노력은 대단하군. 이렇게나 큰 계획을 용케 모순없이 앞뒤를 맞췄다고 생각해."

"예예."

베네팀은 건성으로 대답했다. 그밖에 어떻게 할 수도 없었다.

애당초 눈앞에 있는 남자가 누구인지, 자신은 재판을 받는 게 아닌 건지 그게 궁금하다.

"저기. 저는 사형에 처해지는 겁니까?"

"음? 아니, 유감스럽지만 아냐."

남자는 거기서 몸을 앞으로 내밀었다.

"사실 너는 사기죄로 처벌받는 게 아니야."

"…사기가 아니라고요? 그렇다면 저는."

"문제였던 것은 이거야."

갑자기 탁자 위에 새로운 종이다발을 내던졌다.

본 적이 있다. 신문이다. '리비오기'. 일류 유명지라고는 할 수 없다. 오히려 삼류 중에서도 특히 격이 떨어진다. 그중에는 수상한 오컬트나 음모론, 스캔들, 마왕현상에 대한 뜬소문 같은 것들만 쓰여 있다.

확실히 베네팀은 1년쯤 전부터 그곳의 기자를 하고 있었다. 거짓 이야기를 쓰는 데는 능했기 때문이다.

"저기."

베네팀은 무심코 고개를 기울렸다.

"이게 무슨…?"

"네가 쓴 기사 말야. '은밀하게 침략을 진행 중인 마왕의 손길'. 이미 신전과 갈투일, 왕족에 이르기까지 마왕현상에 영향받은 스파이가 인간인 척 잠입해 있다며?"

확실히 쓴 기억이 있다. 성기사와 《여신》의 스캔들과 왕족의 추문도 너무 많이 써먹었기에 좀더 사람의 불안을 부채질할 수 있는 기사가 필요하다고 했었다.

그래서 그 요망에 부응했을 뿐이다.

'그런 표정을 지으니 어쩔 수 없었어….'

눈앞의 상대를 실망시키는 게 싫다는 것은 의외로 자신의 본질일지도 모른다.

"게다가 이름까지 써있지. 마렌 키비아 대사제에 델프 장군. 심리드 총독까지. 굉장해. 대단한 망상이야. …솔직히 말하면 사기든, 스캔들이든, 음모론이든 맘대로 해도 되지만…."

쿡쿡거리며 남자는 웃었다.

"진실만은 곤란하다고."

"네?"

"특히 너는 날조한 이야기를 사람에게 믿게 만드는 능력이 있어. 적어도 우리들이 그렇게 생각할 정도의 능력이."

무언가 굉장히 부조리한 일을 당하고 있는 듯한 느낌이 든다.

"잠깐만요. 저는 결코."

베네팀은 일어서려다 실패했다.

어느 틈엔가 신관복의 여자가 옆에 있었다. 베네팀의 어깨를 붙잡고 있다. 그 순간 극심한 통증을 느끼고 베네팀은 신음소리를 냈다.

"모처럼 우리들이 대처하려 하고 있는데 허사로 만들면 곤란해. …이 사실을 말할 수 없도록 너에겐 특별한 제약을 걸도록 하지."

남자는 연기섞인 동작으로 손가락을 튕겼다.

그때 베네팀은 깨달았다. ─이 남자의 쾌활한 미소에는 어딘지 가학적인 부분이 있다. 겁먹은 상대를 보고 즐기는 듯한 그런 웃음이다.

"안됐지만 너는 사형 정도로 끝나지 않아."

남자는 조금도 아쉽지 않은 듯 만면의 미소를 떠올렸다.

"베네팀 레오풀, 너를 용사형에 처한다."

"사수해라."

전령은 그렇게 말했다.

훌륭한 수염을 기른 남자로 갈투일에서 온 사자라고 한다.

솔직히 말하면 첫 인상부터 전혀 호감이 가지 않았다. 나는 차림이 좋고 위험이 있어 보이는 남자를 전혀 신용하지 못한다. 그런 저주에 걸려있는 것일지도 모른다.

"이 요새를, 너희 징벌용사 부대만으로 사수해라. 마왕현상이 접근하고 있다."

이 노골적으로 죽으라는 듯한 이야기를 나와 베네팀은 바보처럼 나란히 서서 듣고 있었다.

"자이로 군, 진정하세요."

베네팀은 나에게 작은 목소리로 말했다.

"부탁이니까 진정하고… 냉정히…. 느닷없이 덤벼든다든지, 때려죽이려고 하지 마시길."

"너, 나를 대체 뭐라고 생각하고 있는 거야?"

내가 그렇게 돌발적으로 의미불명의 폭력을 휘두르는 사람으로 보이는 건가?

─어쩌면 그렇게 보일지도 모른다. '여신살해'는 그만큼 의미 모를 폭력이다. 기분에 따라선 무엇을 할지 알 수 없다고 생각하고 있는 걸까.

"…저기. 죄송한데 사자 양반, 요새를 사수하라는 건."

형벌 ː 뮬리드 요새 오염 방어 1

헛기침을 한 번 하고 베네팀은 죽을 것 같은 목소리로 말했다. 적어도 위에 하나 이상의 구멍이 뚫려 있고 그곳에서 피가 번져나오고 있는 듯한 목소리였다.

"어떠한 작전목표인 건가요?"

"작전목표는 오직 하나. 이 요새에 머물러 있으라는 것뿐이다."

사자는 웃음기도 없이 단언했다.

"설령 네놈들이 전멸하는 일이 있더라도 끝까지 저항해라."

"지구전이군요. 언제까지 버티면 될까요?"

베네팀은 끈기 있게, 그리고 애교있게 물었다. 그것도 실실 웃으면서. ─어쩌면 그저 현실을 보는 게 두려웠을 뿐일지도 모른다.

"죽을 때까지다."

사자는 단언했다.

"제13성기사단 및 제9성기사단은 후방에 전개해서 전력을 온존한다. 그리고 네놈들의 전멸과 요새의 함락과 함께 특수공격을 실행한다."

말도 안 되는 이야기를 듣고 있다고 생각한다.

그래도 이 남자가 목에 걸고 있는 성인이 진짜라면 갈투일이 파견한 정규 사자임에 틀림 없다.

"저기… 특수공격이라는 건?"

베네팀의 물음에 사자는 무겁게 고개를 끄덕였다.

"독이다. 제9성기사단의《여신》이 기적을 행사하시게 된다."

소문으로는 들은 적 있다.

제9성기사단의《여신》은 '독'을 소환할 수 있다고 한다. 온갖 맹독을 그 손끝에서 불러낸다고 한다.

다만 광범위에 살포해서 마왕현상을 죽일 수 있을 만한 '독'은 상당히 쓰기가 까다롭다. 함정 같은 형태로 설치할 필요가 있다. 그것을 이 요새에 설치할 생각인가? 예를 들면 성인과 조합한 폭탄.

특수공격이라고 하기엔 좀 거창하지만, 요컨데 그것을 기폭하는 작전이라는 거군.

"이 뮬리드 요새를 그 마왕현상 15호… '이블리스'의 묘비로 만드는 거다. 너희 용사들에게는 그 초석이 될 명예를 수여한다."

이 말에 나와 베네팀이 모두 침묵했다. 벌려진 입이 닫히지 않았기 때문이다.

요컨데 이번 작전은 이렇다. 이 뮬리드 요새에 마왕현상의 페어리와 마왕 본체를 유인한다. 그리고 이 요새를 독으로 오염시켜 통째로 섬멸한다는 말일 것이다.

'그저 시간을 벌다 죽으라는 말인가.'

바보같다고 생각했다.

"효율이 너무 안 좋아."

나도 모르게 그런 말이 입밖에 나왔다.

"마왕 한 마리 해치우기 위해 이 요새를 함정으로 쓰는 거야? 마왕을 죽일 수 있을 만한 독으로 오염시키면 더 이상 쓸 수 없게 된다고."

"마왕현상 제15호 '이블리스'는 그만큼 강력하다."

사자는 내 반론에 불쾌한 듯한 얼굴을 보였다.

베네팀은 조바심이 난 듯 내 팔꿈치를 쿡쿡 찔렀지만 어쩔 수 없다. 군사에 대해 잘 모른다고 나를 이런 곳에 동석시킨 게 잘못이다.

"녀석은 지난번 작전에서 제9성기사단의 공격을 버텨냈다. 그 경이적인 재생력은 알고 있겠지?"

이것도 소문만은 알고 있다.

'이블리스'라는 개체는 마왕현상과의 싸움이 시작된 상당한 초기부터 존재가 확인되고 있었다. 아무리 죽여도 죽지 않는 상대로 유명하고, 각지를 느릿느릿 돌아다니며 닥치는 대로 잡아먹거나… 파괴한다. 섬멸작전이 발동된 적이 있지만 완전한 살해에 이르지는 못했다.

그후 얼마간 방치된 것은 '이블리스'가 극단적으로 휴면시간이 긴 개체였기 때문이다. 1년에 몇 번 변경을 배회할 뿐 활발한 파괴활동을 하지는 않았다. 우선순위가 낮았던 셈이다.

하지만 무슨 까닭인지 돌연 명백한 의도를 갖고 이 요새로 향하고 있다고 한다.

"지난번 작전에선 장거리 저격으로 《여신》의 기적이 소환한 치사독을 쏘았다."

사자가 말한 '저격'은 우리 부대의 차브 녀석이 했을 것이다. 녀석은 제9성기사단에 차출되어 공동으로 임무를 맡고 있었다. 그렇다면 할 일은 했던 모양이다.

"작전은 성공한 듯하지만 무의미했다. '이블리스'는 일시적으로 가사 상태에 빠지긴 했지만 결국 사망을 확인하기 전에 부활했다."

무슨 말을 하고 싶은지 알 것 같았다. 진절머리나는 결론이 기다리고 있을 것 같다.

"이 결과와 제3의 《여신》 시디아의 예지에 의해 갈투일은 작전을 수정했다. 막대한 양의 맹독으로 놈을 오염시켜 계속 죽이는 게 유일한 방법이라는 결론이 나왔지. 특별한… 생물과 같은 성질의 '독'을 쓴다."

역시나 싶었다.

"그 이외의 살해수단은 이 세계에 존재하지 않는다."

"장난하는 거야? 그럼 요새에 있는 우리들은…."

"자, 잠깐만요, 사자 양반."

말하려던 나를 베네팀이 제지했다.

"충분한 유인과 구속이 완료될 경우, 우리들은 이탈해도 상관없겠죠?"

"허락할 수 없다."

"어째서죠? 작전목적이 달성된다면 문제 없잖아요."

"허락할 수 없다. 이것은 갈투일의 결정이다. 너희 징벌용사가 한 명이라도 뮬리드 요새에서 이탈할 경우, 목에 있는 성인이 부대원 전원을 즉사시키도록 되어있다."

'장난하는 건가?'

나는 다시 생각했다.

왜 그렇게까지 하지? 이상한 느낌이 든다. ─우리들을 그렇게까지 철저히 죽일 이유가 있는 건가? 전혀 무의미하게 생각된다. 우리들이 죽지 않으면 안 되는 사정이라도 있는 걸까?

어쩌면 이것은 '녀석들'이 생각한 것일지도 모른다. 나를 함정에 빠뜨린 빌어먹을 놈들.

어지간히 나는, 아니 우리들은 미움을 받고 있는 듯하다. 앞뒤 안 가리고 죽이려 하고 있는 것 같다. 그 마음이 이해가 안 되는 것도 아니지만 고분고분 따를 생각은 없으니 대체 어떻게 해야 되지? 이런 작전에서 죽을 때가 아니다.

그래. —테오리타.

무언가의 가치를 보이지 않으면 그대로 해부당할 위험도 있다. 요새와 함께 마왕현상을 해치우는 정도로는 의미가 없다. 그것은 제9성기사단의 《여신》의 독에 의한 전과가 될 것이다.

아니면 그게 목적인가? 《여신》 테오리타의 유용성을 부정하는 듯한 작전을 굳이 감행하기 위해.

"알겠습니다. 작전은 수행하죠."

내가 생각하고 있는 사이에 베네팀은 가볍게 대답했다.

이 녀석, 제정신인가? 나는 무심코 베네팀의 얼굴을 보았다. 녀석은 비위를 맞추듯 실실 웃으며 혀를 놀렸다.

"하지만 작전의 개선점이 몇 개 있군요. 우선 우리들이 한 명이라도 요새에서 이탈하면 죽는다는 규칙. 이건 좀 문제입니다."

사자가 조금 눈썹을 움직였지만 베네팀은 상대가 발언할 기회를 주지 않았다.

사기꾼인 이 녀석의 특기 중 하나는 여차할 때의 목소리 크기다. 무슨 까닭인지 또렷하게 들려서 다른 사람의 발언을 덧씌워버린다.

"아시다시피 우리들은 인격파탄자투성이의 범죄자 집단이라 얼른 편해지고 싶은 마음에 요새를 빠져나갈 녀석이 분명 생길 겁니다. 그럴 경우 작전 발동 자체가 어려워지죠."

확실히 그렇긴 하다. 나는 생각했다.

우리들을 몰살시키는 게 아니라 마왕을 해치우는 게 명분이라면 이것은 무시할 수 없는 요소일 것이다.

"감독역을 파견해 주십시오. 그래도 도망치는 사람이 있겠죠. 그러니까 누군가 한 사람이 아니라 전원이 이탈하면 모두 죽는 것으로 해야 합니다."

떠오른 것을 잘도 이렇게까지 그럴 듯하게 꾸며대고 있다. 내가 그 발언의 타당성을 검토하는 것보다 베네팀이 말하는 속도가 훨씬 빠르다.

"그리고 《여신》 테오리타 문제입니다. 그녀는 여기 자이로와 계약을 했기에 주위의 반대를 듣지 않고 요새에 머무를 가능성이 있습니다."

"…가능한 한 설득해보기로 하지."

"그래도 머무를 겁니다. 우리들의 《여신》은 자비의 마음이 강하시니까."

뭔가 잘 모를 말투지만 베네팀은 진지한 얼굴로 말하고 손가락으로 대성인을 그렸다. 원을 그리고 중심에서 끊는 듯한 동작. 신전의 예배 등에서 잘 쓰이는 그것이다. 원초의 성인, '대성인'이라 불리고 있다.

"최근 우리들의 전과는 《여신》 테오리타의 가호가 있어서 가능했던 것. 머무를 수 있도록 허락해 주시길."

"나는 그 허가를 내릴 수 있는 입장이 아니야."

"그럼 누가 그 허가를?"

"《여신》에 관해서는 군령상 제13성기사단의 관리하에 있어서…."

"자이로 군, 키비아 단장에게 지금 당장 연락해보세요. 이쪽은 이제 됐습니다."

베네팀은 내 어깨를 두드리며 작은 목소리로 속삭였다.

"허가를 받아둘게요. 작전이 완수될 것 같으면 테오리타 님을 이

탈시킬 수 있도록. ―그밖에 또 필요한 거 있나요?"

"병사들. 일손이 부족해. 우리들만으로는 너무 힘들어."

밑져봐야 본전이라는 식으로 말해봤지만 베네팀은 순순히 고개를 끄덕였다.

"알겠습니다. 다른 것은요?"

"무기와 식량."

"알겠습니다. 다른 것은요?"

"특별사면."

"알겠습니다. 다른 것은요?"

이 녀석, 적당히 고개를 끄덕이고 있을 뿐이로군. 게다가 진지한 얼굴로 그러고 있다. 나는 코웃음치고 말았다.

"특별사면은 농담이야. …가능하면 기병과 포병이 필요한데 제이스와 라이노은 뭐하고 있지? 부를 수 있나?"

"아직 서부 전선에 있습니다. 아무리 생각해도 시간이 부족하군요."

제이스와 라이노는 우리 부대의 기병과 포병의 이름이다.

녀석들은 모두 서부 방면에 차출되어 있다. 특히 제이스는 용기병이다. 녀석의 인격은 둘째치고 파트너인 드래곤은 신용할 수 있고 의지도 된다. 녀석들이 있었다면 좀더 무리를 할 수 있을지 모른다.

다만 지금은 생각해도 소용없다.

"그럼 뒷일은 맡겨주시길."

베네팀은 자신의 가슴을 두드렸다.

"이야기를 잘 해보도록 하죠. 저를 믿으세요."

"전혀 신용할 수 없는 말이지만 할 수 있겠어?"

"뭐랄까 여러분은 믿지 않으시겠지만 저는 말이죠."

거기서 베네팀은 한층 더 목소리를 낮췄다.

"…실은 굉장한 비밀을 알고 있답니다. 저는 이래봬도 세계를 구하기 일보 직전까지 갔던 남자입니다. 그것에 비하면 이 정도는 간단하지요."

"거짓말 마."

─당연히 나는 알고 있었다.

그후 베네팀은 '특별사면' 이외의 요구를 멋지게 관철하는데 성공했다. 그리고 자신이 맨먼저 뮬리드 요새에서 《여신》을 데리고 탈출한다는 명령을 받은 것도 나중에 키비아에게서 들었다.

언젠가 이 녀석은 전투로 혼란한 틈에 동료들한테 죽임을 당할 수도 있을 것 같다.

"아니 그러니까, 뭐냐, 저는 기본적으로 사람 좋은 타입이잖아요."

차브의 목소리가 뒤에서 들려온다.

아까부터 이 녀석은 끊임없이 주절대고 있다. —그러지 않으면 숨을 쉴 수 없는 것처럼. 너무 민폐다.

"사람이 너무 좋은 슬픔이랄까? 그래서 위화감은 쭉 있었어요. 훈련하던 시절부터, 난처하지 않습니까. 저는 사실 어릴 때부터 암살교단에서 길러진 초엘리트 암살자였지만요."

귀에 거슬려서 견딜 수 없다.

나는 조금 발걸음을 재촉했지만 차브는 그것이 '더 이상 듣고 싶지 않다'는 신호라고는 생각하지 않는 듯했다.

"표적을 조사하면 조사할수록 우와~ 이런 녀석 못 죽여~, 아내와 자식도 있잖아. 병든 할아버지까지 있잖아! 라고 생각하게 된다고요. 타고난 저의 순수한 마음때문에."

앞에서 걷는 도터가 돌아보며 진절머리 난다는 듯한 얼굴을 했다.

'이 녀석은 요새에 남겨두고 오는 편이 좋지 않았어?'

그 눈이 그렇게 말하고 있다.

애당초 이 이야기를 차브에게서 듣는 것은 이미 수십 번은 된다. 저격병으로서의 실력이 좋지 않았다면 진작에 두들겨패서 기절시켰다. 이 녀석의 저격능력은 이미 초현실적인 수준이다.

"그래서 저는 표적을 죽인 적이 없다고요. 성공률 제로! …하지만 뭐냐, 죽인 증거가 없으면 교단의 질책을 받으니… 그 근처에 있는 관계 없는 녀석들을 다진 고기로 만들어서 가져갔습니다. 표적은 몰래 도망치게 하고요. 저도 너무 착한 거 아닌가요?"

표적을 죽이지 못하는 암살자.

그렇다면 그 근처의 관계없는 녀석은 죽일 수 있는 거냐 생각한 적 있지만, 아무래도 전혀 문제없다고 한다.

본인 왈,

"그야 그렇죠…."

라고 한다.

터무니 없는 녀석이다.

아마 차브의 마음속에서 인간은 소나 돼지와 별 차이 없는 존재일 거라 생각한다.

정이 생기면 죽이지 못하지만 그렇지 않으면 아무런 장애도 없는 듯한. 대략 영원히 엮이고 싶지 않은 부류의 살인자지만 유감스럽게도 그럴 수 없다. 이런 때 나는 자신이 형벌을 받고 있는 죄인이라는 것을 강하게 의식하게 된다.

"그리고 들어주세요. 저를 추방한 교단 말인데! 녀석들은 정말로 극악무도해서…."

"차브."

나는 그제야 비로소 돌아보기로 했다. 목적지에 도착하기도 했고 시끄러웠기에 슬슬 닥치게 해야 한다고 생각했기 때문이다.

"닥치고 있어."

"아, 죄송합니다, 형님."

차브는 머리를 쥐어뜯었다.

황토색 머리카락…, 이빨이 하나 빠져있는 치열…, 쾌활하지만 어딘지 칠칠맞은 얼굴. 그리고 무슨 까닭인지 나를 형님이라 부른다. 차브는 그런 남자였다.

"제가 또 너무 말이 많았나요?"

"자이로, 이 녀석은 이제 재갈 같은 걸 물려두는 편이 좋아."

도터는 얼굴을 찡그리며 차브를 가리켰다.

"너무 시끄럽잖아. 나는 이 녀석과 같은 방을 쓴 적 있는데 최악이었어. 밤새 계~속 주절댔거든! 자지도 않고!"

"안 자도 되는 훈련을 하고 있는 거예요. 사흘은 버틸 수 있죠."

"거봐, 최악 맞지?!"

도터는 비통한 목소리를 냈다.

솔직히 말해 도터와 차브는 함께 있으면 너무 소란스럽다. 그래도 이 두 명을 데려올 수밖에 없었다. 요새 밖에서 정찰임무를 하는 것은 한쪽 다리를 잃은 노르가유 폐하에겐 무리고, 베네팀은 논외다. 체력이 너무 없다. 타츠야는 데려와봤자 이런 일에는 도움이 안 된다.

그 결과 이 두 사람밖에 안 남았던 것이다.

"도터 씨, 친하게 지내자고요. 우리들은 동료잖아요."

"좀더 네가 조용히 있으면 그럴게."

"저는 조용한 게 싫어서 말이죠. 뭐냐, 저는 교단에서 학대와도 같은 훈련을 받은 슬픈 과거가 있잖아요. 그때 지하감옥에 갇힌 적이 있는데….”

“이봐.”

어쩔 수 없이 끼어들기로 한다.

“닥치고 있으라고 했잖아. 두 번 말하게 하지 마.”

“봐, 자이로도 화를 내잖아….”

“우왓, 이런! 죄송합니다, 형님! 도터 씨도 얼른 사과해요!”

“어째서 나까지.”

차브가 기세좋게 머리를 숙였고, 다시 언쟁이 시작되었다.

이제는 한숨밖에 나오지 않았다. 두 사람을 어떻게 하는 것은 포기했다. 자세를 낮추고 전방에 펼쳐진 광경을 응시한다.

뮬리드 요새에서 도보로 한나절쯤 가면 나오는 나즈막한 언덕에서 보이는 광경이다.

흐린 하늘 아래이긴 하지만 크분지 삼림까지 잘 보인다. 그리고 제완 건 광산. 그곳에서 조금 떨어진 서방 레터 마이엔의 산들.

지금 그 산들의 기슭에는 거무스름한 연기가 땅을 기듯 퍼지고 있었다.

물론 정확히 말하면 연기가 아니다.

다수의 페어리가 몰려 있는 탓이다. 그것이 이동하고 있는 탓에 검은 흙먼지가 피어올라 연기처럼 보이고 있다. 그것은 말 그대로 대지를 깎고 도려내는 대군의 이동이다. 대군의 이동으로 나무들이 쓰러지며 토석류처럼 변해 밀려들고 있다.

움직임은 다소 무딘 것처럼 보이지만 그만큼 녀석들의 접근은 묵직한 파괴력을 예상하게 했다. 산자락이 부서져 계곡처럼 변했고 근처 마을은 건물째 유린되었을 것이다.

그 중핵에는 마왕현상 15호 '이블리스'가 있을 터였다.

"―상당히 접근해 있군."

몸을 낮추고 그 군세를 주시하고 있자니 머리 위에서 목소리가 들려왔다.

키비아다. 도터와 같은 녀석을 데리고 정찰한다면 도망치지 않도록 감독이 필요해진다. 당연히 그녀가 따라오게 되었다.

"요새까지 생각보다 빨리 도착하겠어."

키비아는 수중의 지도를 바라보며 손가락으로 더듬었다.

나도 일어서서 그것을 들여다보았다. 역시 마왕현상의 이동경로는 뮬리드 요새를 향하고 있는 것으로밖에 생각되지 않는다. 무언가를 쫓고 있는 것처럼.

"그럼 이 기세로 진군한다면 앞으로 사나흘 정도인가?"

"…아, 음."

키비아는 몇 번인가 눈을 깜빡거리고 헛기침을 했다.

"그래. '이블리스'의 이동속도를 고려하면 그 정도겠지."

"똑바로 이쪽을 향해 오고 있어. 무언가에게 지휘되고 있는 것처럼. '이블리스'가 지금까지 보여왔던 움직임을 생각하면 좀 이상하네."

"확실히 그렇긴 하군. 갈투일에서는 무언가 정보를 가지고 있을지 모르겠어. 예를 들면 지휘관으로 기능하는 마왕현상의 존재라든지."

"그거 성가시군. ―그런데."

나는 말할 때마다 멀어지는…, 아니 애먼 방향으로 시선을 돌리고 몸을 뒤로 젖히고 있는 키비아의 얼굴에 대고 물었다.

"어째서 조금씩 몸을 뒤로 빼고 있는 거야?"

"아, 아니. …네 얼굴이 너무 가까워서. 조금 떨어져."

그게 뭐야 싶었지만 의문을 입밖에 내기 전에 도터가 뒤집어진 목소리를 냈다.

"앗!"

삼림 쪽을 가리키고 있다.

"방금 무언가 보였어! 저거 페어리 아냐?"

"오, 정말 그렇게 보이네요."

차브도 나란히 몸을 앞으로 내밀고 도터가 가리킨 방향을 바라보고 있었다.

어떤 구조의 눈을 가지고 있는지 모르겠지만 이 녀석들의 시력은 심상치 않다. 초인적인 부분이 있다.

"왠지 강아지 같네. 도터 씨가 보기엔 어떤가요?"

"나도 그렇게 보여. 아마 카 시 아닐까?"

'카 시'라는 것은 소형견 형태의 페어리 전반을 의미하는 존재다. 전투력은 별로 강하지 않지만 지각력이 뛰어나고 민첩한 종이다. 그래서 척후처럼 본대보다 선행해서 이동한다. 지각한 것을 마왕현상 전체와 공유하는 능력을 가지고 있는 듯했다.

"카 시라고? 몇 마리 있지? 너희들 정말 보이는 거냐?"

키비아도 눈에 힘을 줘본 듯하지만 무리다. 나도 지금은 알 수 없다. 예전의 색적, 포착용 성인이 있다면 이야기는 다르지만 나에게는 도터나 차브와 같은 변태적인 시력은 없다.

다만 이 녀석들이 '있다'고 한다면 확실히 있을 것이다.

완전히 신용할 수 없는 녀석들이기는 하지만 베네팀과 달리 의미

없는 거짓말은 안 한다.

"어쩔 수 없군. 그럼 조금 줄여둘까."

이쪽 위치를 포착하고 쇄도해오면 성가시다.

"차브, 이 거리에서는 어때?"

"글쎄요. ―뭐 아마 가능할 겁니다. 해볼 테니까 실패해도 죽이면 안 돼요."

"너, 나를 대체 뭐라고 생각하고 있는 거야?"

"아니, 그야 뭐… 위대한 선배죠. 정말로. 거짓말이 아녜요."

조금 뜨뜻미지근한 대답이었지만 차브는 등에 짊어진 긴 지팡이를 뽑아들었다.

이것도 성인이 새겨진 '뇌장'의 일종이지만 도터가 쓰고 있는 뇌장과는 사정거리와 파괴력이 비교도 안 된다.

저격용 뇌장이었다. 개발은 버클 개발공사로, 제품명은 '데이지'. 다만 노르가유 폐하가 엄청난 조율을 해놓은 탓에 이미 어느 성인도 원형을 유지하고 있지 않다.

"이제 시작해도 될까요? 길게 보면 죽이고 싶어질지도요. 저는 뭐냐, 인정이 많은 남자잖아요. 너무 착한 암살자라는 말을 자주 들어요."

"됐으니까 얼른 해. 수다를 떨면서가 아니면 못 쏘는 거야?"

"알았어요."

대답을 하고 나서는 신속했다.

뇌장이 빛을 내뿜자 그것은 아득히 저편에 있는 삼림으로, 나뭇가지 사이를 누비며 날아갔다. 펑 하는 맥 빠진 마른 소리가 울려퍼졌다.

"해치웠어요."

말하고나서 곁눈으로 도터를 보았다.

"대박이죠? 어떤가요?"

"…명중했어. 머리 한복판…. 뭐야, 식은죽 먹기였네."

망원렌즈를 들고 도터가 안도의 한숨을 쉬웠다. 단순한 녀석이다.

식은죽 먹기라고는 해도 이때 차브가 저격한 거리는 대략 1200 표준 라테 남짓은 될 것이다.

이것은 연합왕국이 채용한 거리 단위로, 1표준 라테는 대략 어른의 발걸음으로 한 발짝 정도. 무슨 말을 하고 싶은가 하면… 1200보 정도의 거리에서 나무들 사이를 뚫고 표적의 머리를 명중시키는 것은 꽤 상식을 뛰어넘는 실력이라는 거다.

"그보다 아직 남아있는 녀석이 있는 것 같네요."

차브는 뇌장을 겨눈 자세를 무너뜨리지 않은 채 도터에게 말했다.

"도터 씨, 앞으로 몇 마리 더 있나요?"

"아, 응, 있어! 있다고. 아직 4마리 더! 이쪽을 눈치챘어…!"

도터는 허둥대며 차브의 어깨를 흔들었다.

"이쪽으로 올 거야. 차브, 서둘러! 방금처럼 어떻게 해봐!"

"재촉해도 연사가 좀 힘들어서 말이죠…. 사정과 위력에 올 인한 물건이라. 하지만 뭐 걱정마세요. 충분히 해치울 수 있으니까."

도터와 차브의 조합은 시끄러운 게 문제지만 일은 잘 해낸다.

도터는 아무튼 자신이 살기 위해 필사적이고. 차브는 뇌장의 실력만이라면 내가 아는 어떤 병사보다 위다. 그렇게 결과를 내는 것

이 왠지 더 열받는다.

아무튼 여기선 이 두 사람에게 맡겨두면 충분하다. 시끄러운 차브가 저격에 집중하고 있는 사이에 나는 키비아한테 이야기해둬야 할 게 있다.

"…키비아. 척후를 해치운 후에는 함정을 설치하러 갈 거야. 노르가유 폐하에게 장치를 받아왔거든. 요새에 도착하기 전에 최대한 숫자를 줄여놓고 싶어."

나는 저편에 있는 마왕현상을 보았다. '이블리스'.

그 군세는 이동하면서 숫자를 더 늘릴 것이다.

"저 숫자라면 별로 의미가 없을지도 모르겠지만 말야. …뭐 할 일은 해둬야지. 키비아, 미안하지만 같이 가줘야겠어."

"상관없어. 일이니까. …하지만."

"뭐?"

"갈수록 너를 잘 알 수 없게 되는군."

실제로 키비아는 무언가 납득이 안 되는 것을 보는 것처럼 나를 보고 있었다.

"이런 상황에서도 역할을 수행하려 하고 있어. 싸움을 포기하지 않았어. 그리고 테오리타 님에 대한 그 태도. …들었던 '여신 살해범' 자이로 폴바츠의 인상과는 동떨어져 있군."

"어떻게 들었는데?"

"공을 세우기 위해 부대를 위험에 빠뜨리고 마지막에는 평정을 잃고 《여신》까지 죽인 천민 출신이라고. 내 눈에는 그렇게 안 보이거든."

"글쎄."

쓰게 웃었지만 키비아의 말 속에서 묘하게 걸리는 부분이 있었다.

'천민 출신'. 그것은 역대 귀족 명가들이 주로 쓰는 표현이다. 키비아… 내가 몰랐을 뿐 유력한 명가 출신이었나?

"저기 말야, 키비아. 너는 어디 귀족 출신이지? 미안하지만 들은 적이 없는데."

"귀족이 아니야."

"거짓말 마. 성기사단 단장을 비귀족 출신으로 뽑는 걸 갈투일이 허용할 리가."

"내 백부가 대사제라서."

대사제. 그것으로 납득이 되었다.

신전이라는 조직의 중핵을 이루는, 거의 최고위에 가까운 계급이다. 신성의회에 참석할 수 있는 자격을 가진 수십 명의 집단. 귀족이 아니라 신관 가문이었던 건가. 내가 모를 만도 하다. 테오리타에 대한 태도도 이해가 된다.

하지만 그런 집안의 딸이 군에 들어온 것은 상당히 희귀한 이야기 아닌가? 종군 신관이라는 형태가 아니라 기사단장.

"그래서, —처음에는 너를 경계하고 있었어. 테오리타 님에게 위해를 가하는 것 아닐까 해서. 아무래도 그럴 걱정은 없는 것 같지만."

"그렇군. 그럼 감시는 이제 필요 없지 않아?"

"감시?"

"아니, 계속 내 얼굴을 노려보고 있잖아. 요새를 나선 후로 쭉. 진정이 안 돼."

"……. 나는 네 얼굴따윈 그렇게 빈번하게 쳐다보지 않았는데? 착각이 좀 심한 것 같군. 그런 사실은 일절 없어. 무슨 바보같은 소리를 하는 건지. 그런 걸 자의식과잉이라고 하는 거야. 반성해."

"그렇군."

몹시 빠른 어조로 단숨에 말해서 나는 부조리한 기분을 맛보았다. 무언가 이의를 제기하고 싶다. 어째서 반성하라는 말까지 들어야 하는 건가.

하지만 그 내용을 생각하고 있는 사이에 차브는 일을 끝마친 상태였다.

"―좋았어. 형님, 끝났습니다! 굉장하지 않나요? 말 그대로 백발백중이었어요!"

뇌장 끝부분이 빨갛게 달아올라 있다. 성인을 기동하고 이런 거리의 장거리사격을 했음에도 차브는 피로한 기색을 보이지 않았다.

"방금 것으로 전부… 겠지?"

도터는 아직 불안한 듯 두리번두리번 눈깔을 움직이고 있다. 도터가 발견하지 못하는 것을 내가 발견할 수 있을 것으로는 생각되지 않으니, 일단 위협은 사라졌다 봐도 될 것이다.

"좋아. 여기서부터는 말로 간다."

키비아는 아직 불쾌한 듯 나를 노려보고 있었지만 지금부터 할 일에 의식을 집중해야 한다.

"얼른 함정을 설치하러 가야 돼. 키비아, 말을 탈 수 있지? 따라오도록 해. ―도터와 차브는 여기서 대기하고 있어. 도망치면 안 된다?"

"알겠습니다. 도터 씨는 제가 감시할게요."

"그전에 페어리의 척후가 어슬렁거리고 있잖아…. 자이로가 없으면 무서워서 움직일 수 없다고."

"그러도록 해. 키비아, 가자. 도와줘야 할 게 있어. 혼자서는 함정 설치가…."

"아니, 자, 잠깐."

키비아는 조금 곤혹스러운 듯했다.

"분명 나는 말을 탈 수 있긴 하지만 어디에 말이 있다는 거지? 이번 작전에서 우리들에게 그런 것은 지급되지 않은 걸로 아는데?"

"조달해서 이 근처에 숨겨놨다는군."

나는 도터를 보았다. ―도터는 어색한 듯 고개를 돌렸고, 키비아는 몹시 기가 막힌 듯한 표정을 지었다.

결국 뮬리드 요새에는 50명 정도의 성기사가 남게 되었다.

제13성기사단 50명.

모두 키비아의 소집에 응한 신뢰할 수 있는 사람들 … 이라고 한다. 어디까지 사실인지는 모르겠지만 잡일만 도와준다면 문제없다. 아무튼 시간은 없지만 할 일은 얼마든 있다. 요새 설비의 정비와 점검은 아무리 꼼꼼히 해도 지나치지 않는다.

한편 제9성기사단은 잡일조차 도와줄 생각이 없는 듯했다. 정찰에서 돌아온 우리들과 엇갈리는 형태로 《여신》과 성기사단이 떠나는 장면과 조우했다.

"이만 실례하겠다."

제9성기사단의 단장은 요새를 떠날 때 키비아에게 살짝 고개를 숙였다.

호드 클리비오스라는 이름이었다.

나도 그 가문명은 알고 있다. 남방에 광대한 영토를 가진 귀족으로, 와인이 맛있다. 클리비오스산 와인이라고 하면 도터와 차브가 울면서 무릎을 꿇을 만큼 명성이 있다.

"별난 성격이로군, 키비아 단장."

호드 클리비오스는 진심으로 의아한 듯 말했다. 약간 혐오감도 섞여 있었을지 모른다.

"징벌용사들의 죽음을 지켜보고 싶다는 것은 조금 악취미라고 생각하는데. 경이 결정한 일이라면 무사를 빌겠다.”

제9성기사단 단장에게 있어서 우리들은 싸움닭 같은 것이기에, 싸우는 모습 자체가 구경거리라고 생각하고 있는 것일지도 몰랐다. 적어도 군사력의 일부로 인식하고 있지 않다.

나와 도터와 차브를 보고 있으면 그런 기분이 든다. 이 녀석들을 군의 일부에 포함시키면 여러가지 문제를 일으킬 거라 생각한다.

“…무사를 기원하겠습니다, 키비아.”

제9성기사단의 《여신》도 이때는 머리를 숙였다.

흐르는 듯 긴 흑발과 불꽃 눈을 한 여자였다. 세네르바와도, 테오리타와도 다르다. 어딘지 그늘이 있는 우울한 인상의 《여신》이었다.

“페르메리, 너무 접근하지 마. 그 녀석은 ‘여신 살해범’이다.”

제9성기사단 단장은 나와 《여신》 사이를 가로막았다.

기분은 이해한다. 상대는 여신을 살해한 중죄인…, 다시 말해 나다. 《여신》을 죽일 수 있는 녀석이라고 생각하고 있는 것이리라. 그게 사실이기도 하고.

“우리들은 간다. 임무는 완수했으니까. 내 곁에서 떨어지지 마.”

“예, 호드. 떨어지지 않겠습니다. 이번 임무에서 저는 유용했나요?”

“완벽해. 의심의 여지가 없어.”

“완벽한가요? 저기… 그렇다면 ‘과연 페르메리다’라는 말이 왜 이번에는 없나요?”

“알았어. 과연 페르메리다.”

그렇게 말하며 호드는 《여신》의 머리를 쓰다듬었다. ―그렇게 제9성기사단의 《여신》과 성기사는 요새를 떠났다. 74개의 나무통과 그것에 가득 채운 맹독과 함께.

요컨대 작전은 이렇다.

마왕현상 '이블리스'를 이 뮬리드 요새에 유인한 후 이 나무통들을 동시에 모두 기폭한다. 발생한 독으로 '이블리스'의 움직임을 멈추고 계속 죽이는 것으로 무력화를 꾀하겠다는 말이다.

게다가 이 작전을 수행하는 것은 징벌용사. 이쯤 되면 웃음만 나온다.

"이야, 큰일이네요."

차브는 나와 나란히 걸으면서 남의 일처럼 말했다.

"우리들은 모두 죽으라는 이야기잖아요. 정말 싫네. 왠지 열받으니까 누군가 성기사단 녀석이라도 죽여둘까요?"

"어째서 죽일 필요가 있지?"

"화풀이예요. 형님도 화가 날 때 돌맹이 같은 거 걷어차잖아요."

"돌맹이와 인간은 다르잖아."

"아! 인간차별이다! 좋지 않다고요, 형님."

옆에서 쿡쿡 찌르는 차브의 성가심을 나는 견딜 필요가 있었다.

"뭐냐, 인간도 대자연의 일부라고요. 돌맹이든 인간이든 똑같은 대지의 일부니까 특별취급하는 건 안 좋다고요."

차브는 그런 소리를 하고 있지만 더 이상 상대할 가치도 없다.

인간과 돌맹이가 대등할 리 없다. 인간은 특별하다. 돌맹이와도 식물과도, 돼지나 소와도 다르다. 왜냐하면 내가 인간이기 때문이다. 차브같은 얼간이는 그게 이해가 안 되는 모양이다. 애당초 허가 없이 다른 사람에게 직접 위해를 가하면 목에 있는 성인으로 죽는다는 것을 잊고 있는 건가?

"—자이로!"

지금은 다 떠나고 베네팀만 남아 있는 사령실에 들어가자 테오리타가 달려왔다. 가족이 돌아오는 것을 기다리고 있었던 소형견처럼.

"오.《여신》님이다."

차브가 실실 웃으며 손을 흔들었다.

"자리를 잘 지키고 있었던 것 같네요. 잘 지냈어요? 간식을 너무 많이 먹지 않았나요?"

"흥. 차브의 멈추지 않는 수다는 됐어요! 저는 화가 나 있다고요. 저에게 비밀로 몰래 밖으로 나갔죠? 대체 어디까지 정찰하러 갔던 겁니까!"

테오리타는 이 짧은 시간에 차브의 성가심을 완전히 이해한 듯하다. 달려와서 내 팔꿈치를 붙잡는다.

"《여신》을 이틀이나 방치하다니 성기사에겐 있을 수 없는 행위라고요. 반성하세요! 애당초 당신은…."

"테오리타 님."

키비아는 내 팔에 매달린 테오리타를 들여다보았다.

"부디 자비를. 저희들은 당신께 승리를 가져다드리기 위해 책무를 수행했습니다. 죄인인 징벌용사라고는 해도 휴식할 시간 정도는 주시길. ……자이로, 물 정도는 마시고 오는 게 어때? 조금 쉬도록 해. 계속 일만 했잖아."

"음."

테오리타의 눈썹이 움직였다. 키비아와 나를 번갈아 본다.

"자이로. …키비아와 즐겁게 정찰한 것 같군요?"

"즐거운 정찰따윈 이 세상에 없다고."

"그래요. 테오리타 님. 저희들을 해야 할 일을 한 것일 뿐, 즐기기 위해 행동하고 있지 않습니다. 말을 타고 먼 곳까지 간 것도 오로지 함정을 설치하기 위함이었죠. 어디까지나 임무입니다."

"흐음."

베네팀같이 빠른 어조로 단숨에 말한 키비아에게 테오리타는 무언가 납득이 안 되는 듯한 시선을 보냈다.

"그렇습니까."

"그렇습니다, 테오리타 님. 자, 여기 나무 열매를 가져왔습니다. …숲속에서 따온 나무 열매지요. 제법 달콤한 맛이 나더군요."

"숲속에서 나무 열매를 따셨군요. 둘이 함께. 그렇군요. 그거 참 즐거우셨겠네요."

"그게 아니라! 저는 오로지 책무를 수행하기 위해!"

"자이로! 나의 기사."

테오리타는 내 팔을 붙잡고 매달리는 듯한 동작을 해보였다. 접촉하니 잘 느껴진다. 테오리타에게는 상당한 정신적 부하가 걸리고 있다. 작은 불똥이 튀고 있다.

"제9성기사단을 보았습니다."

"그래."

"그래… 가 아니에요! 그 성기사단의 《여신》은 하루에 일곱 번이나! …잘 들어요. 일곱 번이라고요, 일곱 번이나 성기사가 머리를 쓰다듬어 주었다고요!"

테오리타는 내 팔을 붙잡고 흔들었다. 별로 교육상 좋지 않은 장면과 조우해버린 것일지도 모른다고 생각했다.

"저는… 그 정도까지는 바라지 않습니다만… 그 절반 정도는 머리를 쓰다듬어 줘도 좋지 않을까 생각해요."

"알았어. 여기서 잘 대기하고 있었구나."

그렇게 하는 것 외에 뭘 할 수 있을까. 나는 테오리타의 머리를 쓰다듬었다. ─쓰다듬으면서 사령관 책상에 앉은 베네팀을 본다.

"상황은 어때? 베네팀."

"생각보다 잘 풀리고 있어요."

녀석은 몹시 지친 듯 의자에 몸을 기대고 있었다.

하지만 나는 알고 있다. 그런 것은 단순한 포즈에 지나지 않는다는 걸. 이 사기꾼은 그런 동작에 능하다.

"제13성기사단의 인원. 그리고 예상 외였던 것은… 제완 건 광산의 광부와 그 관계자 백 명. 그렇게나 많이 모일 줄은 생각 못 했군요."

그렇다. 그 직후 제완 건 광산의 광부들과 그 지인, 그리고 광부 조합의 동료라는 사람들이 100명 정도 찾아왔다. 징벌용사들이 하는 일이라면 돕고 싶다고 했다.

그들은 지금 지하에서 노르가유 폐하의 작업실을 돕고 있다.

'다들 어떻게 된 거 아냐?'

그렇게 생각했고 실제로도 그렇다.

그들은 우리들을 목숨을 구해준 영웅처럼 보고 있는 듯했다. 나는 절대 아니니까 지금 당장 돌아가라고 말했다. ─그들은 들으려고 하지 않았다. 도터에 의한 피해가 최소한으로 끝났으면 좋겠군. 녀석은 다른 임무로 요새 밖에 나가 있지만 돌아온 후가 무섭다.

"이야, 왠지 많이 허전해졌네요. 사람이 너무 적지 않아요? 광부가 백 명 추가되었다고 해도 언발에 오줌누기라고요."

차브는 말했다.

"아무래도 패색이 농후하네요."

"무슨 소리를 하는 겁니까? 차브. 제가 있잖아요!"

차브의 자포자기하는 듯한 발언에 아니나 다를까 테오리타는 분
개했다.

"이 《여신》이 지켜보고 축복하고 있으니까 안심하세요. 여러분을
반드시 이기게 해드리겠습니다. 반드시요!"

"우웅, 굉장히 근성론이네. 저기 형님, 《여신》 님은 다 이렇나요?
이 세계는 괜찮을지."

"테오리타는 꽤 특수한 경우라고 생각해. 그리고 이 세계는 별로
괜찮지 않아."

"시, 실례예요! 나의 기사까지! 좀더 저를 옹호하세요!"

테오리타가 등을 주먹으로 두드렸다. 그러는 사이에도 차비는 이
야기를 계속하고 있다.

"그런데 베네팀 씨, 우리들은 어떻게 하죠? 바로 도망 안 갑니
까?"

"도망치다니."

베네팀은 조금 당황한 듯 힐끔 키비아를 보았다.

"터무니 없는 소리를! 차브, 당신은 정의의 마음이라는 게 부족한
것 같군요. 우리들은 마왕 '이블리스'를 막고 연합왕국의 국토와 국
민을 지키는 방패가 되어야 합니다!"

"아, 그런 설정으로 가는 겁니까?"

마른 웃음 소리를 내며 차브는 나를 돌아보았다.

"이야~, 저는 좀 무리네요. …방금 들은 말만으로도 벌써 재밌는걸요. 저는 재밌는 사람은 좀 무리예요. 베네팀 씨가 탈주해도 쏠 수 있는 자신이 없군요. 그때는 형님이 해주지 않을래요?"

"알게 뭐야. 애당초 베네팀따윈 전력으로 생각하고 있지도 않아. 멋대로 탈주하라지."

"에엣?"

"그렇긴 하네요."

베네팀은 불만스런 얼굴을 했고, 차브는 당연한 듯 고개를 끄덕였다.

"베네팀. 작전은 내가 세워도 되겠지?"

"당신에게 맡길게요, 자이로 군."

베네팀은 무겁게 고개를 끄덕였다. 완전히 허세다. 왜냐하면 이 녀석이 작전 같은 것을 세울 수 있을 리 없기 때문이다.

"어떻게든 '이블리스'를 격파합시다. 그게 우리들의 역할이니까요! 왕국의 미래를 위해! 사람들의 내일을 위해!"

베네팀이 말을 할 때마다 기가 막히다는 듯 키비아의 눈초리가 차가워지고 있는 게 느껴진다. 슬슬 이 녀석이 얼마나 입만 산 녀석인지 이해하기 시작할 무렵이다. 베네팀이 군사적인 문제에 방침을 제시한 적은 없다.

"…그래서 자이로 군. 우리들은 어떻게 하면 될까요?"

"폐하와 너는 여기서 움직이지 마. 너는 나한테서 받은 지시만은 전하도록 해. 폐하는 계속 손을 움직이게 하고."

나는 요새의 지도와 그 주변 지형을 떠올렸다.

"타츠야는 지하도의 봉쇄. 성기사를 20명 정도 데려가라고 해.

그것으로 어떻게 될 테니까. 차브는 성벽 위에서 접근하는 녀석을 저격."

"오. 제가 나설 차례로군요.'

차브는 오히려 즐거운 듯 짊어진 뇌장을 쥐었다.

"그러고보니 도터 씨는요? 저와 한 팀 먹을 줄 알았는데."

"녀석에겐 다른 일이 있어. —아무튼 정면은 광부와 성기사로 조금 버텨줘야겠어. 한나절 정도를 생각하고 있는데 폐하의 함정과 무기가 있으면 가능할지 모르겠군."

"알겠습니다. 승인하죠."

베네팀은 완전히 지휘관 모드로 고개를 끄덕였다. 알고 자시고 도 없잖아.

"자이로 군은 어쩔 겁니까?"

"나가서 싸울 거야."

나는 키비아와 테오리타를 돌아보았다.

"이 요새에 도착하기 전에 마왕 '이블리스'를 해치워야 돼. 모두 가 살아남으려면 그것밖에 없어."

—안뜰에서는 큰 목소리가 들려오고 있다. 노르가유 폐하의 목소리다.

"제군들은 우리 왕국의 가장 용감한 전사, 병사, 용사들이다!"

쓸데없이 쩌렁쩌렁한 목소리가 그렇게 말하고 있었다.

지팡이를 짚고 한쪽 다리로 움직이면서도 녀석은 병사들을 격려하고 있는 듯했다. 물론 성기사들은 곤혹스러워 하고 있다.

허나 광부 관계자들은 다르다. 서로의 얼굴을 쳐다보며 수근대면서 노르가유 폐하의 말에 연신 고개를 끄덕이고 있다. 믿기 힘든 광경을 본 것 같은 생각이 든다.

"우리 국토와 백성을 지키는 거다! 제군들의 어깨에 인류의 미래가 달려있다!"

노르가유 폐하가 주먹을 움켜쥐고 치켜들자 광부들이 소리를 내질렀다. 마치 함성과도 같은 외침소리였다.

"가라! 짐이 이 싸움을 축복한다. 우리들이야말로, 제군들이야말로! 진정한 영웅들이다!"

◆

거기서부터는 더 바빴다.

모든 게 다 부족했지만 최대의 문제는 역시 머릿수였다.

정면과 지하에 광부들과 제13성기사단을 배치했다고는 해도 그 이외엔 어떻게 해볼 수도 없다.

뮬리드 요새는 정문에 더해 뒷문이 있다. 그쪽을 지키는 병력과 직접전투 이외를 담당하는 인원도 필요했다. 보급, 전령, 정비, 보수, 부상자의 수용. 후방 부대는 본래라면 아무리 많아도 부족할 정도다.

다만 우리들은 정규 군인이 아니고 여기서 전멸하는 것으로 상정되어 있다. 군 편성에 들어가 있지 않은 범죄자들이기에 어떠한 권한도 없다. 정상적인 수단으로 인원 조달은 불가능하다.

그래서 정상적이지 않은 수단을 취할 수밖에 없었다.

시험해 보고 싶은 것은 여럿 있다. 일단 근처 감옥에서 죄수들을 긁어모았다. 대략 30명. 물론 이런 일은 보통이라면 할 수 없다. 뇌물을 썼다. 타진한 미르니데 감옥의 응답은 신속했다고 한다. 맘대로 쓰라는 듯 인도해주었다. 제13성기사단의 감독하에 둔다는 명목으로.

죄수들은 모두 사형수였다.

전장의 혼란을 틈타 약탈을 일삼은 산적같은 녀석들이었다고 한다. 강도 살인, 부녀자 폭행, 인신매매 등을 대놓고 하다가 이렇게 단체로 감금되게 되었다. 판결은 사형이지만 일손이 부족한 탓에 성인을 새긴 후 노역을 시켰다고 한다.

다시 말해 우리들보다 국민으로선 상위 부류에 속하는 사람들로, 태도도 그에 준하는 것이었다.

안뜰에 불려나온 녀석들과 얼굴을 마주하자마자 알았다. 이 녀석들은 우리들에게 명령받는 것을 유쾌하게 생각하고 있지 않다. 끌려온 것 자체를 용서할 수 없다는… 그런 불만투성이의 얼굴을 하고 있었다.

"농담하지 마."

산적들의 두목으로 보이는 남자가 우선 나를 노려보았다.

"그야 우리들이 나쁜 짓을 했을지도 모르지만 말야. 아무튼 사형이니까. 우리들을 잡으러 온 병사들도 죽여줬지."

녀석은 우리들을 위협했다. 그렇게 밖에 표현할 수 없는 표정이었다.

"하지만 용사들에게는 명령받고 싶지 않아. 우리들은 악당이지만 너는 그 이하잖아. '여신 살해범' 녀석! 어째서 너희들 따위의…."

"우왓, 잠깐."

그때 콰직 하는 소리가 울려퍼졌다. 무언가가 터져나가는 무겁고

축축한 소리.

"그만두세요. 형님을 화나게 하지 말라고요…."

차브가 지팡이를 들고 한손으로 겨누고 있었다.

방금 나를 위협했던 남자… 가 아니라 그 옆 녀석의 오른팔이 사라져 있었다. 정확히는 자잘한 고기조각이 되어 주위에 널부러져 있었다.

한순간 후 비명이 울려퍼진다.

"저까지 형님의 분노에 말려들고 싶지 않아서 말이죠. 일단 그런 태도는 그만두지 않을래요…?"

"…마, 말려든다고?"

보스로 보이는 남자는 어딘지 넋이 나간 표정으로 옆을 돌아보았다. 그 얼굴이 빨갛다. 방금 튄 피보라 탓이다.

"어째서 내가 아니라 이 녀석이."

"엉? 저기… 음, 그쪽이 더 체격이 좋고 목소리도 큰데다."

차브는 한순간 이유를 생각한 듯했지만 금방 환한 얼굴로, 그러면서도 어딘지 칠칠맞은 미소를 떠올렸다.

"적극적이고 기운도 좋으니까 일을 잘할 것 같아서요. …그렇죠, 형님?"

"…알았어. 방금은 너한테 먼저 설명하지 않은 내 잘못이고 어느 정도 효과적이었다고는 생각해. 다만…."

나는 차브의 정강이를 걷어찼다.

"다시는 하지 마."

"아얏! —아, 아니, 그렇군요! 역시 팔만 날려버리는 게 아니라 완전히 죽이는 편이 좋았죠?"

"아냐. 귀중한 전력이니까 더 이상은 그만둬. 저 녀석은 의무실에 운반해서 성인으로 지혈해두고."

그렇게 못을 받아둔 후 나는 안뜰을 뒤로했다.

사실 허가는 이미 나와 있었다.

죄수들은 전장의 혼란을 틈타 약탈을 일삼은 사형수인 탓에 아무리 거칠게 다루어도 문제없다고 한다. 우리들이 직접적인 위해를 가하는 것도 문제삼지 않는다고 한다. 만에 하나라도 살아남으면 사형을 면제해도 상관없다고 한다.

그 사실은 죄수들에게도 전달된 상태였다. 다시 말해 이 요새가 독으로 오염되어 전멸할 거라는 결말이 확실시되고 있다는 말이다.

아무튼 이 녀석들의 지도는 차브에게 맡기는 편이 좋을 것 같다. 죄수들의 목에 새겨진 성인이 심한 폭동만은 억눌러줄 것이다.

—그래서 나는 '사령실'로 향했다.

요새 최상부에 있는 방으로 인적이 없는 요새에서도 특히 더 조용하다. 그 방에는 노르가유가 사령관석에 앉아있고 베네팀은 그뒤에 대기하고 있었다.

"자이로 군. 일단 죄수는 모아두었습니다. 보셨나요?"

베네팀은 말했다. 뇌물로 감옥과 교섭한 것은 이 녀석이다.

"음. 수고했다."

대답한 것은 노르가유 폐하로, 무겁게 고개를 끄덕였다.

"범죄자들이라고 해도 국토의 위기인 이상, 제어가 된다면 맘껏 쓰도록 해라."

"…이봐, 어째서 폐하가 여기 있는 거야. 작업실에서 성인 조율 작업에 집중하라고."

"저도 말렸다고요. 하지만 폐하는 사람 말을 안 들어서."

무리였나 보군. 베네팀의 언변으로도 무언가를 결단한 폐하를 막을 수는 없다. 아니, 아마 아무도 막을 수 없을 것이다.

"병사 숫자는 아직 많이 부족하다."

노르가유 폐하는 심각한 얼굴로 신음하고 있었다.

"우리 군의 증강계획은 어떻게 되고 있지? 베네팀 재상! 신속히 보고하라!"

"저기… 그건 자이로 군과 논의해야 할 문제라고 생각합니다만."

말하고나서 베네팀은 통 모양의 무언가를 치켜들어 보였다.

서찰이다. 날인을 보니 낯익은 가문(家紋)이었다. '물결 사이에서 뛰노는 큰 사슴'.

"자이로 군, 당신에게 도착한 이 서찰 말인데요."

"안 돼."

"…아니, 저기, 이 귀족분이 당신을 지명하며 병사를 빌려줄 수 있다고 말하고 있습니다. 발신인은 프렌시 마스티볼트. 개인적으로는 부디 그녀의 협력을 받아들이는 게…, 좋다고, 생각하는데요…."

서서히 목소리가 약해진 것은 내 표정 때문일지도 모른다. 어지간히 언짢게 보였던 걸까.

"그 녀석들에게는 부탁할 수 없어."

나는 단호하게 고개를 저었지만 베네팀은 아직 물고늘어지는 낌새를 보였다.

"저기, 참고로 말씀드리는데, 대략 2천 명은 파병할 수 있다고…."

"잊어. 그 서찰은 불태워버리고."

"어째서죠? 자이로 군, 이분과는 무슨 관계입니까? 마스티볼트

가문은 남방에 있는 야귀의 일족이죠? 그게 어째서."

"과거에 약혼했었어."

내 말투로 베네팀은 그 이상의 추궁을 하지 않기로 한 듯했다.

"그리고 이제와서 파견해봤자 늦었어. 이상으로 이야기는 끝났으니까 더 이상 하지 마."

"동감이로군. 그만한 병사라면 농민도 포함되어 있을 테니 말이야. 지금은 월동준비가 필요한 시기다."

노르가유 폐하의 말씀은 제쳐둬야 한다. 지당한 말씀이긴 하지만 병력에 관한 이 문답을 얼른 끝내고 작업실로 돌려보내야 하니까.

"제이스와 라이노는 역시 무리인 건가?"

"일단 전서구를 날리긴 했습니다만 이것도 돈이 드는 일이라고요."

"각 방면에 있는 정예를 신속히 모으는 게 네 녀석이 할 일이다. 재상."

"…제이스 군은 굉장히 바빠서, 뭐랄까, 저기, 아가씨에게 무리를 시키고 싶지 않다며, 죽인다고까지 하더군요. …그리고 라이노에게는 무시당했습니다."

"녀석들이라면 그럴만 하군."

"뭐라고? 라이노 이 녀석, 무례한 놈 아닌가! 지금 당장 짐의 이름으로 호출해라!"

라이노라는 남자는 무엇을 생각하고 있는지 전혀 알 수 없다. 어떤 의미에서는 타츠야 이상이다. 녀석은 우리 징벌용사 중에서 가장… 뭐랄까… 차브풍으로 말하면 아무튼 '위험한 인물'이다.

녀석만은 우리들과, 다른 용사들과 다르다. 그것은 나도 인정할 수밖에 없다. 왜냐하면 녀석은 스스로가 원해서 용사가 된 지원용사이기때문이다.

"용병은 어때? 이야기는 해봤어?"

"연락은 해봤습니다만 보수가 없으면 움직이지 않아요."

"그렇다면 국고를 열어라! 부족하다면 귀족들뿐 아니라 신전한테도 세금을 징수하고."

"어떻게 할까요? 자이로 군."

"돈은 도터가 조달하고 있어."

"서둘러라. 신뢰할 수 있는 화폐를 유통시켜 물가를 올리는 거다. 지금 왕국에서 횡행하는 악화를 구축하려면 그 방법밖에 없다."

"도터가 늦기 전에 돌아오면 좋겠군…."

나는 사령실 창문으로 눈길을 돌렸다. 날이 저물어가고 있다.

그 붉어지기 시작한 하늘을 배경으로, 거뭇거뭇한 페어리의 무리가 이쪽으로 접근하고 있는 게 이제 뚜렷히 보이고 있었다. 광부들이 정문 앞에서 작업을 하고 있다. 구멍을 파고 성인을 새긴 통나무를 그곳에 세우는 것이다. 적의 돌진을 막는 간단한 울타리… 같은 거라 할 수 있을 것이다.

"녀석들은 이제 물리는 편이 좋겠군."

광부들 목숨의 가치는 우리 용사나 사형수와는 다르다.

정문에는 배치할 수 있지만 최대한 직접 전투에 참가시키고 싶지는 않다. 무엇보다 전업 군인도 아니다. 성기사의 엄호에만 전념하게 해야 한다. 본래라면 전열에 추가하고 싶지 않다. 어떤 의미에서는 노르가유에게 속은 사람들이나 마찬가지다.

하지만 그들의 동기도 이해가 안 되는 바는 아니다. 생활을 위해서다.

제완 건에서 일하고 있던 그들은 이 부근 마을 출신일 것이다. 뮬리드 요새가 소실되면 살던 곳을 버리고 피난할 수밖에 없다. 아무런 생활 보장도 없는 피난. 그곳에서 지금 같은 일을 발견할 수 있느냐 하면 어려울 것이다.

결국 군에 대한 나의 불신감은 그곳에 귀결된다.

뮬리드 요새를 독으로 오염시키면서까지 마왕현상 '이블리스'를 막는다는 것은 주변 주민으로 하여금 지금까지의 생활을 버리게 만드는 작전이다.

"갈투일은 대체 무슨 생각을 하고 있는 거지? 이런 싸움을 계속하면 인류는 파멸할 텐데."

"…실제로 인류를 파멸시키고 싶은 사람들이 있는 거겠죠."

갑자기 베네팀이 묘한 말을 했다. 녀석은 내 옆에서 작은 목소리로 속삭였다.

"자이로 군, 음모론은 좋아하십니까?"

"거지같다고 생각해."

나는 어이가 없었다. 베네팀이 묘한 신문에 묘한 기사를 쓰고 있었다는 것은 알고 있다. 분명히 말해 정보지로선 아무런 쓸모도 없는 것들이다.

"마왕숭배자들이라든지 공생파 같은 것들은 헛소리라고."

모두 마왕을 숭배하거나 마왕과의 공존을 이념으로 내세우고 있는 녀석들이다. 당연히 드러내놓고 활동을 하고 있지는 않다. 그런 비밀결사 같은 녀석들이 있다는 소문은 쭉 있어왔다.

"그런 바보같은 녀석들이 군 중추에 있다는 말이야?"

"…그렇다면 곤란하겠죠. 그런 일은, 있을 수 없고….”

거기서 베네팀은 더욱 기묘한 미소를 떠올렸다.

"하지만 말이죠, 그런 세력이 인류가 패배하도록 움직이고 있다고 하면 이 말도 안 되는 명령도 납득되지 않나요?"

나는 아무런 대답도 할 수 없었다. 그렇게 생각하지 않으면 설명이 되지 않는 상황이긴 하다.

군 상층부에 악질적인 녀석들이 있다. 그 존재를 전제로 하면… 확실히 크분지 삼림에서의 부조리한 명령도, 제완 건 갱도에서의 미묘한 작전도 이해할 수 있다. 그것은 분명 나를 함정에 빠뜨린 ‘녀석들’일 것이다. 거지같은 개자식들.

마왕숭배자인지 공존파인지 모르겠지만 아무튼 ‘녀석들’은 확실히 있다.

허나 지금은 해야 할 일에 집중해야 한다.

"테오리타를 불러줘."

이제 준비 시간은 끝났다.

나는 암담한 기분이 들었다. 인원의 보강은 거의 잘 되지 않았다. 초기보다는 나은 정도일 뿐 상황은 여전히 고립무원.

정말 징벌용사 부대에 어울린다고 할 수 있을지 모른다.

"나와 테오리타는 나가서 싸울 테니까 시간이 되면 뒷문을 열어줘."

"그대로 도망치면 안 돼요, 자이로 군."

"그건 약속할 수 없군."

나는 거짓말을 했다.

여기서 도망칠 수 있다면… 얼마나 멀쩡한 인생을 보낼 수 있을까.

마왕현상을 상대함에 있어서 성채가 보유한 가장 효과적인 방어법이 있다.

해자를 물로 채우고 도개교를 올리는 것. 물리적인 접근을 곤란하게 해버리는 것이다.

이렇게 되면 마왕의 군세는 공격이 힘들어진다. 수륙양용의 페어리인 푸어와 켈피, 혹은 오베론같은 비행전력에 의존할 수밖에 없다. 아니면 마왕현상의 본체가 특별한 공격을 하든지, 무시하고 포위해서 가둬버리는 방법이 있을 뿐이다.

우리들이 상대하는 마왕현상 15호 '이블리스'의 군세는 대략 1만. 제9성기사단이 상당히 줄여놓았을 텐데도 아직 그만한 숫자가 있다.

그 핵심이 마왕 '이블리스'니까 상정되는 전력규모는 3만을 가볍게 넘는다. 보통이라면 단 하나의 성채에 있어서 이는 절망적인 숫자다.

하지만 그중에 수로를 돌파할 수 있는 페어리의 숫자는 적다. 비행종도 거의 존재하지 않는 것으로 확인되어 있다. 건조 지대나 동토에서 태어난 마왕현상에 흔한 편성이다.

그래서 우리들이 취해야 할 방어법은 본래라면 간단했다. 해자에 가둬 타이 강의 물을 끌어온 후 도개교를 올리는 것만으로 지구전으로 가져갈 수 있다. 그 틈에 외부의 구원을 기다리면 된다. 가능하면 비교적 말이 통하는 제6성기사단이 좋다.

―다만 그 방법은 처음부터 금지되어 있었다.

이유는 두 가지.

1. 구원이 올 가능성이 없다는 것.

2. 성채에 유인해서 독으로 '이블리스'를 무력화하는 것이 싸움의 목적이라는 것.

다시 말해 스스로 적을 불러들일 수밖에 없다. 해자에 물은 채웠지만 거기까지다. 정문과 뒷문을 막는 것은 허락되어 있지 않다. 우리들은 도개교를 내린 상태에서 마왕현상과 대치하게 되었다.

그렇게 페어리의 군세가 밀려드는 것을 나와 테오리타는 언덕 위에서 보고 있었다.

너무 밝은 달밤이었다. 달빛은 조금 탁한 녹색. 보다 건조하고 차가운 공기의 도래를 알리는 듯한 달빛이었다.

그 달빛 아래 마왕의 군세가 꿈틀댄다.

가장 먼저 달려든 것은 코슈타 바위로 불리는 페어리화된 말의 무리. 기동력과 돌파력이 있고 발굽은 강철 방패조차 부숴버린다. 그 입에는 송곳니가 빼곡히 돋아나 있는 게 보통이다. 녀석들이 정문으로 돌격했다.

『전원 사격 준비!』

노르가유 폐하의 가열찬 목소리가 울려퍼졌다. 내 목에 있는 성인 탓이다. 징벌용사 부대의 통신이라면 듣고싶지 않아도 멋대로 들어온다.

『잘 조준해라. 아직 쏘지 마.』

정문 벽 위에서 50명 정도의 광부들이 지팡이를 겨누고 있는 게 보였다.

성인을 새긴 뇌장이다.

"베네팀 녀석, 제정신인가?"

나는 무심코 중얼대고 말했다.

성벽 위에서 광부들을 지휘하는 남자의 모습을 보았다. 지팡이를 짚고 목제 다리를 끌고 있는 덩치 크고 수염이 난 남자. 노르가유 폐하에 다름 아니다.

"폐하의 출격을 막지 않은 건가?"

그게 좋은 일인지 어떤지… 판단은 할 수 없다. 일단 광부들의 사기가 높은 것만은 알 수 있었다. 긴장하면서도 정문 성벽에는 전의가 충만해 있었다.

『아직이다. 좀더 유인해라.』

그렇게 말한 노르가유의 지시도 잘못되진 않았다. 도개교에 코슈타 바워들이 접근한다. 초식동물이었다고는 생각되지 않는 무서운 형상의 말들.

광부들은 그것들에게 허둥대는 사격을 하거나 하지는 않았다. 오히려 지시를 잘 듣고 있었다고 할 수 있다.

『좋아.』

노르가유의 타이밍은 나쁘지 않았다. 특히 거리가 좋다.

『사격!』

뇌장이 기동했다.

설령 광부들에게 전투경험이 없다 해도 그 위력은 변하지 않는다. 특히 노르가유가 조율한 성인의 위력은 완벽했다. 다른 사람이 새긴 성인을 저 남자는 근본부터 간단히 재조합해서 위력을 비약적으로 높힌다.

번갯불이 허공을 가르고 날아가 몇 마리의 코슈타 바워를 꿰뚫었다. 70퍼센트 정도가 빗나갔지만 그래도 괜찮았다. 이것은 기세를 억누르고 교란하는 게 목적이다.

『—방어 울타리!』

이 호령은 노르가유 폐하가 아니라 키비아의 것이다. 쩌렁쩌렁한 목소리가 울려퍼진다.

『들어올려라! 성인 기동!』

정문 앞에 숨어 있던 성기사단이 움직였다.

끝부분을 뾰족하게 만든 통나무의 무리가 코슈타 바워의 앞길을 가로막듯 들어올려졌다. 성인이 새겨진 통나무다. —충돌한 녀석, 혹은 틈새로 통과하려던 녀석에게 강한 번갯불이 훑고 지나갔다.

이런 대규모 장치 또한 노르가유의 손에 의한 것이다.

녀석은 혼자서도 엄청난 솜씨를 자랑하는 성인 기술사지만 그 진가는 사람들을 지도할 때 발휘된다고 나는 보고 있다. 노르가유라는 남자는 성인의 조각이라는 복잡한 작업을 누구나 이해할 수 있는 설계도로 표시할 수 있다.

다시 말해 이것은 일반인을 곧바로 숙련된 직인으로 바꿀 수 있다는 말이다. 노르가유의 지시를 충실히 따르는 사람만 모을 수 있다면 그 집단은 녀석의 의사 하나로 움직이는 거대한 공장으로 가동하게 된다.

광부들은 완벽했다. 참으로 충실하게 노르가유의 지시를 따랐다.

『좋아. 완벽하다! 다들 잘 해주었다!』

노르가유가 소리쳤다.

폐하도 만족할 만한 완성도였던 모양이다. 뮬리드 요새에 원래부터 있던 설비에도 수정을 가한 덕분에 몇 개의 성인 병기가 연동했다. 기동되면 적을 수십, 수백, 때로는 수천 마리씩 살상할 수 있는 병기들이다.

─이것이 바로 뮬리드 요새가 가지고 있는 방위수단의 거의 전부였다.

노르가유가 조율한 성인으로 적을 틀어막는다.

그 방침이 내가 생각한 방위 전술이었다. 기껏해야 200명 정도의 인원으로 조금이라도 오래 버틸 수 있으려면 성인 병기의 위력에 의존할 수밖에 없다.

실제로 노르가유가 만든 강력한 방어 울타리는 대형 페어리조차 틀어막는 힘이 있었다.

방금 새카맣게 타서 쓰러진 코슈타 바워들이 그 증거다. 나무 말뚝에 새겨진 성인을 1초의 오차도 없이 연쇄 기동시키는 기술은 과연 노르가유라고 할 만하다. 한정된 숫자의 성인 병기를 연결시키는 것에 의해 비약적으로 위력을 높힌다.

이것은 실제로 적에게 준 피해 이상의 효과가 있었다.

성인의 위력을 보고 뒤에 있던 보가트와 바게스트 같은 녀석들이 주저하고 있는 것을 알 수 있다. 마왕의 명령만 있으면 죽음조차 무릅쓰는 페어리지만 헛된 자살은 피하도록 되어있다.

그 말인즉슨 마왕이 유효한 공격수단을 지시하지 못하고 있다는 말이다.

『다음 사격을 준비하라!』

노르가유는 낭랑하게 울려퍼지는 목소리로 소리쳤다.

『훌륭한 사격이다. 용맹한 제군들의 공세에 적은 주춤하고 있다!』

『괜찮을까요? 폐하.』

어딘지 난처한 듯 물은 것은 차브로, 이쪽은 뒷문을 담당하고 있다. 30명 정도의 죄수들을 이끌고 성채 위에서 저격용 뇌장을 겨누고 있었다.

『너무 앞으로 나온 거 아닙니까? 베네팀 씨, 좀 돌봐주세요.』

말하면서 차브는 뒷문으로 돌아오는 적에게 사격을 계속하고 있다.

정확무비라고 해도 좋다.

머리와 심장 아니면 노릴 생각이 없다는 듯… 우회기동을 꾀한 코슈타 바위와 해자를 헤엄쳐 건너려는 소수의 푸어를 사격에 의해 격파해간다. 죄수들도 차브를 따라 사격을 하고 있으니 그럭저럭 견제는 되고 있을 터이다.

이것 또한 인정하고 싶지 않은 일이지만 차브에게는 상당한 전투 지휘 재능이 있다. 그 사형수들이 하루만에 충실히 차브의 지시를 따르게 되었다. 일제사격도 어느 정도 호흡이 맞고 있다. 사정거리 밖으로 나가는 무의미한 사격도 적다.

『아니, 저기… 저도 말이죠. 필사적으로 폐하를 막았다고요.』

베네팀의 울 것 같은 목소리. 변명이 시작되었다.

『하지만 전혀 이야기를 들어주지 않아서.』

『끈질기구나, 재상! 짐은 왕이다. 짐이 최전선에 모습을 보이는 것으로 병사들은 분기한다!』

노르가유의 질책. 그 말이 사실이라는 게 무섭다. 정문 성벽을 지키는 광부들의 사기는 기가 막힐 만큼 높다.

『베네팀 씨, 전혀 도움이 안 되고 있잖아요. 그런 거 하나 못 막고. 베네팀 씨한테서 얼버무리는 재주를 빼면 대체 뭐가 남는 건가요?』

『네…? 때때로 무례하네요, 차브는.』

『아니, 나는 좀 그런 것 같아서.』

잡담을 나누면서도 차브는 사격을 멈추지 않는다. 용케 이런 상황에서, 그것도 부하들에게 지시를 하면서 사격에 집중할 수 있다고 생각한다.

그 솜씨는 변태적이라 할 만 하다.

한 번 쏠 때마다 확실히 한 마리… 아니 두 마리는 한꺼번에 꿰뚫는다. 가끔은 세 마리씩. 대형 페어리는 그 다리를 정확히 겨누어서 쓰러뜨리고 소형을 깔려죽게 만든다. 튀어올라 해자로 뛰어들려던 개구리형 페어리를 공중에서 격추한다.

그런 일들을 계속 주절대면서 해내고 있다.

『솔직히 폐하는 우리들보다 훨씬 중요하잖아요. 폐하한테 무슨 일이라도 생기면 요새도 버티지 못한다고요. …형님, 어떻게 생각합니까?』

"그렇게 되지 않도록 조금 생각해봤어."

『오, 과연 형님입니다. 그래서 결과는요?』

그것은 마치 차브의 의문에 대답하는 것 같았다.

『간다!』

키비아의 날카로운 목소리가 다시 울려퍼지며 성기사단의 기사다운 움직임이 시작된다.

요컨대 말에 탔다는 것이다. 인군갑주를 온몸에 차려입은 기사가 말에 탄 채 마왕의 군세를 헤집는다. 창을 휘두를 때마다 불꽃과 섬광이 인다.

키비아의 지휘는 내가 보기에도 나쁘지 않았다. 마왕현상의 군세에 깊이 파고든 듯하더니 금방 후퇴하거나 관통한다. 그렇게 해서 낡은 마왕현상의 세력에 대해 말을 돌려 공격을 한다.

키비아 일행은 숫자가 많지 않아 기껏해야 20기 정도에 불과하지만 그 갑주는 특별하다. 밤의 어둠을 비추는 듯한 불꽃을 내뿜어 적의 추격을 허락하지 않는다. 페어리들의 전열을 교란해서 쉽게 요새에 접근하지 못하도록 움직이고 있다.

"…제법 훌륭하군요, 키비아는."

테오리타가 내 옆에서 그렇게 말했다. 어딘지 불만스러운 어감이 있었다.

"녀석들이 해치워주면 좋겠지만 말야."

반쯤 진심으로 나는 말했다.

인군으로 온몸을 감싼 만전인 상태의 기사는 평지에서의 백병전에 있어서 보병 3천 명의 활약을 하는 것으로 알려져 있다. 때와 장소에 따라서는 그 이상이라고도.

"키비아의 지휘라면 천 명분의 힘은 있군. 내가 안 나서도 된다면 그건 그것대로 좋아."

"…자이로!"

테오리타는 내 정면으로 와서 사나운 눈초리로 나를 올려다보았다.

"어떻게 그런 기개가 없는 소리를! 당신은 제가 특별히 축복해드렸으니까!"

그녀는 내 가슴을 손가락으로 쿡쿡 찔렀다. 조금 아프다. 그만큼 손가락에 힘이 들어가 있었다.

"키비아에게 지고 있어선 체면이 안 산다고요!"

"체면따윈 필요없어."

나는 쓰게 웃을 수밖에 없었다. 실제로 전황은 생각했던 것보다 잘 풀리고 있었다.

노르가유에 의해 고무된 광부들의 과감한 사격과 성인에 의한 방어 울타리. 뒷문을 지키는 차브의 엄청난 정밀도의 저격 방어. 이것들을 돌파하려면 상응하는 피해를 각오해야 한다. 마왕현상의 본체가 도착할 때까지 버티는 것은 그리 어렵지 않다….

그렇게 생각했던 게 잘못이었을지 모른다.

『아. 저거 뭐죠?』

차브가 의아한 듯 중얼거렸다.

마왕의 군세, 그 중앙을 가르듯 수백 마리의 일단이 돌진해오는 게 보였다.

녀석들은 말에 타고 있었다. 인간형 그림자가 코슈타 바워를 타고 있다. 안장을 달고 갑옷을 차려입고 손에는 활. 활에 장전된 화살에는 불꽃이 타오르고 있었다.

『…인간?』

베네팀의 경악한 목소리.

그렇다. 인간이 코슈타 바워를 몰고 있었다. 페어리가 아닌 통상적인 인간이. 내가 있는 곳에서도 그 정도는 구별이 된다.

'하지만….'

들은 적이 없었다.

페어리화 되지 않은 인간이 마왕현상의 군세 편을 든다는 것은.

'저 녀석들은 대체 뭐지?'

그리고 인간들은 불이 붙은 화살을 쏘았다.

그것은 성인이 새겨진 방어 울타리에 박혀 타오르게 했다. 성인의 방어가 불에 타버린다.

이리하여 뮬리드 요새의 방어력은 전투를 개시한 지 얼마 되지도 않아 중요한 겉껍질을 잃으려 하고 있었다.

"어떻게 되어가고 있는 거야?"

나는 짜증섞인 목소리를 억누를 수 없었다.

무기를 쓰는 인간이 마왕현상에 섞여 있다.

이 이상성은 의미가 크다. 페어리화한 인간과는 의미가 전혀 다르다. ―인간들 중에서 마침내 녀석들과 동조하는 세력이 나왔다는 말이니까.

마왕현상 중에는 극히 소수이긴 하지만 인간의 말을 이해하는 것도 있다는 것은 알고 있었다. 그런 녀석은 인간의 그것과 가까운 정신형태를 가지고 있다.

그렇다면 서로의 이익을 목적으로 교섭이 성립할 수도 있다. 그런 것을 생각하는 녀석이 있을까 하는 생각이 들지만 아무튼 이론상으로는 그러했다. 아니면 마왕현상으로부터 무언가의 정신적 간섭을 받고 있나?

가능하면 그러길 바란다. 다만 저 '이블리스'에게 그런 성질이 있다는 말은 듣지 못했다.

"자이로."

테오리타가 말했다. 얼굴이 창백하다. 이 사태를 심각하게 받아들이고 있는 듯하다. ―이유는 알고 있다.

"큰 문제가 발생했어요. 저는 인간을 공격할 수 없습니다. 그런 일은 구조상 불가능해요."

"알고 있어. 내가 어떻게 할게."

그렇게 말하기는 했지만 이건 정말 심각한 문제다.

"…키비아! 듣고 있어? 어떻게 되고 있는 거지? 녀석들은 어디서 온 녀석들이야? 제9성기사단에게선 아무엇도 듣지 못했다고.”

　몇 번이고 부르고나서야 겨우 대답이 돌아왔다.

　성인에 의한 의사소통은 징벌용사 이외의 상대에겐 정밀도가 뚝 떨어진다. 일종의 ‘파장’ 같은 것이 있다고 들은 적이 있다.

　『…우리들도 모르겠어.』

　정말 고마운 대답이다.

　키비아의 부대는 아무튼 한시라도 빨리 정문에서 떨어지려 하고 있었다. 추격해온 페어리들을 잠복하고 있었던 듯한 십여 기의 증원과 함께 요격하고 있다.

　『귀족의 사병이라는 것은 분명해. 말을 탄 상태에서 활을 쏠 수 있는 실력이 있어.』

　게다가 2백 기는 된다.

　갑주가 아닌 경장이지만 갑옷을 차려 입었고 머리는 투구로 방어하고 있다. 그래서 얼굴은 알 수 없다. 그런 녀석들이 코슈타 바워를 탄 채 불화살을 쏘고 있다. —눈 깜짝할 사이에 노르가유 폐하가 구축한 울타리가 타버린다. 조금 악몽같은 광경이다.

　“귀족의 사병이라니 무슨 소리야. 어째서 그런 녀석들이 마왕의 하수인을 하고 있는 거냐고.”

　『…모르겠어.』

　“모르는 것투성이로군! 그럼 공격해도 되는 거지? 생포해서 심문해야겠어.”

　『그럴 수밖에 없겠지…. 하지만 무리야. 이미 이탈했다고! 이래선 쫓을 수 없어.』

　“제기랄.”

키비아의 말대로 기병 집단은 울타리를 불태우자 곧바로 최전선에서 물러났다. 성인군의 갑주로 중무장한 키비아 일행은 쫓을 수 있는 속도가 없다. 다시 말해 정문의 공성전은 녀석들의 역할이 아니다. 향한 곳은… 지하도려나? 그곳은 일부러 문을 열어두었다. 그쪽으로 돌아갈 생각일 것이다.

'불행 중 다행이로군.'

솔직히 말해 안심했다. 우리들이 인간을 상대할 필요는 없다.

『자이로 군, 큰일입니다! 무언가가 지하도에 왔어요!』

"보면 알아. 녀석들은 이 성의 구조를 알고 있나 보군."

『그래서 위험한 거라고요! 어떡하죠? 제가 있는 곳까지 오면!』

"너는 너의 보신이 제일이구나…. 하지만 뭐 신경 쓰지 마."

『그래요. 작전에 대해 뭘 들은 겁니까? 베네팀 씨. 타츠야 씨가 지키고 있잖아요. 뭐 몰살당하겠죠.』

『음. 타츠야 장군의 방어에 더해 짐이 친히 만든 폭파 성인이 있다. 최종적으로는 그것을 방위선으로 삼는다.』

베네팀은 침묵했다. 여전히 지휘관 자격이 없는 남자다.

아무튼 지하도는 안전하다. 페어리를 이끌고 공격해오더라도 버텨낼 것이고, 무엇보다 최후의 수단을 쓸 수 있다. 지하도라면 폭파해서 봉쇄해버리면 된다. 최대한 그쪽으로 몰려가길 바란다.

이것으로 그 기병들은 공성 경험이 별로 없다는 걸 알 수 있다. 귀족의 사병… 이라고 해도 군에 가까운 파벌의 녀석들은 아닌 것 같다. 아니면 신전이려나?

『그보다 지상을 맡은 우리들은 어떻게 하죠?』

차브의 목소리에서는 귀찮음이 묻어나왔다.

『저는 이쪽을 상대하기도 벅차서 정문까지는 대처할 수 없다고요.』

녀석의 말대로다. 정문 쪽에서 대형 페어리들이 모습을 드러내고 있다.

카일락이라 불리는 부류들이다. 소를 소재로 한 거대한 짐승으로, 두꺼운 장갑으로 덮여있고, 단단한 뿔을 가지고 있다. 그것이 공성추와 같은 역할을 한다. 성문에 접근하지 못하도록 할 수밖에 없지만 뇌장에 의한 사격 정도로는 멈출 수 없다.

『베네팀 씨~, 사령관이잖아요. 어떻게든 해보세요.』

차브의 목소리에 조바심은 없다. 그저 뒷문으로 접근하려는 페어리들을 차례로 저격해간다.

『최소한 폐하를 성벽에서 내려오게 못 하나요? 카일락이 와있다고요. 저래선 정문이 못 버텨요.』

『마, 맞아요! 폐하, 여기선 물러나시길!』

『아니, 그쪽에서 증원을 이쪽으로 보내라! 이곳은 국토방위의 최전선, 짐이 친히 지휘하는 성채다! 그게 뚫리고 왕이 후퇴한다고 하면 병사들은 정신적인 지주를 잃게 된다!』

『이쪽에 증원 따윈 없다고요. 그리고, 저기…』

애당초 너는 왕이 아니라는 말을 베네팀은 꿀꺽 삼켰다. 현명하다. 그것은 폐하를 격노하게 하는 효과밖에 없다.

『포문을 열어라!』

노르가유는 낭랑하게 소리쳤다.

『포격 준비! 저 대형 페어리들을 접근하게 하지 마라!』

성벽 각곳에서 움직임이 있었다. 그르르륵 하는 이상한 소리가 울려퍼진다.

이 요새에 비치되어 있는 대포에는 '란테일'이라는 제품명이 붙어 있었다. 버클 개척공사가 개발한 성인 포탄 사출 병장. 탄체에 회전을 가해서 비거리를 안정시키는 구조를 갖추고 있는 최신형이었다.

상당한 위력이 있지만 정문 방향에서는 고작 4문밖에 정비가 되어 있지 않다. 이 뮬리드 요새를 지키는 인원으로는 그것이 한계였다.

『―발사!』

노르가유가 조율한 대포다. 위력과 폭발 반경이 그럭저럭 크지만 일반인이 쏘면 조준이 엉망일 수밖에 없다. 포탄이 폭발하지 않은 것만으로도 칭찬해줘야 한다.

그래서 직격은 없었지만 다소는 효과가 있었다.

산발적으로 발사된 대포는 카일락 몇 마리 정도를 날려버렸다. 나머지도 무사하지만은 않는다. 일단 첫 번째 위기는 넘겼다고 해야 하나? 연사가 불가능한 이상, 전열을 정비해서 다시 찾아온다면 정문까지 도달하게 될 것이다.

『제기랄, 역시 조준이 부정확했나. 위력도 부족하고! 포병이다! 라이노는 뭘 하고 있나. 베네팀 재상, 그 어리석은 놈은 지금 당장 이곳으로 불러라!』

『제 이야기를 들었습니까? 없다고 했잖아요, 폐하.』

『그렇다면 제이스다! 항공전력을 불러라! 적진을 파괴한다!』

『그것도 없어요.』

『그, 그렇다면….』

이쯤 되면 다음에 나올 말이 무엇인지 알고 있다. 나는 테오리타

의 어깨를 두드렸다. 돌아본 그녀에게 눈짓을 한다. ―우리들이 나
설 차례다.

『자이로 총사! 적진 본영, 적장을 해치워라! 그것으로 이 적들을
후퇴시키는 거다!』

"어쩔 수 없군."

상정했던 것보다 이르다. 마왕현상 '이블리스'는 아직 적의 후열
에서 느릿하게 이동하고 있다. ―저게 전선에 나오면 성벽의 엄호
를 받으며 공격하고 싶었다.

그래도 지금은 할 수밖에 없다. 성에 침입한 후에는 늦다.

"테오리타."

나는 말해야 했다.

"원래는 좀더 나중에 나설 예정이었어."

"아뇨, 기다리다 지쳤습니다."

테오리타는 이미 불꽃처럼 타오르는 눈으로 내 앞에서 걷고 있
다.

"《여신》과 성기사의 싸움은 이러한 것이어야 합니다. 이것이야말
로 사람들을 위한 싸움입니다. 지금 이곳에 없는 얼굴도 모르는 누
군가를 위한!"

빛나는 금발을 쓸어올리며 작은 불똥을 튀겼다. 시작되었다고 생
각했다.

"정말 《여신》다운 말이로군. 다음에 연극에라도 출연해볼래?"

"당신이야말로."

테오리타는 건방진 눈초리를 했다.

"그 말 그대로 돌려드리죠. 지금 자신이 하려는 일이 무엇인지 생

각해보시길."

그렇게 말하고 내 눈앞에다 손가락질을 했다.

"당신이야말로 항상 자신의 목숨을 걸고 있습니다."

"나는 괜찮아. 불사신이니까."

"거짓말이군요."

테오리타는 곧바로 내 말을 부정했따.

"불사신이 아니어도 당신은 할 겁니다. 그럼에도 당신은 우리《여신》들의 존재방식이 싫다고 했습니다."

"그만둬."

"아뇨, 그만두지 않습니다. 당신의 그 감상은 결국⋯."

나는 묵묵히 그 뒷말을 듣기로 했다. 한번쯤은 테오리타에게도 반박할 기회가 있는 게 좋을 것이다. 그동안 나는 멋대로 매도해왔기 때문이다.

"동족혐오라는 거예요."

"알고 있어. 제기랄."

테오리타와 내가 싸우는 이유는 일치한다. 테오리타는 사람들한테 칭찬받기 위해 싸운다. 나는 사람들한테 얕보이고 싶지 않아 싸운다. 인정하고 싶지 않지만 그것은 둘 다 똑같은 거다. 이 녀석이든 나든 다른 사람에게 평가받기 위해 목숨을 걸고 있다.

창피한 일이라며 나는 자조한다. 사람들이 어떻게 생각할까 하는 게 싸우는 이유가 될 줄이야⋯. 얼마나 허세를 부리고 싶은 거냐. 영웅이라도 되고 싶은 건가. 세네르바와 그런 일이 있었는데 나는 조금도 발전하지 않은 건가.

하지만, 그래도, 역시 나는 나 자신에게서 도망칠 수 없다.

"알았어."

나는 고개를 끄덕였다.

"…네가 말한 대로야. 내가 졌어."

"그렇죠?"

흐흥 하고 테오리타는 코웃음쳤다. 기쁜 듯했다.

"그래서 당신을 기사로 선택한 겁니다!"

'나쁘지 않군.'

기분이 좋다. 할 일이 명쾌하다.

여기서 이긴다. 뮬리드 요새를 지켜낸다. 그것은 테오리타를 지키게 된다. 이 녀석의 '유용성'인지 뭔지를 갈투일 군부에게 가르쳐 주마. 그것이 필요하다면.

그리고 우리들의 농성에 끌어들인 성기사단과 광부들도 살아남는다. 그리고… 말 그대로 얼굴도 모르는, 있는지 어떤지도 모르는 누군가. 이 요새가 버려진다는 건 인류가 전선을 후퇴시킨다는 말이고, 주변 마을을 모조리 버린다는 말이다. 그것을 막을 수 있다.

나는 최대한 이유를 나열했다.

이만한 이유가 있다면 왠지 영웅다운 싸움을 할 수 있지 않을까.

의미가 있는 싸움에 승리하고 싶다. 다른 사람을 구함으로써 스스로를 대단한 녀석이라고 생각하고 싶다. 나도 아직 안 죽었다고 믿고 싶다. '객관적'으로 보면 정말 시덥잖은 동기다.

하지만 다른 사람이 어떻게 느끼든 알 바 아니다. 이것은 나의 싸움이다.

"당신은 용사고 저는 《여신》이에요. 그 싸움을 축복해야 합니다…."

거기서 테오리타는 내가 알기로는 처음으로 분명히 알 수 있는 농담을 말했다. 장난을 치는 어린애같은 얼굴로.

"서로한테는 그게 일이니까 어쩔 수 없죠?"

"이제 좀 알 것 같군."

나는 《여신》을 안아들었다.

그리고 땅을 박찬다. 비상인을 전력으로 써서 하늘로 도약한다.

"이런 마음가짐이라면 여유있게 이길 수 있을 것 같은 생각이 들기 시작했어."

"그렇죠?"

테오리타가 기쁜 듯 매달려왔다.

나는 나이프를 뽑아들고 밑에 무리 지은 페어리들의 무리에 투척했다. 몸을 비틀어 잇달아 세 번. 격렬한 섬광과 폭음이 녀석들의 대열을 흐트렸다.

향하는 곳은 마왕 '이블리스'.

그 거대한 몸이 1만의 페어리들 너머로 보이고 있다. ―모두 날려버릴 테다.

그날 제13성기사단 보병대장 라지트 히슬로는 지하도에서 마인을 보았다.

타츠야라 불리는 징벌용사를 말한다.

지하도 봉쇄를 위해 배치된 성기사단 병사는 20명 정도. —그 부대의 지휘관이 보병대장 라지트 히슬로였다.

밀려든 침입자를 보았을 때는 죽음을 각오했다. 이 지하도가 자신의 무덤이 될 거라 믿어 의심치 않았다. 지하도를 돌진해오는 코슈타 바워와 그에 탑승한 인간들. 그 모습은 경악스럽기도 했고 공포스럽기도 했다.

"인간과 페어리?"

뇌장을 겨눈 부하 한 사람이 중얼거렸다.

"말도 안 돼."

그것은 라지트도 같은 감상이었다. 믿고 싶지 않은 것을 보고 있었다.

모두가 충격을 받고 있었다. 그대로였다면 유린당했을 것이다. 안 그래도 적의 숫자는 많기에 동요한 병사들로는 승산이 없다. 본래라면 그랬다.

이때는 '타츠야'라 불리는 남자가 있었다.

"우우."

목에서 흘러나오는 소리.

그와 동시에 타츠야는 전투도끼를 들고 뛰쳐나가고 있었다. 라지트 일행이 응전을 개시하기 한참 전에. 쫓아갈 수 없는 속도로.

"우, 우아아아아아아우!"

이상한 외침소리가 울려퍼진다.

자루가 긴 전투도끼를 타츠야는 한손만으로 빙빙 돌렸다. 그것으로 선두에 있는 적 하나를 때려잡더니, 다른 적이 찔러온 창을 왼손으로 붙잡은 후, 잡아당겨 쓰러뜨리면서 도끼로 베어버렸⋯, 아니 날려버렸다. 기수의 척추를 부러뜨리고 나서 내리치는 움직임으로 말⋯, 코슈타 바워의 숨통을 끊어버린다.

그후 흡사 곤충처럼 타츠야는 이곳저곳으로 튀며 이동했다.

"뭐냐? 저건."

누구라 할 것 없이 부하에게서 아연실색한 신음소리가 흘러나왔다.

"저게 인간의 움직임인가?"

그것은 솔직한 감상이기도 했다.

옆으로 튀어 벽에 달라붙었나 싶더니 전투도끼로 적을 후려친다. 인간의 어깨가 저렇게 유연하게 움직이는 것을 라지트는 처음 보았다. 때로는 천장조차 발판으로 써서 기병을 말과 함께 양단한다. 찔러오는 적의 창을 튕겨내고 부러뜨린다.

"─괴물이다."

적의 기병이 비명을 질렀다.

"이 녀석⋯, 이 녀석도 페어리인 건가? 너무 빨라. 이대로는 무리다. 뭉쳐서 방어해라!"

몇 사람인가가 공포에 사로잡혀 잘못된 선택을 했다. 애당초 방어라는 행동은 기병이 하기 힘든 영역이다. 그저 한꺼번에 소탕되는 말로를 걸을 뿐이다.

타츠야는 나란히 찔러온 창들을 피해 땅을 기듯 낮은 자세로 달렸다. 동시에 자루가 긴 도끼를 쳐올리자 피보라가 천장까지 튄다.

"―전원, 엄호하라!"

그제야 비로소 라지트 히슬로는 정신을 차렸다.

"저 징벌용사가 포위되게 놔두지 마라! 뇌장, 발사!"

사격이 시작되자 그후에는 일방적이었다.

아무래도 이 지하도 같은 좁은 공간은 타츠야가 가장 활약하기 좋은 전장인 듯했다. 천장이든 벽이든 관계없이 튀어올라 번개처럼 전투도끼를 휘둘러 침입자들을 해치운다.

마지막 수단으로 준비되어 있던 성인에 의한 폭파봉쇄 계획을 실행할 필요도 없었다. 결국 라지트 일행이 할 수 있었던 것은 타츠야가 놓친 적을 해치우는 것. 그리고 뒤에서 엄호하는 정도에 지나지 않았다.

최종적으로는 타츠야가 분쇄한 녀석들의 피와 살로 발밑이 흥건해져서 토하는 녀석까지 있었다.

'―이 정도 살육을 아무런 망설임도 없이 해내다니.'

움직이는 적이 없어지자 타츠야는 그 처참한 시체들 한복판에서 머리 위를 올려다보고 정지했다. 도저히 인간으로는 보이지 않는다. 마치 인형처럼 멈춰 서 있는 모습에 라지트는 이상함을 느끼고 있었다.

"휴우우아아아아아우."

목에서 쥐어짜낸 신음소리는 심해에서 돌아온 잠수사의 호흡같았다.

'이 남자는 대체 정체가 뭐지?'

도저히 인간으로는 보이지 않는다.

마인이라는 말이 뇌리를 스쳤다.

◆

달빛이 가려진다.

구름의 흐름이 빠르고 바람이 불기 시작하고 있었다.

나와 테오리타는 그 바람 틈새를 누비듯 도약했다. 페어리들의 무리 한복판을 정면으로 돌파하는 건 불가능하다. 짧으나마 공중을 도약하는 비상인 사카라의 기능을 최대한 활용해서 싸울 필요가 있었다. 이것은 나같은 뇌격병이 가장 잘 하는 분야였다.

뇌격병이라는 병과는 최근 들어 고안된 존재다.

초기의 설계 테마는 단거리 도약 기동과 그에 의한 적 머리 위에서의 화력 투사.

특히 기동력이 우수한 점에 주목이 모였다. 드래곤은 강력하지만 자잘한 움직임이 힘들기에 용기병을 보완하는 존재로 기대받고 있었다. 페어리의 군세에 쐐기를 박고 마왕현상의 본체에도 직접적인 타격을 주는 결전 병력.

다만 비상인에 의한 기동과, 기동 중 유효한 공격에는 막대한 훈련이 필요하다. 평범하게 보병을 하고 있던 녀석이 쉽게 익숙해질 수 있는 움직임이 아니다. 그런 까닭에 병사의 양산은 난항에 빠져 있지만 설계사상 자체는 우수하다고 해도 좋다.

기병보다 민첩하고 입체적으로 전장을 우회하여 적 후방에 있는 핵심전력을 공격한다.

이때 나와 테오리타가 시도한 전술도 그것이었다. 적 집단을 되도록 우회해서 마왕 '이블리스'가 있는 곳으로 향한다. 교전은 힘만 낭비하는 꼴이기에 최대한 피한다.

하지만 우리들의 모습을 발견한 페어리들은 대부분 반사적으로 공격해온다. 뮬리드 요새 주변은 나즈막한 언덕과 초원이 펼쳐져 있고 차폐물 따윈 셀 수 있을 정도밖에 없다.

즉, 제아무리 노력해도 피할 수 없는 싸움이 발생한다.

"왔습니다, 자이로."

내 목에 매달리면서 테오리타가 소리쳤다.

"커다란 개 타입 괴물이로군요. 거기에 개구리들도!"

귓전에서 바람을 느낀다. ―나도 밑을 내려다보았다.

바게스트와 푸어 몇 마리. 이쪽을 포착하고 있다. 그에 더해 마왕 현상의 무리에서 한 무리가 달려들고 있다. 아까부터 이렇게 우리들을 노리는 녀석들을 해치워 온 탓에… 슬슬 완전히 눈에 거슬리는 존재로 인식되어버린 듯하다.

그것을 증명하듯 이제 가까운 곳까지 온 마왕 '이블리스'가 이쪽을 보고 있는 걸 알 수 있었다.

거대한, 검은 달팽이 같은 외형이었다. 상상했던 것보다는 작아 보인다. 기껏해야 코끼리와 비슷한 크기 아닐까? 그 체표 위에 쭉 늘어선 붉은 눈알이 나와 테오리타를 똑똑히 응시하고 있다.

"녀석들도 슬슬 진심으로 우리들을 노릴 것 같으니까 기합 단단히 넣으라고."

"알고 있어요."

테오리타는 손을 뻗었다.

"자, 나의 기사."

손끝에서 불똥이 튄다.

나는 신속히 그에 응했다. 훌륭한 칼날을 가진 한손검이 한 자루. ―허공에 만들어진 그것을 붙잡고 지면에 투척한다. 바게스트의 몸에 박혀 폭발하자 나는 그 피와 진흙 속에 내려선다.

푸어들이 우리들을 포위하듯 다가온다.

'나이프는 앞으로 다섯 자루인가.'

나는 나이프를 뽑아 곧바로 던졌다.

섬광, 폭파. 달려나간 후 도약한다. 바람이 으르렁대고 있다. 소음과 빛으로 페어리들 상당수의 주의를 끌었다. 내가 착지할 곳에서 대기하려는 듯 수십 마리가 더 몰려온다.

테오리타가 불타는 눈을 부릅뜨고 그것을 모두 보고 있었다.

기동전투를 하는 성기사에게 있어서 《여신》은 또 하나의 눈이다. 사각을 보완하고 공감각에 의해 일종의 이미지를 공유한다. 단순한 말에 의한 의사소통보다 훨씬 빨리 정보를 처리할 수 있다.

성기사에게 있어서 이것이 바람직한 모습 중 하나다.

그래도 굳이 테오리타는 말로 보고해 온다. 긴장을 풀기 위함일 것이다. 자신 혹은 나의. 쓸데없는 배려를 하고 있다.

"다음은 소 타입 괴물입니다, 자이로. 크네요."

"저건 카일락이야."

돌격에 의해 성벽조차 파괴할 수 있는 거대한 소 타입 페어리. 납색으로 빛나는 큰뿔. 달빛 아래서는 작은 산이 움직이고 있는 것처럼도 보인다.

"마왕까지 거의 다 왔어."

나는 목적지를 보았다. 마왕 '이블리스'의 붉은 눈동자와 눈이 마주쳤다.

"거의 다 왔으니까 무슨 일이 있어도 꽉 잡고 있으라고."

"말 안 해도 알아요."

테오리타는 웃으며 검 한 자루를 만들어냈다.

"죽으면 당신에게 야단맞을 테니 말이죠."

잘 알고 있군. 생각하면서 나는 만들어진 검을 쥐었다. 충분한 성인의 침투. 칼날이 빛나기 시작하자 그것을 투척한다.

순간 파괴의 힘이 기동해서 카일락의 목을 절반 이상 날려버렸다. 카일락이 절규하며 몸을 비튼다. 뿔을 휘두르며 발을 구른다. 나는 그것을 피하기 위해 착지점을 크게 수정해야 했다. 별로 좋지 않은 일이다.

포위되려 하고 있다. ─아니.

나는 다리에 감겨오는 무언가를 느꼈다.

'─보가트잖아.'

땅속에서다.

지네형 페어리가 얼굴을 내밀고 내 다리를 깨물려 하고 있다. 이녀석은 공중에서는 보이지 않는다. 운이 나빴다고밖에 할 수 없다. 지뢰처럼 땅속에 숨어 있었다.

나는 곧바로 비상인을 기동시켜 물리기 전에 보가트를 걷어차 날려버렸다. 우직, 머리를 부수는 감촉. 그것만으로는 끝나지 않는다. 거기에 다시 한 마리, 두 마리… 잇달아 튀어나온다. 나는 그 녀석들에게 대처해야 했다.

연속으로 걷어차고 도망치기 위해 낮게 도약. 별로 도약 거리가 안 나온다.

'포위될 것 같군.'

잇달아 비상인을 쓴 탓에 발에 열기가 고여있는 게 느껴진다. 다시 도약하려면 조금 냉각시간이 필요하다. 시간으로 치면 심호흡을 천천히 3번 정도 할 수 있는 시간이려나?

"오늘은 운이 안 좋은 날일지도 모르겠군."

"《여신》에 대한 기도와 칭찬이 부족한 탓 아닐까요?"

힘들 때일수록 가벼운 농담을 하고 싶어진다. 테오리타는 편승했다. 나와 정신의 일부를 공유하고 있는 탓일지도 모른다.

"알았어. 나중에 반성할게."

나는 할 일을 떠올린다.

페어리들의 무리. 아직 많이 있지만 마왕 '이블리스'는 가깝다. 지금부터는 아슬아슬한 도박을 해야 한다. 주변 녀석들을 쓸어버리고 거리를 벌리지 않으면 재도약 순간이 무방비해진다.

그것을 방해받지 않도록.

"'이블리스'와 싸울 때까지 여력을 남길 수 있을까?"

나는 문득 떠오른 의문을 억눌렀다.

지상에 떨어진 뇌격병의 슬픔이다. 재도약까지는 어떻게든 큰 빈틈이 생긴다. 앞으로 수십 초 동안은 고립된 보병과 별 차이가 없다. 그리고 테오리타의 힘을 쓸 수도 없다. 중요할 때 쓰기 위해 남겨둬야 한다.

'여력이 남지 않건 말건…. 무리가 됐건 어쨌건.'

덤벼드는 페어리들을 노려본다. 어떤 수단을 쓰더라도 일단은 이 녀석들을.

'기합을 넣어라. 한다고 결정했잖아. 안 그래?'

그렇게 생각한 순간 페어리들에게 동요가 인 것처럼 보였다.

녹색 달이 빛나는 동쪽에서다. 적의 군세가 흔들린 것처럼 보였다. 마왕 '이블리스'의 눈동자 몇 개도 그쪽을 향했다.

'…믿기지 않네.'

나는 녹색 달빛 아래서 무서운 것을 보았다.

펄럭이는 깃발이다. 문장은 '물결 사이에서 뛰노는 큰 사슴'. 알고 있는 깃발이지만 보고 싶지 않았다. 마스터볼트 가문이라 불리는 어느 남방 명가의 깃발.

내가 혼약했던 가문의 증표다.

"…베네팀."

나는 자신의 목소리가 분노에 가득찬 것을 느꼈다.

"어째서 녀석들이 온 거지? 거짓말을 한 거냐?"

『저기, 그럼 반대로 묻겠는데요, 자이로 군.』

베네팀은 조금 겁먹은 듯 되물어왔다.

『어째서 제가 진실을 말했을 거라 생각한 거죠? 자이로 군, 분명 화낼 거잖아요.』

베네팀의 얼버무리기 위한 거짓말은 최악이다. 정말로 최악. 그것이 상황을 호전시킬 때가 있으니 악질적이다.

그리고 악질이라고 하면 한 가지 더.

『자이로! 도와줘!』

갈라진 듯한 도터의 목소리다.

동시에… 이번에는 북부, 페어리들의 후방에서 흙먼지가 일었다.

마왕 '이블리스'의 안구가 바쁘게 움직인다. 다시 몇 개의 주의가 후방에 쏠렸다.

"…도터. 뭘 하고 있는 거야?"

『쫓기고 있어. 용병들에게! 얼른 도와줘!』

"뭘 도와주라는 거야. 돈을 조달해서 가세할 용병을 고용하라고 했잖아. 어째서 네가 도움을 받아야 하는 입장이 되어 있는 거지?"

적당한 귀족 저택 같은 곳에 잠입해서 돈이 되는 것을 가져와라. ─그것으로 용병과 교섭해보라고 했던 걸로 기억한다.

물론 도중에 도터가 도망칠 것도 예상하고 있었다. 녀석이 요새에 있어봤자 별로 도움이 되지 않고 오히려 발목을 잡을 가능성조차 예상되었기 때문이다.

그런 남자가 지금 용병단을 이끌고 북방에서 마왕현상의 무리에 접근하고 있다. 흙먼지의 규모로 보건데 용병을 중심으로 한 편성이려나?

『아니, 자이로. 냉정하게 들어. 나는 생각했어. 다른 데서 훔친 돈으로 용병단을 고용하는 것보다 용병단에서 훔쳐서 용병단을 고용하는 게 빠르다고 말야….』

"그 이상은 말하지 마. 이야기를 듣는 것만으로 급격히 머리가 아파질 것 같으니까."

나는 이미 달려나가고 있었다. 테오리타는 분위기에 걸맞지 않게 쿡쿡 웃고 있었다. 나도 아마 코웃음치고 있었다고 생각한다.

혼란에 빠져있는 페어리들. 그중에서 광란의 기세 그대로 돌진해 오는 녀석들을 앞에 두고 도약. 나이프를 박아놓고 폭파시킨다.

이런 혼란의 수십 초.

녀석들은 동쪽에서의 증원에도, 북쪽의 뭔지 모를 집단에도 즉각적으로 대응할 수 없다. 무시할 수도 없다. 적어도 나보다 훨씬 위협일 것이다.

　마왕 '이블리스'까지 가는 길이 텅 비어 있었다.

검의 비가 내렸다.

녹색 달밤에 하얗게 칼날이 번뜩이며 떨어진다.

나는 그 틈을 헤집고 달린다. 페어리들은 제대로 대응하지 못하고 있다. 그 이유는 두 종류의 다른 증원 탓이다.

측면에서의 공격은 옆구리를 얻어맞는 거나 마찬가지였다. 그리고 후방에서 나타난 기병들은 마왕 '이블리스'의 주의를 쏠리게 했다. 페어리의 일부가 그쪽으로 몸을 돌린다. 동물적인 대응.

이 녀석들은 군세의 체제를 갖추고 있지 않다. 역시 마왕 '이블리스'에게 대단한 지성은 없다.

'그렇다면 어째서지?'

따로 이 요새를 공격하도록 지시한 지휘관이 있다고밖에 생각되지 않는다. 다만 지금은 그것을 생각하고 있을 때가 아니었다.

검에 꿰뚫린 페어리들을 돌파하는 건 그리 어려운 일이 아니다.

덤벼든 푸어 한 마리를 밟아 땅바닥에 처박으면서 도약한다. 이제 코앞이다. 마왕 '이블리스'에 접근하는 … 직선거리. 방해하는 대형 바게스트에게 나이프를 박아 날려버리고 도약한다.

이미 마왕은 눈앞이다.

'이야, 거대하네.'

코끼리 정도의 크기인 줄 알았는데 아니었다.

다가가서 보니 이 녀석은 거대했다. 마치 움직이는 요새와 같다. 뮬리드 요새의 정문을 통과하는 것도 힘들 것처럼 보인다. 하지만 대처할 방법은 있다. 이런 거리라면 자테 핀데의 투척도 도달한다.

하지만 그것은 '이블리스'의 반격도 가능한 거리라는 말이었다. 이 달팽이 같은 마왕이 가진 공격수단은 단순한 것들뿐이다. 자신의 무게로 깔아뭉개는 것과 유연한 몸을 촉수처럼 뻗어 후려치는 것. 그리고 단순한 돌진. 몸통 박치기에 지나지 않지만 효과적이다.

"테오리타!"

나는 공중에서 몸을 비틀었다.

"할 수 있지?"

"당연하죠."

고개를 끄덕인다. 무슨 일을 해야 할지는 전해지고 있다. 매달리는 힘이 느껴진다. 불똥이 튄다. 공중에 장대한 검이 만들어졌다. ―마치 탑과 같은 검.

그것은 낙하해서 '이블리스'의 몸을 꿰뚫고 찢었다. 쿠직 하는 기분 나쁜 소리. 기괴한 울음소리. 돌진이 무뎌진다. 날뛰자 칼날이 더 살을 베고 들어간다.

나는 그 칼자루를 발판 삼아 재도약했다.

곧바로 검은 녹슨 모래가 되어 무너져 내린다. 이처럼 《여신》의 소환물은 개체차에 따르지만 영원히 존재할 수 있는 게 아니다. 방금 것은 규모와 강도만을 중시하고 지속성을 도외시한 소환이었다.

내가 쓸 경우 그것으로 충분했다. 테오리타는 급격히 싸움법을 배워가고 있다. 나와 함께 싸우는 방법을. 이것 또한 성기사와 《여신》이 강력한 이유 중 하나이다.

"어떤가요? 나의 기사."

테오리타는 무언가에 도전하듯 나를 보았다. 눈이 불타고 있다.

"저의 축복도 제법 괜찮지요?"

방금 테오리타에게 검의 소환을 부탁한 시점에 나는 떠올리고 있었다.

세네르바. 성채의 《여신》. 이계의 구조체를 소환할 수 있는 축복을 사용했다. 수많은 전장을 누비고 다녔다. —문자 그대로. 이런 식으로 거대한 탑의 무리를 소환해서 그것을 발판삼아 뛰어다니며 마왕현상과 공중전을 펼친 적도 있었다.

그것을 떠올려도 이제 괴롭지 않다. 그래서 나는 한 마디만 대답했다.

"잘했어. 이기러 가자."

"그렇고 말고요. 제가 축복하고 있습니다. 반드시 이기시길."

등 뒤를 힐끗 바라보았다.

울부짖는 '이블리스'가 정체 모를 체액을 흩뿌리며 다가오고 있다. 방금 거대한 검으로 찢겼음에도 멈추지 않고 있다. 상처가 아물어간다.

우직하게 나를 쫓고 있다. 마왕현상의 무리를 방치한 채 거대한 체구로 지면을 뒹굴듯 쇄도한다. 가까이서 보니 산이 밀려드는 듯한 위압감이 있다. 완만한 움직임으로 보였지만 덩치가 큰 만큼 한 발짝 움직이는 거리도 크다.

그렇다면 이미 목적은 달성했다는 뜻이다.

나는 땅에 내려서서 '이블리스'를 올려다보았다. 무수하고 탁한 눈이 나를 보고 있다. 화나 있는 것일지도 모른다.

"그렇군."

나는 땅바닥에 나이프를 꽂고 고개를 끄덕였다. 그리고 다시 도약한다. 최대한 '이블리스'가 쫓을 수 있는 속도로.

"네 기분도 이해가 돼. 이런 전장은 최악이지?"

무엇 하나 명쾌하지 않고 혼돈스러우며 이치가 통하지 않는 것들뿐. 우리 징벌용사의 싸움은 언제나 그렇게 된다. 주로 녀석들… 그얼간이들 잘못이다.

'이블리스'는 그 거대한 몸으로 나를 깔아뭉개려 했다.

그래서 함정에 걸렸다.

내가 땅에 꽂은 나이프는 폭발해서 빛과 굉음을 터뜨렸고, 덤으로 지형까지 변화시켰다. 이것은 정찰할 때 설치해둔 함정이었다. 키비아의 협력을 얻어 노르가유 폐하가 조율한 성인을 이 일대에 매설해두었던 것이다.

쇄설인(碎屑印)이라고 한다.

마른 땅을 진흙탕으로 만들어버리는 성인이다. 말하자면 커다란 낙하 함정 같은 것으로, 전장에서는 별로 쓰이지 않는다. 사용한 부근이 토지로 사용할 수 없게 되고 복구에 시간이 걸리기 때문이다. 부수는 것은 쉽지만 되돌리는 것은 어려운 게 이 세상의 이치다.

하지만 그딴 걸 신경 쓸 수 있는 상황이 아니다.

키비아가 이 성인이 상자에 들어가 있다는 걸 알고 있었다면 반대했을지도 모른다고 조금은 생각한다. 광범위에 걸친 대규모 진창화. '이블리스'는 그것에 말려들었다.

"테오리타."

"예."

금발이 강하게 불똥을 튀겼다.

공중에 검이 세 자루. 이것 또한 거대했고, 작살같이 끝부분이 구부러진 검이다.

그것을 확인하고 마왕 '이블리스'는 포효를 내질렀다. 몸을 마구 버둥대도 이미 늦었다. 진창이 된 땅바닥에선 제대로 움직일 수 없다.

"이것으로."

테오리타가 손가락으로 가리키자 검은 '이블리스'에게 쏟아졌다.

"끝내겠습니다."

그 거대한 몸을 찔러 늪으로 변한 땅 깊숙히 박는다. 이번 검은 지속력에 충분한 힘을 부여했다. 그 크기와 강도에도.

녀석이 아무리 날뛰어도 도망칠 수 없다. 검에 의한 상처가 녀석의 몸을 찢어놓지만 곧바로 치유되어간다. 하지만 진창과 자신의 몸을 깊숙히 땅에 박아넣은 검의 중량은 어쩔 수 없다. 전진하기 위한 발판도 없다.

사실 불사신인 것만이 문제인 마왕을 상대하는 것은 이것으로 충분했다.

움직임을 막는 것. 거대한 낙하 함정과 탈출불가능한 장치가 있으면 된다. 어이가 없을 만큼 원시적이지만 필요한 것은 이것뿐이었던 것이다.

그리고 그것을 실행하는 방법.

페어리 무리에 대한 대처와, 광범위한 대지를 진흙의 늪으로 바꿀 수 있는 성인 기술, 함정으로 유도, 주의의 분산과 허공에서 만들어진 대질량. 그리고… 뭐 이것저것.

이렇게 해놓은 이상, 움직임을 멈추고 있는 동안 독이든 뭐든 뿌리면 된다. 요새를 희생할 필요는 어디에도 없다.

"해냈습니다."

테오리타는 거친 숨을 내쉬며 이마에 땀이 맺힌 얼굴로 나를 올려다보았다.

"그렇죠?"

쓰다듬으라는 듯 머리를 내밀고 있다. 어쩌면 그게 좋지 않았을지 모른다. 승리를 확신하기에는 너무 일렀다.

우득 하고 이상한 소리가 땅밑에서 울려퍼졌다.

'이블리스'의 거대한 몸이 진흙탕 속에서 날뛰고 있다. 그 등이 찢어져 있었다. 찌지직 부드러운 살이 찢어지며 날개가 돋아난다. ― 아니 그게 아니다.

분열하고 있다.

이블리스의 고기 속에서 무언가가 튀어오른다. 박쥐와 비슷하다. 몸집이 작은 생물이다.

나는 이때 이 마왕의 진짜 모습을 알았다.

변해 있다. 이 녀석의 특성은 단순한 불사신이 아니다. 변화 적응. 그래서 불사신인가. 이런 것을 정말 독으로 해치울 수 있을까? 제3의 《여신》의 예지도 마침내 빗나간 것 아닌가?

'날아올랐어, 이 녀석.'

이제 마왕현상 '이블리스'는 자신의 거대한 몸을 벗어던지고 박쥐가 되어 비행하고 있었다.

그뿐만이 아니다. 보고 있는 동안 공중에서 몸을 비대화시켜간다. 온몸 표면에 눈알이 떠오르더니 이쪽을 노려본다.

―이쪽으로 날아온다.

"제기랄."

본능적으로 테오리타를 뒤로 숨겼다.

'이블리스'에게 날카로운 발톱이 돋아난 걸 알 수 있었다. 예리한 칼날. 간신히 회피에는 성공했을까. 어깨부터 등에 걸쳐 예리한 통증. 의식이 고양되어 있기 때문인지 그리 신경 쓰이지 않는다.

하지만 문제는,

『…형님, 그쪽은 아직입니까?』

꽤 잠겨 있는 띄엄띄엄한 차브의 목소리.

『슬슬 이쪽도 위험하다고요. 저는 엄청 힘내고 있지만….』

그 말 도중에도 우지직 하는 엄청난 소리가 울려퍼지고 있다. 파괴음. 노르가유와 베네팀의 목소리가 그에 섞인다.

『다들 후퇴하라! 성의 높은 곳으로 달려라. 정문이 버티질 못한다.』

『에엣? 저기 폐하, 이쪽으로 오지 마세요! 그, 그쪽에서 버텨주시길!』

『아, 벌써 이런 분위기입니까? 저기, 그럼 저도 한 발 앞서 도망쳐도 될까요?』

『잠깐, …누가… 나를 도와줘…! 용병단에게 따라잡히면 죽는다고!』

정말 엉망진창인 녀석들이다. 내가 웃음이 나올 정도다. 어떻게 해볼 수도 없는 국면에 접어들었다.

이리 된 이상 이런 상황을 만든 책임은 나도 져야 할 것이다. 공중에서 '이블리스'가 선회하고 있다. 이쪽 전력을 살피고 있는 건가?

"어쩔 수 없군."

나는 한숨을 쉬었다.

"테오리타, 도망쳐. 시간은 내가 벌 테니까. 나는 용사라 죽어도 괜찮지만 너는 아니잖아."

"아뇨, 나의 기사."

테오리타는 고개를 저었다.

"제가 있는 한, 당신에게 패배는 없습니다. 저는 《여신》이라고요, 자이로."

그녀는 타오르는 눈으로 아직 적을 보고 있었다. '이블리스'가 공중에서 몸을 돌려 다시 몸을 비대화시킨다. 그뒤로 페어리들이 밀려들고 있었지만 그녀는 전혀 절망하지 않았다.

'굉장하네.'

나는 너무도 단순한 감상을 품었다.

테오리타는 아직 전의를 잃고 있지 않다.

대단한 《여신》이다. 마치 정말로 인간을 인도하기 위해 강림한 존재인 것처럼 테오리타는 적을 손가락으로 가리켰다.

"싸워서 이기자고요."

"위대한 《여신》이구나, 너는."

"당신도 그래요. 나의 기사. …설마 저와 계약에서 맹세했던 말을 잊은 건 아니겠죠?"

조금 불안한 듯한 물음. 나는 쓰게 웃었다.

"뭐 아직은 말이지."

유감스럽게도 기억하고 있다. 확실히 맹세했다. —내가 위대한 존재라는 것을 증명한다고.

"제가 위대한 《여신》인 것처럼 당신도 위대한 기사인 겁니다. 그렇게 믿으세요. 우리들은 부러지지 않고, 지지 않고, 굴복하지 않아요. 반드시 승리합니다. 그렇죠?"

"알았어."

그리하여 나는 테오리타에게 인도되기로 했다.

맹세했기에 어쩔 수 없다. 나는 다시 한 번 예전처럼 자신을 위대한 기사라고 생각하기로 했다. 적어도 '이블리스' 녀석에게 당하고 얕보인 채로 끝나지는 않는다.

나란 녀석은 언제나 그랬고, 이것은 아마 죽어도 고쳐지지 않을 것이다.

공중에서 마왕 '이블리스'가 몸을 돌렸다.

소리도 없이 날개를 펄럭거린다.

몸이 더 팽창해 있었다. ―지금은 거대한 날개를 가진 소와 늑대 사이의 괴물이다.

"공격 기회가 있다고 하면 한 번뿐이야."

나는 테오리타에게 속삭였다.

군사적으로 판단한다면 성기사가 맡아야 할 역할이다. 《여신》이 포기하지 않았다면 나 또한 그 일을 수행해야 한다.

여기서 체념하고 드러누워봤자 죽임을 당할 뿐이고, 그러는 건 터무니없이 무능해 보이며, 나중에 놀림을 받고 싶지 않기 때문이다. 온갖 폼을 다 잡으며 출격해서 적의 두목에게 돌진한 주제에 결국 아무것도 못했다고 말하고 싶지 않다. 분명 참을 수 없을 거다.

"녀석도 경계하고 있어."

우리들의 머리 위를 활공하며 무수한 눈알로 주시하고 있다는 건 그런 뜻이다.

"하지만 결국 공격해올 수밖에 없겠지. 페어리들의 군세를 기다릴 수 없거든."

아까의 함정으로 대지가 수렁으로 변해있다. 이쪽으로 몰려들면 엄청난 피해를 입을 것이다.

"그렇게 되기 전에 공격해올 거야."

저 마왕현상 '이블리스'에게 대단한 지성은 없어도 그 정도 판단은 할 수 있다. 어지간한 짐승보다는 똑똑하다.

"공중에서 급강하 공격이겠지. 교전시간은 한순간. 실패하면 그 때는 녀석이 좀더 유효한 무기를 만들어낼지도 몰라."

마왕 '이블리스'의 발톱…, 아까 나를 다치게 한 그것은 한층 더 커져 있다.

저 마왕의 본질이 내가 예측한 대로 적응변화에 있다고 하면 저게 나에 대해 유효한 무기라고 느꼈을 것이다. 지금은 검처럼 길고 예리하다.

"이상이야. 현시점에서 무언가 희망을 가질 수 있는 요소가 있어?"

"그렇다면."

테오리타는 고개를 들었다.

입술이 조금 떨리고 있다. 공포를 완전히 억누르지 못하고 있다는 것을 알 수 있다. 그래도 웃는 얼굴인 것은 나에게 강한 의지를 보이려 하고 있기 때문이다. 건방지게도 나에게 용기를 북돋아주려 하고 있다.

"식은죽 먹기네요. 저를 누구라고 생각하는 건가요?"

기대받고 있다. 어쩔 수 없다. 나는 쓰게 웃을 수밖에 없었다.

"검의《여신》테오리타."

"그래요. 위대한 검의《여신》이에요. 그리고 당신은 위대한 저의 기사고요."

단언하고 그녀는 흰색 외투를 벗어던졌다. 전신이 달아올라 열기를 띠고 있는 걸 알 수 있다. 금발은 전에 없을 만큼 강한 불똥을 튀기고 있다.

"특별한 검을 준비하겠습니다. …이번엔 정말로 특별한 검을."

"상대가 불사신이라도 죽일 수 있는 거야? 어떻게?"

"…어떻게, 라는 것은 없어요. 이것은 '성검'이라 불리는 검입니다. 이 검이 무찌를 수 없는 상대는 존재하지 않는다고요."

"녀석을 죽이는 방법은 독 외엔 없다고 예언한 《여신》도 있는데?"

"정확히는 방법이 이 세상에 없다고 했을 뿐이에요."

그렇긴 하다. 테오리타는 조금 경직된 미소를 떠올렸다.

"그래서 이 세상 밖에서 소환할 겁니다. 상대가 한 마리라면 겁낼 것은 아무것도 없지요."

겁낼 것은 없다고 말한 그녀가 가장 겁을 내고 있을 것이다.

"한 호흡 후 기회를 드리겠습니다. 제가 반드시 만들겠습니다."

다시 말해 일격으로 반드시 명중시키라는 말이다.

그렇다면 단순히 기술적인 문제다. 내가 해결해야 할 일이었다.

"그밖에 필요한 것은 있나요?"

"없어."

이제 공포를 극복할 용기만 있으면 된다. 그런 이야기다.

다만 아마 나에게 용기 따윈 없을 것이다. 있는 것은 견디기 힘든 분노뿐이다. 어이없을 만큼 부족한 인내력에 휘둘려지며 살고 있다.

그래서,

"맡겨줘."

라고만 말하기로 했다. 본심을 말하는 것은 부끄럽기 때문이다.

솔직히 말해 자신이 있는 것은 아니었다. 나는 병사이지 검사는 아니다. 성기사의 전통에 따라 검술은 배웠지만 기껏해야 평범한 수준이다. 그것으로 맞출 수 있을까?

좀더 집중하고 싶었다. 호흡을 진정시키고 그 일격을 준비하고 싶었다. 하지만 상대가 그것을 기다려줄 리 없었다.

마왕현상 '이블리스'가 크게 날개를 움직였다.

적의 그림자가 거의 우리들의 위에 드리워진다. 녹색 달을 등진 그 한순간에 날개를 접었다. 급강하…. 거대한 발톱이 괜히 더 빛나 보인다. 빠르지만 단순한 공격동작이다.

'지금이군.'

이 순간. 승기가 있다면 지금뿐이다.

"나의 기사."

테오리타는 말했다.

그 양손이 허공에서 보이지 않는 칼집을 빼는 듯한 손짓을 했다. 눈부신 불똥의 광채. 손안에서 번개가 흐르는 듯했다.

검이 테오리타의 수중에 출현한다.

스스로 빛을 내는 듯 티끌 하나 없이 맑은 은색 양날검이었다. 전혀 장식이 없는 최전선 병사가 쓸 것 같은 한손검. —그나마 다행이다. 이거라면 조금은 연습한 기억이 있다.

테오리타는 그것을 나에게 던졌다.

나는 강하해 오는 '이블리스'를 노려보았다.

테오리타가 소환한 정체 모를 검을 움켜쥔다. —상대의 움직임 자체는 단순했다. 정직하다고도 할 수 있었다.

똑바로 온다.

'요격한다. 할 수 있어. 식은죽 먹기야.'

스스로에게 그렇게 타이른다. 역시 예상대로 '이블리스'는 머리 위에서 정면으로 돌진해왔고, 나는 아연실색했다.

'말도 안 돼.'

꽃이 피는 것을 보는 것 같았다. '이블리스'의 몸이 변화해 있었다.

'완전히 사기잖아.'

투두둑, '이블리스'의 몸이 스스로 찢어지며 가슴 부위 살이 벌어졌고…, 순식간에 발톱이 달린 팔이 늘어났다.

두 개였던 팔이 도합 여섯 개. 나는 왼손에 쥔 나이프로 그중 하나의 공격을 막았다. 두 번째 팔은 몸을 비틀어 어깨로 막고, 세 번째 팔이 배에 박혔다. 통증따윈 신경쓰고 있을 때가 아니지만 세 개가 더 남아있다. ―제기랄.

네 번째 팔과 다섯 번째 팔이 내 목을, 여섯 번째 팔이 길게 뻗어 테오리타를 노리고 있다.

테오리타를 방어해야 한다. ―공격을 버리더라도 나는 그게 중요하다고 생각했다. 아무리 생각해도 전술적으로는 큰 잘못이다. 결국 내가 쓰러지면 두 사람 모두 당하게 된다.

여러가지 면에서 옹호할 수 없는 실패다.

그런 잘못을 범하지 않을 수 있었던 것은 내가 아직 이해하지 못하고 있었다는 뜻이다. 나는 이미 제대로 된 성기사가 아니다. 테오리타와 단둘이서 싸우고 있는 게 아니었다.

"자이로!"

먼저 들려온 것은 도터의 목소리였다. 성인을 통해서가 아니라 고막을 진동시키는 필사적인 목소리. 말을 타고 필사적인 표정으로 달려오는 남자가 보였다.

녀석이 이미 뇌장을 겨누고 그것을 쏘고 있었다. 연발식 뇌장으로 잇달아 네 번.

"뭘 하고 있는 거야! 바보 아냐? 얼른 도망치자고!"

도터는 마왕현상 '이블리스'와 페어리의 구별 따윈 하지 못한다.

무서울 만큼 무지한 탓에 그런 일이 가능했다. 마왕 본체와 일대일로 싸우는 것은 녀석의 상식으로는 너무도 어리석은 행위였기에 생각하지 못한 게 분명하다. 나도 조금은 그렇게 생각한다.

아무튼 도터의 서툰 사격은 '이블리스'의 크게 펼쳐진 날개를 꿰뚫었다.

이 녀석의 실력으로는 다른 부위를 맞출 수 없었다고도 할 수 있다. 게다가 네 발 쏜 것 중 두 발은 빗나갔다.

하지만 녀석의 사격은 확실히 '이블리스'의 태세를 크게 무너뜨렸다. 상처가 금방 아물더라도 날개에 구멍이 뚫린다면 순간적인 공방에서는 어떻게 해볼 수 없다. 테오리타를 노리던 팔이 흔들려 공격이 빗나간다.

그리고 도터가 쏜 섬광은 뮬리드 요새의 망루에서도 똑똑히 관측할 수 있었던 모양이다.

『아~, 보였습니다. 이거, 마지막 한 발이라고요.』

그것은 차브의 맥빠진 목소리였다.

퍽 하고 마른 무언가가 터지는 소리.

번개가 일었다. 도터의 그것보다 강렬하고 날카로우며 정확무비한 사격. 그것은 '이블리스'의 날개에 큰 구멍을 뚫었다. 결정적으로 몸이 기운다.

『맞았습니까? 과연 폐하의 저격장이네요….』

뮬리드 요새, 망루에서의 저격이었다.

그렇게 먼 곳에서, 달빛뿐인 한밤중에 도터가 쏜 뇌장의 빛을 보고 '이블리스'의 날개를 정확히 꿰뚫었다. 이쯤 되면 초현실적이라고밖에 생각되지 않는다. 나중에 들은 이야기에 따르면 이때 쏜 것은 노르가유 폐하가 조율한 저격장에 렌즈를 단 물건이었다고 한다.

아무튼 이로써 '이블리스'의 공격은 실패했다. 늘어난 팔은 무위로 끝났다.

낙하하면서 나에게 돌진해온다. 그 머리로 보이는 장소가 다시 변형한다. 좌악 벌어진다. 송곳니가 돋아난 아가리가 드러나지만 그런 것은 최후의 발악에 지나지 않는다.

이런 거리라면 피할 수 없지만 상관없다. 나는 왼팔을 내밀며 검을 치켜들었다. '이블리스'가 내 왼팔을 물어뜯는다. 극심한 통증. —그것에 대해 분노를 느낀다. 까불지 마라. 그것이 나의 원동력이다. 분노를 불태운다.

이런 상황이라면 절대 빗나가지 않는다.

나는 '성검'을 찔렀다. 은색으로 빛나는 검이 '이블리스'의 몸을 꿰뚫는다. 대낮처럼 선명한 불똥이 튀었다.

무슨 일이 일어났는지는 이때 이미 이해하고 있었다.

테오리타는 '이 검으로 무찌를 수 없는 것은 없다'고 했다.

그리고 '이블리스'는 모든 공격에 변화적응하여 어떠한 치명상에도 소생하는 마왕현상이다. 그 둘이 충돌할 경우 어떻게 되느냐 하면… 간단한 일이다.

"성검으로 무찌를 수 없는 것은 존재하지 않습니다."

테오리타의 기진맥진한 중얼거림이 들렸다.

"…존재하지 않습니다."

"그래."

나는 검을 깊숙이 찔렀다.

끼익. 검끝이 무언가를 파괴했다. 그런 감촉이 있었다.

날카로운 섬광이 일면서 바람이 소용돌이친다. 불똥. 눈이 타버릴 것 같고 두통을 느꼈다. ―다음 순간 마왕현상 '이블리스'는 흔적도 없이 사라져 있었다.

문자 그대로 어디에도 없다.

그저 바람이 소용돌이치고 있을 뿐이다. 테오리타의 검으로 찌른 순간 마왕 '이블리스'의 그 존재 자체가 소멸해 있었다.

'터무니없군.'

나는 수중의 검을 보았다.

검은 눈 깜짝할 사이에 녹슬어 모래처럼 무너져내렸다.

무찌를 수 없는 것은 존재하지 않는다… 는 검이 의미하는 것인 즉 무찌를 수 없는 상대의 존재를 금지한다는 말인 듯했다.

이런 검을 테오리타는 불러낼 수 있다. 분명히 말해 어마어마하다.

'성검'이라고 했나.'

현존하는 《여신》 중에 이런 일이 가능한 자는 나도 모른다. 병기를 불러낼 수 있는 《여신》도 있지만 그것은 어디까지나 물리적인 현상의 범주였을 것이다.

테오리타는 그게 가능하다. 그것은 몹시 위험한 일 같은 생각이

들었다.

"나의 기사."

테오리타는 이제 설 수도 없는 상태였다.

그 자리에 쓰러지는 것을 간신히 부축한다.

"저는 정말 위대하죠?"

"그래."

솔직히 말해 나도 한계였다. 어깨와 등, 옆구리, 왼팔. 다치고 피를 너무 많이 흘렸다. 의식을 유지할 수 없다. 말을 타고 달려오는 도터의 얼빠진 얼굴도 흐릿해 보인다.

"너는 훌륭해."

나는 테오리타의 금발을 쓰다듬었다.

"그렇죠? 그러니까 당신도 위대한 거예요, 나의 기사."

테오리타는 만면의 미소를 떠올렸다. 자신의 행위가 모두 보답받았다는 듯.

'어쩌면….'

나는 생각했다.

어쩌면 정말로 테오리타가 있으면 마왕현상을 이 세상에서 없애버릴 수 있을지 모른다. 군과 왕성에 잠복한 시덥지 않은 녀석들의 음모를 일축하고 마왕현상을 때려잡는다면… 그건 정말 유쾌할 것이다.

'웃기는군. 심각한 망상이야.'

자조한다. 허나 지금까지는 이런 꿈을 떠올리는 것조차 있을 수 없었다.

'그것도 어쩔 수 없지. 나는 이겼으니까. 마왕 '이블리스'를 죽인

무적의 《여신》과 기사라고.'

그래서 언제까지고 녹초가 된 것처럼 약한 모습을 보이고 있을 순 없다. 나는 남은 기력과 체력을 긁어모아 고개를 들고 도터에게 내뱉었다.

"늦었잖아, 얼간이."

그 허세를 한계로 나는 그대로 기절했다.

깨어나보니 낯선 남자가 있었다.

어디까지고 수상한 미소를 떠올린 남자.

게다가 나를 내려다보고 있다.

'뭐야?'

나는 마비된 것 같은 머리로 겨우 사고를 정리해갔다.

낯선 남자, 낯선 장소. 하얀 천장, 시트, 모포. 아무래도 나는 눕혀져 있는 듯한데 병원인가? 아마 그럴 것이다.

'틀림없군.'

나는 큰 부상을 입었다. 왼팔이 찢어질 것처럼 아팠던 것을 기억하고 있다. 전장이었다. 전장… 그렇다. 마왕현상과 싸웠다. 그래서 나는 수리받은 건가?

"기분은 어때? 자이로 군."

낯선 남자가 나에게 물었다.

미소를 떠올리고 있지만 경박한데다 부자연스럽다. 스스로도 그것을 자각하고 있는 듯 어딘지 비꼬는 듯한 그늘이 있다. 종합하면 기억을 아무리 뒤져도 나오지 않는다.

"누구냐? 넌."

나는 그 남자에게 물었다.

"응. 좋아. 일단은 양호하군."

그 녀석은 가볍게 고개를 끄덕이고 등 뒤를 돌아보았다. 그쪽에 역시 낯선 여자가 있다.

그 여자는⋯ 뭐랄까 어딘지 졸린 듯한 얼굴의 여자였다. 장신에 흰색 관두의를 입고 있다. 그렇다면 신전 사람인가?

"대화는 할 수 있어. 언어에 문제는 없는 것 같아. 네 말대로."

말을 걸어도 흰색 관두의 여자는 아무것도 대답하지 않았다. 그저 작게 고개를 끄덕일 뿐 흥미가 없다는 듯 허공만을 응시하고 있다.

'뭐야? 이 녀석들.'

나는 자신이 처한 상황에 대해 생각해봤다.

나는 심한 부상을 입고 전장에서 수리장으로 이송된 것이리라. 그런 상처를 입었으니 당연히 그렇게 되었을 것이다. 그렇다고 하면 여기는 그곳에서 다시 이송된 병원인 건가? 수리장은 좀더 음울한 장소다.

게다가 이 방은 개인실인 듯하다. 상당한 거물 대우라고 할 수 있지 않나.

"안심하도록 해."

전혀 안심할 수 없는 경박한 말투로 남자가 말했다.

"다행히도 너는 죽지 않았어. 그 일보 직전이었지. 물론⋯ 아무런 후유증도 안 남는 건 아닐 거야."

"그렇겠지."

나는 건성으로 대답했다. 피로를 느끼고 있었다. 몸 이곳저곳이 마비되어 있는 듯한 느낌이 든다.

"의사의 말에 따르면 아무래도 통증을 느끼는 능력이 둔화되었다고 하더군. 시술 중의 반응으로 추측한 거지만 주의하는 편이 좋아."

그럴 수도 있을 거라 생각한다. 타츠야가 좋은 예다.

"그런 병사는 죽기 쉬워져. 우리들은 가능하면 네가 안 죽었으면 좋겠군."

우리들이라고 말했다.

그 부분이 왠지 마음에 걸린다. 결국 이 녀석은 누구지? 용사는 아니다. 그것은 아마 사실일 것이다. 나는 우리 부대 녀석들을 머릿속에서 떠올려 보았다. 베네팀, 도터, 노르가유, 타츠야, 차브, 제이스, 라이노⋯. 전부 기억하고 있다. 기억에는 딱히 문제가 없다.

"모르는 녀석한테 그런 말을 들어봤자 기쁘지 않아."

나는 그 남자를 노려보았다.

"아까도 물었는데, 누구야? 너."

"너희들과 같은 편이라고 생각해도 돼."

그렇게 말하고나서 녀석은 쿡쿡 웃었다.

"…아니, 딱히 그렇게 생각 안 해도 상관없군. 아무튼 조심해. 네가 무사한 것 같아서 안심했어. 용사부대는 우리들에게 있어서 비장의 무기니까."

시답잖은 소리를 하고 있다. 나는 이런 녀석을 일절 신용할 수 없다. 자신의 신분을 밝히지 않는 것도 불쾌하고 그런 것으로 신비주의를 연출하는 녀석도 질색이다.

그래서 내가 해줄 말은 하나뿐이다.

"꺼져."

나는 한손을 휘휘 저었다.

"너의 그 수상한 얼굴을 보고 있으면 불쾌하니까 시야에 들어오지 마."

"말이 좀 심하네. 이렇게 몰래 방문하기 위해 상당한 고생을 했는데 말이지. 너한테 줄 선물을 가져오는 것도 힘들었고."

선물이라고 말하면서 정체 모를 남자는 옆에 있는 테이블을 가리켰다. 지금까지 의식하지 못했지만 작은 꾸러미와 꽃, 커다란 빵 덩어리 등이 올려져 있다.

뭐야 이게.

그런 나의 감상이 얼굴에 드러난 것일지도 모른다.

"너희 징벌용사 부대에 대한 감사의 기분이라고 해."

"누군가에게 감사받을 기억따윈 없는데."

"아니. 주변 개척촌… 내가 파악하기로는 바이갈, 타프카 두하, 카오산트, 크분지 삼림과 제완 건 노동자 연합, 서방 리소 행상 조합. 물론 너는 얼굴도, 이름도 모를 테지만 말야. 뮬리드 요새를 지켜낸 덕분에 그들의 생활도 지켜진 셈이지. 군도 어떻게 처분해야 할지 몰라서…. 아, 맞다."

남자는 거기서 못 참겠다는 듯 웃음을 터뜨렸다.

"어제는 작은 여자애들이 꽃을 가지고 왔다더군."

"알 게 뭐야, 그딴 것."

거짓말이다. 내가 한 일에 의미는 있었다.

마왕현상이 비하면 한없이 가벼운 선의의 사례. 그렇기에 더욱 가치가 있다. 기쁘지 않을 리 없다. 다만 그것을 이 남자가 알게 하는 것은 너무나도 불쾌하다.

"너는 '나는 번개'라고 소문이 자자해. 정규 군대에 소속되어 있지 않은 탓일지도 모르겠는데 완전히 수수께끼의 전사 취급이야. 이런 것은 인기가 있게 마련이지."

"하고 싶은 말은 그것뿐이야? 얼른 나가."

"알았어. 미안해. 네 주장을 받아들이기로 하지."

웃는 남자는 나를 다독이려는 듯 양손을 들었다. 혹은 항복의 신호인가?

"하지만 알아주길 바래. 이름도 모르는 민간인뿐만 아니라 너희 용사들의 활약에 주목하고 있는 사람이 신전과 군대에도…."

"꺼져."

아마 가까운 곳에 무언가가 있었다면 집어던졌을 것이다. 잘못하면 나이프를. 거기서 웃는 남자도 체념했다. 보란 듯 고개를 저으면서 신관인 듯한 여자와 함께 방을 나간다.

"하지만 마지막으로 하나. 과도한 명령 위반에는 조심하도록 해. 너희들을 거추장스럽게 생각하고 있는 세력은 분명 존재하니까. 특히 너는 주목받고 있다고."

"시시한 이야기군."

말하지 않아도 알고 있기 때문이다.

크분지 삼림. 제완 건 갱도, 뮬리드 요새… 아니. 좀더 전부터 내가 '여신 살해'를 할 수밖에 없었던 때부터. 군 상층부와 행정실에도 빌어먹을 녀석들은 있었을 거다.

"이미 잘 알고 있어. 어떤 녀석들이지?"

"공생파."

웃는 남자는 짧고 간결하게 대답했다.

"그들은 그렇게 불리고 있어."

그 일파에 대해서는 알고 있다. 마왕현상과의 화평을 내세우는 녀석들을 말한다. 마왕이 출몰하기 시작한 초창기에 존재했지만 전쟁의 격화에 따라 자연소멸한 것으로 알려져 있었다.

이 녀석들의 주장은 이렇다.

『마왕현상과 대화를 할 수 있다면 화평 교섭이 성립될 수 있다. 그럴 경우 전 인류의 노예화와 맞바꾸더라도 최소한의 생존권은 확보해야 한다. 그 노예들의 관리자로서, 그리고 마왕현상과의 절충역으로서 우리 공생파가 군림한다』. 아무리 좋게 보려 해도 최악의 거지 같은 녀석들이다.

설마 그런 녀석들이 나를 함정에 빠뜨릴 수 있을 만큼 세력을 확대한 건가?

"그럼 실례할게."

내가 생각에 잠긴 틈에 남자는 문을 열고 방 밖에 있는 누군가에게 말했다.

"끝났습니다. 이제 됐어요, 《여신》 님."

"—자이로!"

왜소한 그림자가 뛰어온다. 세네르바다.

금색 머리카락과 불꽃같은 눈의 소녀. …소녀? 아니다. 세네르바는 이렇게 작지 않다. 그렇다고 하면 이건,

"나의 기사. 뭔가요? 그 얼굴은."

나무라듯 혹은 무언가를 호소하듯 소녀는 나를 보고 있었다.

"좀 더 기뻐하세요. 내가 친히 병문안을 왔다고요."

두통이 난다.

알고 있을 터이다. 나는 기억을 더듬었다. 확실히 낯이 익다.

"화낼 거예요, 자이로."

그녀는 울 것 같은 얼굴을 했다.

"저를 잊었다면 용서 안 해요. 이 위대하고, 포용력 있고, 자비에 넘치는 저를….."

조금 울고 있다는 걸 알았다. 내가 나쁜 사람인 것 같잖아. 제기랄.

"자이로. 《여신》인 저를, …잊었다면 용서하지 않을 거라고요."

"잊지 않았어."

그렇게 말할 수밖에 없었다. 게다가 조금 당황해서,

"테오리타."

나는 그녀의 이름을 불렀다.

"잊지 않았어."

"예."

"그러니까 울지 마."

"안 울었어요."

"그래?"

"그래요. 저는 위대하니까 울지 않습니다."

테오리타의 머리카락이 불똥을 튀기자 나는 웃었다.

"하지만 잘했어요, 자이로. 당신도 칭찬해드리죠."

테오리타는 손을 뻗어 내 머리를 어색하게 쓰다듬었다. 불똥이 희미하게 튄다.

'어쩔 수 없군.'

그렇게 생각하기로 했다. 몸이 너무 나른해서 뿌리칠 기력도 없다.

테오리타의 등 뒤에서 날카로운 눈초리의 여자가 이쪽을 노려보듯 보고 있지만 어떤 반응도 해줄 수 없다.

"…자이로 폴바츠."

그 여자, 키비아는 엄숙한 표정으로 말했다.

"너희들이 마왕 '이블리스'를 토벌한 후의 이야기를 해주지."

"지금 성가신 이야기를 들을 기분이 아닌데 말야."

"아니, 듣도록 해. 들을 필요가 있어."

나는 얼굴을 찡그리며 거부했지만 키비아는 그것을 용납치 않았다. 농담이 안 통하는 녀석이다.

"우선 너와 테오리타 님은 잠정적으로 우리 제13성기사단에 비치되게 되었다."

비치라는 건 말 그대로 비품 취급이라는 의미다.

결국 우리들의 입장은 변하지 않은 셈이다. 그것을 비꼬아줄까도 생각했지만 그럴 기력조차 생기지 않았다.

"《여신》 테오리타는 우려해야 할 입장에 계신다. 군부와 신전이 존체의 위대함에 대해 논의하고 있는 도중이지. 이번 작전에서 예상을 훨씬 웃도는 전과를 올린 것에 의해 형세가 바뀌고 있다."

이런 때까지 공손한 말투를 유지하고 있는 게 이 여자의 성격을 나타내고 있는 것 같다는 생각이 든다. 그리고 '존체의 위대함'에 대해 논의하고 있다니. 요컨대 앞으로 테오리타를 어떻게 활용할지 생각하고 있는 게 분명하다.

군부, 갈투일은 테오리타의 '해석' 파와 이대로 군사이용을 계속하는 '활용' 파로 나뉘어 있을 것이다. 군사적인 시점으로 보면 우리들은 그만한 유용성을 보였다… 고 생각한다.

한편으로 신전은 어떤가?

나는 잘 모르는 세계라서 추측할 수밖에 없다. 정치적인 역학관계를 고려해서 여기선 군부에 판단을 맡기고 다른 법안을 통과시키든지 혹은 신전에서 신병을 확보하려는 움직임을 보이겠지.

아무튼 어느 조직도 의사가 통일되어 있진 않다. 그러니 논의도 길어질 것이다.

"계속해서 자이로 네가 《여신》을 지킬 필요가 있다."

"지키라고 할 거면."

나는 그제야 머리를 쓰다듬는 것을 멈춘 테오리타를 보았다.

"우리들을 전선에서 얼마간 물러나 있게 해줘. 용사가 된 후로 휴가따윈 하루도 없었다고."

"그래. 얼마간 전선에서 물러나 있도록 해."

"뭐라고?"

솔직히 놀랐다. 혹은 농담인 줄 알았다. ―하지만 키비아에게 그런 웃기는 농담을 할 수 있을 리 없었다.

"너희들의 임무는 이 항구도시 요프에서 테오리타 님의 존체를 보호하는 것이다."

"그게 뭐야. 전장보다 마을에 있는 게 위험한 것 같잖아."

"그 인식이 옳아."

키비아는 진절머리가 날 만큼 엄숙한 얼굴로 고개를 끄덕였다.

"신전에 소속된 세력 하나가 테오리타 님의 존체를 노리고 있어."

믿기지 않는 말을 들었다. 신전은 《여신》을 엄청 숭배하는 지식인 나부랑이 아니었나?

"신전에도 여러가지 파벌이 있어."

키비아는 나의 의아한 얼굴을 보고 조금 덧붙일 생각이 든 듯하다.

"특히 위험한 파벌이 《여신》의 순수성을 제일로 하는 녀석들이야. '정통파'를 자칭하고 있지. 녀석들은 애초에 새로운 《여신》 테오리타 님을 인정하지 않는 입장을 취하고 있어."

"뭐야 그게. 의미를 모르겠군."

"절대자인 《여신》이 늘었다가 줄었다가 하면 곤란하다는 순수주의적인 녀석들이야. 그 숫자는 결코 많지 않을 테지만 생각보다 세력을 확장하고 있다는 걸 알았어."

무슨 소리를 하고 있는 거냐고 나는 생각했다.

웃기는 녀석들이다. 《여신》에게도 죽음은 있다. 내가 잘 알고 있다. 일찍이 제3차 마왕토벌에서도 몇 명의 《여신》이 사망한 기록도 있다. 그것을 인정하고 있지 않은 건가?

"녀석들의 과격파가 테오리타 님에게 직접 위해를 가하려 하고 있어. 암살교단과도 관계가 있다는 걸 알았지."

"…뭐 좋아. 머리가 지끈거리니까 그 부분 사정은 나중에 듣겠지만…."

나는 테오리타를 돌아보았다. 애당초 이 녀석에게 들려줘도 되는 이야기인 건가. 그렇게 우려한 것은 완전한 오산이었다.

"예. 자이로, 그러니까 당신이 저를 지키는 겁니다. 당신과 용사들이."

테오리타는 만면의 미소를 떠올렸다. 마치 기뻐서 견딜 수 없다는 표정으로. 뭐가 그렇게 기쁜 건지 그 의문의 대답도 곧 알 수 있었다.

"휴가예요, 자이로. 그 몸이 낫는 대로 저를 마을에 데려다주시길.”

“어쩔 수 없군.”

나는 창밖을 보았다. 겨울의 낌새가 강하다. 잿빛 구름에 덮힌 하늘은 폭설을 예감하게 한다. 어쩌면 오늘밤부터 눈이 올지 모른다.

‘《여신》을 지키는 게 임무라.’

베네팀은 적당한 소리를 늘어놓으며 편한 위치를 확보하려 할 것이다.

도터를 마을에 내보내려면 양손을 묶어둘 필요가 있다.

노르가유는 왕인 것처럼 시장을 활보하며 돈도 내지 않고 취식할 것이다.

차브는 도박장과 번화가의 출입을 금지해야 한다. ―그리고….

‘뭘 하고 있는 거지? 나는.’

웃을 수밖에 없다. 예전보다, 성기사였던 시절보다, 테오리타를 만나기 전보다 이 상황을 훨씬 유쾌하게 느끼고 있는 자신을 발견한다. 즐기고 있다.

그 사실에 오싹해진다. 나쁘지는 않다. 바보같은 녀석들이 동료지만 화는 안 난다.

“자이로.”

테오리타는 내 소매를 당겼다.

“당신의 저의 기사니까 마을에서는 길을 잃지 않도록 손을 잡고 있을 것을 명하겠습니다.”

“그래.”

이런 일이 전에도 있었다.

확실히 그렇다. 나는 그때 세네르바가 지은 표정을, 그 대화를 새삼 떠올리려 했다. —그리고 실패했다.

"그거 영광이네."

나는 억지로 웃었다.

— 다음 권에 계속 —

언제나 감사드립니다. 로켓 상회입니다.

저는 케햐리스트를 좋아합니다. 케햐리스트란 제가 편의상 만든 조어입니다만, "케햐!" 따위의 소리를 지르며 천장 위 같은 곳에서 독 나이프를 들고 습격해 오는, 금방 패배할 것 같은 악역을 말합니다.

저는 이런 유형의 악역을 좋아하기에 하루종일 다양한 케햐리스트들을 생각하고 있습니다. 혹시 여러분이 무언가의 이유로 케햐리스트로 행동할 필요가 생긴다면 그때 곤란하지 않도록 여기서는 그 롤모델을 대표적인 유형별로 소개해드릴까 합니다.

【타입A : 꼽등이】

이 부류의 케햐리스트는 교활하고 잽싼 게 특징으로, 틈만 있으면 "목숨을 내놓아라!" 따위의 괴성과 함께 상대를 기습합니다. 주로 독 발톱이나 독 나이프로 공격합니다만 결코 치사성 독은 쓰지 않고 마비독 종류를 씁니다. 왜냐하면 그들은 약자를 괴롭히는 것을 세 끼 밥보다 더 좋아하기 때문입니다.

그런 까닭에 약화시킨 상대한테 반격을 당하고 쉽게 역전패합니다. 꼽등이를 연기할 때의 키워드는 '방심'입니다. 뱀처럼 징그럽고 비효율적인 움직임을 지향하면 좋은 것으로 알려져 있습니다.

【타입B : 닥터】

이 부류의 케햐리스트는 우수한 두뇌를 가지고 있고 데이터 수집과 분석에 능합니다. 하지만 그것들은 객관성이 떨어지는 조잡한 것들입니다. 그들은 종종 자신의 승률을 계산합니다만 그 결과는 거의 매번 '100%'나 '99.999%' 같이 부조리하게 높은 수치를 기록합니다. 여차하면 자신의 육체에 수수께끼의 도핑약을 주입해서 자칭 '궁극의 몬스터'가 되어 상대를 공격해야 합니다.

당연히 그런 수단으로 전투를 해서 승리를 할 수 있는 사례는 매우 드뭅니다.

【타입C : 리치맨】

이 부류의 케햐리스트는 비상식적일 만큼 부자입니다.

돈 하나는 엄청 가지고 있는 탓에 여러 부류의 경호원과 암살자, 그리고 잔인한 애완동물의 힘을 빌릴 수 있습니다. 하지만 유감스럽게도 그렇게 고용한 존재가 괜찮은 실력자일수록 리치맨을 배신하는 게 훨씬 이득이라는 걸 깨닫고 맙니다. 애완동물이라면 먹이로 간주하고 송곳니를 드러냅니다. 목숨을 구걸하면서 "돈이라면 얼마든지 있어" 라고 소리치는 순간이 가장 볼만한 장면입니다.

이상 대표적인 세 부류의 케햐리스트에 대해 소개해드렸습니다. 여러분의 쾌적한 빌런 생활에 참고가 되었으면 좋겠습니다.

다만 「용사형에 처함」 본편에 이런 부류의 잔챙이들은 출현하지 않습니다. 때때로 케햐리스트 충동에 사로잡히곤 합니다만 여러분의 성원에 힘입어 자제하고 무사히 서적화할 수 있었습니다. 여기까지 읽어주신 것에 감사드리며 이것으로 후기를 마치겠습니다.

용사형에 처함 1
징벌용사9004부대형무기록

2024년 8월 15일 초판 인쇄
2024년 8월 31일 초판 발행

저자 · 로켓 상회
일러스트 · 메피스토
역자 · 이형진
발행인 · 황민호
콘텐츠4사업본부장 · 박정훈
콘텐츠4사업본부장 · 신주식 강경양 이예린
마케팅 · 조안나 이유진 이나경
국제업무 · 이주은 김준혜
제작 · 최택순 성시원
한국판 디자인 · 디자인 우리
발행처 · 대원씨아이(주)

서울 특별시 용산구 한강로3가 40-456
편집부 : 02-2071-2104 FAX : 02-794-2105
영업부 : 02-2071-2061 FAX : 02-794-7771
1992년 5월 11일 등록 3-563호.

http://www.dwci.co.kr/

YUSHAKEI NI SHOSU CHOBATSU YUSHA 9004TAI KEIMU KIROKU Vol.1
ⓒRocket Shokai 2021
First published in Japan in 2021 by KADOKAWA CORPORATION, Tokyo.
Korean translation rights arranged with KADOKAWA CORPORATION, Tokyo.

ISBN 979-11-7288-359-1 03830
ISBN 979-11-7288-358-4 (세트)